오 싱

OSHIN by SUGAKO HASHIDA
Copyright ⓒ 1984 by SUGAKO HASHIDA
Original Japanese edition published by NHK Publishing
(Japan Broadcast Publishing Co., Ltd.)
Korean translating for novelization rights arranged with
NHK Publishing(Japan Broadcast Publishing Co., Ltd.)
through Shin Won Agency Co., Seoul.
Korean translating rights ⓒ 2013 by CHUNGJOSA Publishing Co.,

하시다 스가코 원작 김 균 옮김

호성 5

청조사

국립중앙도서관 출판시도서목록(CIP)

오싱 5 / 원작 : 하시다 스가코 / 옮긴이 : 김 균 -- 개정 4판 --　　서울 : 청조사 2013
p. ;　cm

원표제: おしん
원저자명: 橋田壽賀子
ISBN 978-89-7322-344-2 04830 : ₩ 12000
ISBN 978-89-7322-346-6(세트) 04830

일본 문학[日本文學]
833.6-KDC5
895.636-DDC21
　　　　　　　　　　　　　　　　　　　　　　　CIP2013020932

원작 | 하시다 스가코(橋田壽賀子)
1929년 한국에서 태어난 일본인으로서 일본여자대학, 와세다대학 문학부를 졸업했다.
1950년 일본 송죽영화사에 입사해 TV시나리오 작가로 활약했다. 대표작으로 〈대가족〉
〈오싱의 딸〉〈이혼〉〈부부〉 등이 있다.

옮긴이 | 김 균
1933년 서울에서 태어나 서울신문·신아일보 사회부 기자, 조선일보 미주 논설위원을 지냈다.
옮긴 책으로 〈대통령과 임금님〉〈대가족〉〈오싱의 딸〉 등이 있다.

오싱 (5)

개정 4판 2013년 11월 15일

원작 | 하시다 스가코
옮긴이 | 김 균

펴낸이 | 최혜숙
펴낸곳 | 청조사
주소 | 04206 서울시 마포구 마포대로 204 마포SK허브블루 2007호
등록 | 1976년 9월 27일 (제 1-419호)

전화 | 02-922-3931
팩스 | 02-926-7264
메일 | chungjosapress@naver.com

* 잘못 만들어진 책은 구입한 서점에서 바꾸어 드립니다.
* 이 책은 국제 저작권법에 의해 보호받으므로 어떤 형태로든
  전재 · 복제 · 표절할 수 없습니다.

차례

고아·7   체포·41   수양딸·60   성숙·77

군국주의·105   믿지 못할 일·125   할복·142

이별과 죽음·156   암거래·172   유물·199

의문의 행방·220   재기의 날·235   수령·253

도예·264   둥지를 떠나서·284   고리대금업자·322

회오리바람·347   완벽한 시어머니·368

고아

 한 여자의 일생이 이처럼 비참하게 끝날 수 있을까. 누구보다도 뜨거운 가슴을 지녔고 언제나 사랑을 갈망하며 꿈을 잃지 않고 살아가던 여자였다. 그러나 세상의 거친 풍랑에 떠밀려 빈민굴 사창가의 음습한 구석에서 싸늘하게 식어 간 가요의 나이는 이제 겨우 31세였다.
 오싱은 미동도 없이 가요의 시신을 내려다보고 있었다. 하얀 천으로 가려진 그 얼굴이 금방이라도 부스스 깨어날 것만 같았다.
 "아가씨 드리려고 이렇게 도시락을 가져왔어요……"
 넋 잃은 사람처럼 중얼거리는 오싱의 눈에서는 샘솟듯 울컥울컥 눈물이 쏟아져 내렸다. 자신의 품에 안긴 채 과자를 먹어 대는 천진한 노소미를 들여다보며 오싱은 가슴이 무너지는 아픔을 느꼈다. 장차 이 아이는 어찌 될 것인가. 노소미의 앞날이 한없이 안쓰럽고 가여웠다.

그때 웅성거리듯 떠들며 겐을 따라 들어온 사나이들이 성급하게 재촉했다.

"어쨌든 좀 시체와 꼬마를 빨리 데려가 줘야겠어."

겐은 아직 슬픔이 가시지 않은 채 눈물을 글썽이는 오싱에게 안심하라는 듯 말했다.

"가요상의 빚 문제는 이미 해결되었으니까 걱정 마세요."

그러자 사나이 중의 누군가가 겐에게 투덜댔다.

"형, 그건 말이 안돼. 어엿하게 친지가 있는데 조금이라도 갚아 줘야지."

"시끄러! 반년 이상이나 빨아먹었잖아. 5백 엔의 빚쯤은 옛날에 갚아졌을 거야. 손님 한 사람에 얼마씩이나 등쳐 먹는지 모르는 줄 알아!"

"하지만 하루 세 끼 밥 먹이고 꼬마 뒷바라지까지 하느라고 꽤 많이 들었단 말야."

"의지할 곳 없는 사람인 줄 알고 받아들인 거잖아? 그 본인이 죽었는데 누구한테 뒤집어씌우려는 거야? 이 누님은 친척도 그 무엇도 아냐."

이렇게 말하고 돌아보는 겐의 시선을 오싱은 어색하게 마주 받았다.

"그렇지만……."

"그럼 우리들은 손 떼겠어. 너희가 시체를 처리하든지 말든지 맘대로 해. 자, 우린 갑시다."

하고 겐은 오싱에게 가자는 눈짓을 했다.

"알았어. 여기에다 시체 처리까지 하라면 너무하잖수. 아무래도 좋으니까 시체나 치워요. 장사에 지장이 있으니까."

"그럼 유서는?"

느닷없는 유서라는 말에 사내는 의아하게 되물었다.

"유서? 그런 게 있을 리가 없잖아. 자살을 했다면 모르지만 갑자기 가 버렸으니 말이야. 그 여자의 물건도 처분하도록 해요. 어차피 쓸 만한 건 없겠지만."

겐이 오싱을 안심시키며 말했다.

"누님, 조금 전에 장의사에게 전화했으니까 곧 올 겁니다. 누님은 짐을 정리하십쇼."

오싱은 일어서서 벽장문을 열고 가요 부모님의 유골을 싼 꾸러미를 꺼냈다.

"이것과 도련님이 갈아입을 옷이랑 기저귀를 조금만 가져가겠어요. 나머지는 버리세요."

"그건 뭐야?"

사내는 정색을 하며 대들듯 꾸러미를 건너다보았다.

"이분 부모님의 유골이에요. 보여 드릴까요?"

오싱은 유골이라는 말에 힘을 주며 꾸러미를 푸는 시늉을 했다.

"처…… 천만에. 이런 것을 여기다 두고 있었군. 기분 나쁘게……"

오싱은 조용히 가요의 시신 옆에 앉았다.

"가요 아가씨, 도련님은 제가 반드시 훌륭하게 키우겠어요. 부디 안심하세요."

그러나 싸늘하게 식은 시신이 대답할 리 없었다.

"주인님과 마님의 유골도 제가 맡아 갑니다."

산 사람에게 말하듯 하는 오싱의 목소리가 바르르 떨렸다. 아무것도 알 턱이 없는 노소미는 겐의 팔에 안긴 채 그가 어를 적마다 까르르거렸다. 오싱의 가슴에 굴러 들어오는 노소미의 맑은 웃음소리는 견디기 힘든 아픔이었다.

마음을 가다듬고 오싱이 가요의 방 안을 마지막으로 정리했을 때 그녀가 남기고 간 것은 너무도 보잘것없었다. 30년을 살다 간 가요의 흔적이라고는 아무것도 없었다. 아마도 그녀는 이 세상에 아무 미련도 남겨 두지 않은 듯했다. 그러나 어린 노소미를 생각하면 가요도 편히 눈을 감지는 못했으리라.

조금 있으려니까 장의사가 도착했고 가요의 시신은 허망하게 실려 나갔다. 그 지긋지긋한 곳을 죽어서야 빠져나갈 수 있다는 사실이 오싱에게는 몸서리 쳐졌다. 그 길로 곧장 화장터로 옮겨진 가요는 허무하게 한 줌의 가루가 되었다.

한 많고 꿈도 많던 짧은 인생은 한 줌 재와 연기로 사라져 버린 것이다.

그날 밤이 다 되어서야 오싱과 겐은 다카의 미용원으로 돌아왔다. 커다란 꾸러미를 든 오싱과 잠든 노소미를 안고 오는 겐의 발걸음은 천근만근 무거웠다. 미용원 앞에 이르자 오싱은 힘없이 문을 두드렸다. 이윽고 문이 열리고 다카의 근심스런 얼굴이 나타났다.

"늦었군. 어떻게 된 건가 걱정하고 있었어."

"죄송합니다. 소금 좀 뿌려 주시겠어요? 가요 아가씨가 돌아가셨어요. 화장터에서 돌아오는 길입니다."

다카는 놀란 눈으로 겐에게 안긴 노소미와 오싱을 번갈아 바라보았다. 침울한 얼굴로 안으로 들어간 오싱은 꾸러미를 풀며 다카에게 가요의 마지막을 상세히 전해 주었다.

"그랬었군. 가요도 심신을 상하게 하는 피로 때문에 위를 망친 모양이군. 가가야가 그렇게 되지만 않았다면 그분들은 아직도 건강하실 텐데."

"공연히 폐를 끼쳤습니다."

"괜찮아. 오늘 밤엔 우리들만이라도 밤을 새워 가요상을 지켜 드려야지. 오싱에겐 소중한 분이니까."

잠시 후 하얀 천을 씌운 책상에 유골함을 얹으려던 오싱은 문득 이상한 느낌이 들었다. 그러고는 기요타로의 유골함 속에 숨겨진 봉투를 발견했다. 황급히 꺼내 보니 겉장에는 '오싱에게, 가요가'라고 쓰여져 있었다.
"그게 뭐지?"
다카와 겐의 놀란 시선이 봉투를 쥔 오싱의 손에 집중되었다.
"가요 아가씨가 제게 남기신 거예요."
말보다 먼저 오싱의 손이 봉투를 뜯고 있었다. 그러자 편지 한 장과 백 엔짜리 지폐가 나왔다.
"그 백 엔은 어제의 그 돈 아니에요? 난 가게 놈들한테 빼앗긴 줄로만 알았는데. 의외의 곳에 숨겼군요. 유골함이라면 아무리 악독한 놈들이라도 손을 대지 않을 테니까."
"설마 유서는 아니겠지?"
"유서 같은 걸 쓸 짬도 없었다던데."
다카와 겐의 주고받는 말을 들으며 편지를 읽는 오싱의 표정이 처연하게 굳어졌다.

오싱, 오늘은 고마웠어. 오싱을 다시는 못 만나리라 체념했는데 정말 반가웠어. 오싱에게는 말하지 않았지만 나는 얼마 살지 못할 거야. 내게 무슨 일이 있으면 우리 노소미는 어떻게 될까, 하고 생각하니 죽을 수도 없었어.
그러나 오싱을 만날 수 있었으니, 오싱이라면 노소미를 맡아서 훌륭하게 키워 줄 거라고 안심했어. 이젠 괴로움을 참아가며 살 필요도 없어졌고, 또 나 같은 건 살아 있어 봤자 여러 사람에게 폐만 끼칠 뿐이야. 돈을 마련하려고 애쓸 필요 없어.

오싱이 또 오겠다는 말을 믿고 이 편지를 쓰고 있어.

동봉한 백 엔은 고우타상이 보내 준 것인데 이것으로 아버지와 엄마의 유골을 어딘가 절에 맡겨 줘. 내 뒤처리로 폐를 끼칠지도 모르는데, 내 뼈는 바다나 강이나 아무 데나 버리도록 해. 가가야를 망하게 하고 부모에게 지독한 불효만을 한 여자에겐 그것이 가장 적합할 거야.

다만 노소미만은 꼭 부탁해. 이것으로 이제는 아무 미련이 없어. 이제야 겨우 마음이 편해진 것 같아. 다만 이 편지가 무사히 오싱 손에 들어가기를 바랄 뿐이야. 오싱, 나는 지금 오싱과 놀던 사카다에서의 어린 시절을 추억하고 있어. 내게는 가장 행복한 시절이었지. 다시 그 시절로 돌아갈 수만 있다면…… 안녕, 오싱!

편지를 쥔 오싱의 손끝이 파르르 떨렸다.

"오싱, 설마 가요상이 자살을 했을까? 그건 역시 유서야."

"그런지도 모르겠군요. 어젯밤엔 손님과 술을 굉장히 마셨다던데. 자신의 몸을 뻔히 알면서도 그렇게 위험한 짓을 했으니 자살이라고 생각할 수밖에 없어요."

"오싱을 만나서 안심한 거야. 그러니까……"

다시 한번 가요의 필적을 눈으로 훑어 내려가며 오싱은 비탄에 젖었다.

"아무리 심한 병이라도 살아 주셨으면…… 살아만 계셨다면 어떻게 할 수 있었는데 말이에요."

"아기 때문에 죽지도 못하고 참았겠지만 살아 있어 봤자 생지옥이지. 겨우 안락하게 된 거야."

하고 다카는 세 개의 유골함에 촛불과 향을 피웠다. 오싱과 겐도 향불을 올리고 합장했다.

다카는 물끄러미 옆방을 건너다보았다. 그곳에는 노소미가 새근새근 잠들어 있었다.

"저 어린것을 남기고 죽다니 얼마나 마음이 아팠을까."

안쓰러운 듯 혀를 차는 다카에게 오싱은 무엇인가 굳은 결심을 한 것처럼 말을 꺼냈다.

"저는 오늘부터 노소미 도련님을 제 자식이라 생각하고 훌륭히 키우겠습니다. 선생님, 겐상, 정말 신세를 많이 졌습니다. 너무 많은 폐를 끼쳤습니다."

"아뇨, 별로 도움도 되지 못한걸요."

겐은 히죽이 웃으며 멋쩍어했다.

"저는 내일 이세로 돌아가겠습니다. 하루라도 빨리 이세에서 이분들을 공양하고 명복을 빌어야 하겠고……"

오싱의 인사에 다카가 불쑥 말했다.

"그렇지. 유도 히토시도 기다릴 테고…… 난 또 쓸쓸해지겠군."

"선생님도 겐상도 이세에 꼭 한번 오세요."

"오싱도 또 도쿄에 와 줘. 그땐 류조상과 아이들과 함께 말이야. 기다리고 있겠어."

"선생님……"

"나도 꼭 이세에 들르겠어요. 유도 보고 싶고……"

"꼭 오세요. 유는 누구보다도 겐상의 사랑을 받았으니까."

고마움과 눈물이 어린 눈으로 오싱은 겐을 바라보았다.

다음 날 아침, 노소미를 등에 업은 오싱은 다카에게 작별을 고하고 길을 떠났다. 세 개의 유골함을 껴안은 채. 언제 또 오게 될지 모르는 도쿄를 떠나며 오싱은 가요의 그 생생한 모습을 그대로 도쿄에 남겨 두고 오는 것 같아 발길이 떨어지지 않았다.

다노쿠라생선가게 앞에는 저녁 무렵까지도 동네 꼬마들이 모여 딱지치기를 하고 있었다. 동생을 업은 유는 그들 틈에 끼여 함께 놀고 있었다.

"유, 이제 왔다. 어머나, 히토시를 업어 주고 있구나."

오싱이 반색을 하며 다가가서 유를 칭찬하자 류조도 한마디 거들었다.

"내려놓으면 어디로 갈지 위험한데 마침 유가 잘 업어 줘서 다행이오."

"미안해요, 여보. 집을 너무 오래 비웠나 봐요."

아까부터 엄마의 등에 업혀 있는 아이를 이상하게 여기던 유는 드디어,

"엄마?"

하고 부르며 노소미를 살펴보았다.

"응, 이 아이는 노소미라고 해. 오늘부터 우리 집 아기가 되는 거야. 히토시하고 같은 나이란다. 유의 동생이니까 히토시와 똑같이 귀여워해야 한다."

오싱은 등에 업힌 노소미를 류조에게 보여 주며 말했다.

"가요 아가씨의 아기예요."

"그래?"

느닷없이 엄마가 데려온 아이에 대해 유는 호기심이 발동한 모양이었다.

"이 아이 엄마가 낳았어?"

"그렇단다. 도쿄에 맡겨 두었던 아기를 가까스로 아빠 엄마 품으로 데려왔으니 아주 소중히 키워야 한단다."

이렇게 말하며 오싱은 재빨리 화제를 바꾸었다.

"이제 슬슬 저녁 손님들이 밀려올 시간이군요. 곧 도와 드리겠어요."

거실로 들어온 오싱은 노소미를 등에서 내려놓으려고 했다. 류조가 얼른 달려와 도와주었다.

"미안해요, 여보. 자, 히토시도 내려놓자."

하고 유의 띠를 풀고 히토시를 받아 안았다. 그러자 히토시와 노소미는 마치 쌍둥이처럼 닮아 보였다.

저녁 장사도 그런대로 마치고 밤이 되자 집안은 어느 정도

잠잠해졌다. 유와 히토시 곁에서 노소미가 나란히 잠들어 있었다. 살며시 이불을 토닥거려 주며 오싱은 감개무량한 듯 세 아이를 지켜보았다.

그러다가 오싱은 문득 거실로 나갔다. 하얀 천이 덮여 있는 책상 위에는 세 개의 유골함이 놓여 있고 한쪽 구석에서 류조가 장부를 기입하고 있었다.

오싱은 조용히 유골함 앞에 앉아 향을 피우고 합장했다. 그 모습을 보고 류조는 붓을 놓고 그 곁으로 다가왔다. 오싱은 자세를 가다듬고 류조를 향해 머리를 숙였다.

"저 혼자서 이런 일을 마음대로 해서 죄송합니다."

"새삼스럽게 왜 그런 말을 하는 거요."

인자한 류조의 미소에 오싱은 비로소 마음이 놓였다.

"돌아오자마자 가게 일과 저녁 준비 때문에 천천히 말할 짬도 없었어요."

"저녁때는 정말 놀랐소. 한 살 반짜리 아이가 둘이나 있으니까 마치 전쟁을 치르는 것 같았소."

류조는 명랑하게 웃었다.

"미안해요, 여보. 당신과 의논 한마디 없이 마음대로 노소미 도련님을 데려와서요. 게다가 주인님과 마님, 가요 아가씨의 유골까지 모셔 왔으니 말이에요."

"가요상이 죽었다면 노소미를 우리가 맡는 건 당연하잖소. 가요상과 당신은 친자매나 마찬가지가 아니오. 더구나 가가

고아 17

야는 오싱이 큰 은혜를 입은 댁이니까 가요상과 그 부모님의 유골을 가져오는 것도 당신의 의무라고 할 수 있소."

"아가씬 내가 그곳에 갔기 때문에 돌아가셨어요. 아무에게도 알리지 않고 혼자서 살아갈 때는 노소미 도련님을 위해서 무슨 일이 있어도 죽을 수 없다고, 참혹한 생활도 참아 왔던 거예요. 그러나 내게 도련님을 맡길 생각을 하자 안심도 됐을 테고 살아갈 힘이 다해 버린 거죠."

류조는 놀라움과 측은함을 얼굴 가득히 드러냈다.

"자살이었소?"

"모르겠어요. 하지만 남편의 자살이나 가가야의 도산, 게다가 주인님과 마님도 돌아가시고…… 불과 일 년 사이에 그런 일을 당하셨으니까 자살하고 싶기도 했을 거예요. 아가씬 위를 완전히 망쳤대요. 그런데도 병원에 가지 않고 있다가 내가 방문한 날 밤에 폭음을 한 까닭에 그만……"

"그게 원인이었소?"

"술이 가장 나쁘다는 것쯤은 알았을 텐데 말이에요."

"참혹한 이야기로군."

"모두가 내 탓이에요. 아가씨는 나 때문에 돌아가셨어요."

슬픔을 참지 못해 오싱은 또다시 울먹였다.

"만일 아가씨가 결혼을 하지 않았더라면 이렇게까지는 안 됐을 거예요. 아가씨가 결혼하기 전에 사카다로 돌아갔을 때의 일을 기억하고 계세요? 다노쿠라상회로 전화를 걸어왔죠."

"아…… 그때 당신이 가게에 와서 가요상의 전화를 기다렸던 적이 있었지."

"가요 아가씨는 고우타상이 자기 아파트로 돌아오기를 기다리고 있었던 거예요. 만일 고우타상이 돌아왔다면 결혼하는 당일이라도 도쿄로 도망쳐 오려고 했던 거죠. 그런데 나는 아가씨의 아파트에서 고우타상을 만나고도 돌아오지 않았다고 내내 거짓말을 했어요. 아가씨를 위해서도, 가가야를 위해서도 그러는 것이 좋을 거라고 믿었기 때문이었죠. 그땐 내가 왜 그랬는지 모르겠어요. 아가씨가 이렇게 된 것도 나 때문이에요."

오싱은 얼굴을 두 손에 파묻었다. 가볍게 들먹거리는 그녀의 어깨를 류조는 살며시 감싸 주었다.

"여보, 그건 잘한 일이오. 누구라도 가요상이 신분이 확실하지 않은 사내를 기다리는 것보다는 사카다에서 안정된 결혼을 하는 편이 낫다고 생각했을 테니까."

"그렇지만 그때 가요 아가씨께 사실대로 말씀드렸다면 이런 결과가 닥치진 않았을 거예요."

"오싱!"

류조는 자책의 늪으로 빠져드는 오싱을 일깨웠지만 그녀는 여전히 우울했다.

"그랬다면 아가씨는 결혼하지 않고 좀 더 다른 인생을 살았을 거예요."

"고우타상 같은 사람을 기다려 봤자 좋을 게 뭐가 있소. 늘 떠돌아다니기만 하고 행복한 가정을 만들 사람은 아니오."

"하지만 가가야가 망하는 일은 없었을 거예요. 아가씨의 인생을 망쳐 놓은 건 나예요. 그 일을 끝내 아가씨께 실토하지 못했고 용서받지도 못했어요."

"이제 와서 그런 일을 사과해 보았자 별 수 없잖소."

"내게는 노소미 도련님을 훌륭하게 키워야 할 책임이 있어요. 그것이 가요 아가씨를 속인 나의 최소한의 속죄이기도 하죠. 그래서 내 마음대로 도련님을 데려왔어요. 고생이 될 건 알고 있습니다. 하지만 내가 설사 먹지 못한다 해도 도련님만은 내 손으로 훌륭히 키워야 해요."

"잘 알고 있소. 가요상의 소식을 알았다고 할 때부터 가요상도 노소미도 데려올 작정이었으니까."

"여보, 정말 고마워요."

"걱정할 것 없어요. 우리가 열심히 일하면 아이 하나쯤은 어떻게든 잘 키우게 될 거요."

눈물이 글썽거리는 눈으로 남편을 바라보던 오싱은 아무런 말도 나오지 않아 류조의 손을 꼭 붙잡았다.

"오싱, 자식은 말이야, 형제가 많을수록 서로를 위하는 법이야. 싸움도 하고 서로 돕기도 하면서 인간답게 커 가는 거지. 오싱은 앞으로 노소미에게 도련님 호칭은 빼고 그냥 이름만 불러요. 자기 자식한테 도련님이라 부르는 건 좀 이상

하니까. 이제부터 당신은 그런 마음을 잊지 마오."

고개를 끄덕이는 오싱의 눈에서 금방이라도 눈물방울이 굴러떨어질 듯했다.

"사내아이가 세 놈이나 있다니 이런 행복이 또 어디 있겠소. 정말 고마운 일이오."

눈물을 거두지 못한 채 오싱은 류조를 물끄러미 바라보았다.

"사카다엔 언제 가겠소? 사카다의 가가야 묘지에 납골을 해야 할 게 아니오?"

"이곳 절에 부탁해서 묘를 만들어 달라고 하고 싶어요. 아가씨도, 주인님과 마님도 도련님 옆에 계시고 싶을 테니까요. 노소미 도련님이 어떻게 성장하는지 지켜보고 싶을 거예요. 게다가 여기라면 도련님이 성묘도 갈 수 있고요."

"그렇지만……"

"도련님이 이 다음에 크면 사정을 들려 주고 사카다의 가가야 묘지로 옮기면 될 거예요. 그때까지만이라도 가까이서 정성껏 모시고 싶어요."

"그렇지. 가가야는 망했지만 노소미가 가가야를 부흥시킬 만한 장사꾼으로 성장해 주면 그때 가서……"

"그렇게만 되면 나도 가가야의 여러분들에게 다소라도 은혜를 갚게 되는 거죠."

"좋아요. 우리 둘이 열심히 노력해서 노소미를 훌륭하게 키우도록 합시다."

비로소 오싱의 얼굴에 여릿한 미소가 번져 갔다.

바다가 내려다보이는 이세의 나지막한 언덕에 새로운 묘비가 세워졌다. 비바람조차도 스치지 않은 듯 닳은 흔적도 없는 묘비가 왠지 더 처량하게만 보였다. 스님이 그 앞에서 독경을 하는 동안 오싱과 류조는 무덤 앞에서 합장했다. 유도 함께 손을 마주 대고 있지만 히토시와 노소미만은 신기한 듯 이리저리 두리번거렸다. 그러다가 유는 문득 궁금한 듯이 물었다.

"엄마, 이거 누구의 무덤이에요?"
"엄마한테 무척 소중한 분의 유골을 묻은 거란다."
"누군데?"
"유가 모르는 분들이셔. 네가 이 다음에 크면 가르쳐 줄게."

오싱은 잠시 먼 바다를 향해 눈길을 던졌다. 그러다가 노소미의 자세를 바르게 해 주고,

"자아, 노소미, 공손히 참배하는 거다."

하고 팔에 안은 채 절을 시켰다. 유는 그 광경을 뚫어지게 지켜보았다.

그들이 참배를 마치고 집으로 돌아왔을 때 히사가 가게 문 밖에서 서성거리고 있었다. 오싱은 깜짝 놀라 얼른 다가갔다.

"죄송합니다. 많이 기다리셨죠. 곧 열겠습니다."

문에는 '금일 휴업'이라는 쪽지가 펄럭이고 있었다.

"오늘 아침 류조상이 물건 사입을 하러 오지 않기에 걱정이 돼서 왔어."

"저런, 오늘 가게를 쉰다고 당신이 말씀드리지 않았어요?"

"뭐, 일부러 말씀드릴 일도 아니라고 생각해서……"

멋쩍은 듯이 류조가 말꼬리를 감추었다.

"아침엔 서로가 전쟁이니까 천천히 얘기할 짬이 있어야지. 어쨌든 안심이야. 나는 누가 아픈 게 아닌가 하고 걱정이 돼서……"

히사는 문득 류조가 안고 있는 노소미를 보더니,

"에구머니, 웬 아이야?"

하고 놀라움을 감추지 못했다.

그들은 가게 문을 열고 안으로 들어갔다. 외출로 몹시 피곤했던지 히토시와 노소미는 눕자마자 잠이 들었다. 오싱과 류조, 히사는 차를 마시며 이야기를 나누었다.

처음부터 끝까지 자초지종을 들은 히사는 그제야 고개를 끄덕였다.

"그런 일이 있었군. 류조상이 암말 안해서 난 아무것도 몰랐지 뭐야. 용케도 묘까지 세워 주었군."

"고우타상이 가요 아가씨에게 전해 달라는 백 엔을 맡아 가지고 있었어요. 그것으로 겨우 해냈습니다."

"뭐? 고우타하고 가요라는 사람과 무슨 일이 있었나?"
"고우타상은 가요 아가씨의 첫사랑이었어요."
"뭐라고?"
"잠시 동안 함께 지낸 적도 있어요."
"그랬었군. 나는 또 고우타가 오싱을 좋아하는 줄만 알았지."
"설마······"
"그렇다면 내게도 전혀 인연이 없는 사람은 아니군. 나도 다음엔 그 묘지에 참배하게 해 줘요."
"그 뒤로 고우타상한테선 무슨 소식이라도 없었나요?"
"함흥차사야. 어디서 무엇을 하고 있는지······ 어쩌면 붙잡혀서 감옥에 갇혔을지도 모르고."
지나가는 말처럼 내뱉는 그 한마디에 오싱은 자신도 모르게 가슴이 섬뜩했다.
"요즘 또 조사가 심해져 여기저기서 검거된다고 하니까 고우타도 그건 각오하고 있겠지."
"이 불경기에 고통을 받는 건 가난한 사람들뿐이니까 누군가가 그런 사람들 편에 서 주지 않으면 안돼요."
"생선을 운반하는 아줌마들도 장사가 안된다고 아우성들이야. 당신네는 아직 나은 편이지만 그래도 아이가 하나 더 늘었으니 보통 일이 아닐 거야."
히사의 염려와는 달리 류조는 노소미의 일이 그다지 걱정스럽지 않은 모양이었다.

"이제부터는 뭐든지 똑같은 것이 두 개 있어야 하니까요. 두 녀석이 나이가 같으니 만큼 조금이라도 차별을 두면 어느 한 녀석이 서운한 생각을 갖게 되는 거죠. 그것만은 조심해야 해요."

류조는 물끄러미 잠든 노소미의 얼굴을 들여다보았다. 오싱도 그 말이 가슴에 와 닿았다.

"아무리 우리 자식이라 해도 노소미도 언젠가는 사정을 알 때가 올 거예요. 비뚤어지지 않고 올바르게 자라야 할 텐데, 그렇게 키울 수 있을지 걱정이군요."

"곤란한 일이 있으면 언제든지 도와주겠어."

이렇게 말하는 히사를 오싱은 감사한 눈길로 바라보았다.

세월의 무상함을 보여 주기라도 하듯 묘비는 비바람에 깎인 채 잡초들 틈에 우뚝 서 있었다. 멀리 바다가 보이는 묘지에서 오싱과 게이는 물을 끼얹기도 하고 분향을 하기도 했다.

"그랬었군요…… 이 묘가 우리 할머니의 묘였군요. 가요라는 분이 제 진짜 할머니였고요."

"언젠가 게이 너를 데리고 온 일이 있었지?"

"아아…… 그땐 누구의 묘인지도 모르고 절만 했었지요."

"네 아버지도 네가 어른이 되면 말해 주려고 했을 거야.

네 아버지한테는 역시 괴로운 이야길 테니까."

이미 50년이나 지난 옛일들이지만 오싱의 가슴속에는 가요에 대한 기억들이 애잔하게 남아 있었다.

낮은 한숨을 내쉬며 오싱은 먼 곳으로 눈길을 던졌다. 이세의 바닷가 풍경이 한눈에 들어왔다.

"그럼 지금도 이 묘에 할머니 유골이 들어 있어요?"

"네 아버지가 사카다에 있는 가가야 조상 대대의 묘지로 모두 납골했단다. 그렇지만 이 근처에 도자기 가마를 가지고 있으니까 가끔 참배하기에는 아무래도 여기가 편리하다고 유골을 나누어 남겨 놓았지."

"그랬군요."

"네 아버지는 자주 분향하러 오는 모양이던데?"

"가요 할머니는 무척 성미가 과격했던 모양이죠. 아버지는 가요 할머니와는 전혀 닮지 않은 것 같아요."

"그렇지도 않단다. 한번 말을 꺼내면 좀처럼 양보하지 않는 건 똑같아. 노소미 때문에 무척이나 애를 먹었어. 울기도 많이 울었지."

"그래요? 아버지가요?"

"아버지한테도 열 살, 스무 살, 서른 살일 때가 있었단다. 지금이니까 조용히 물레나 돌리고 있지만, 끝내 이 할미가 원하는 대로는 되지 않았어."

오싱은 씁쓸하게 웃었다. 그때 어린 노소미를 데려와 잘 키워 보자고 다짐했던 기억들이 문득 머리를 스쳤다.

"어렸을 때는 내 나름대로 노소미에게 꿈도 가지고 있었단다."

"아버진 그런 말은 전혀 하시지 않았어요."

"지금 와서 생각하면 노소미는 가장 노소미답게 살았다고 여겨지지만 말이다. 그런 그렇고, 게이?"

느닷없이 정색을 하고 자신을 부르는 할머니의 표정에서 게이는 여전히 풀리지 않는 의문을 보았다.

"너는 이제 돌아가거라. 아버지가 걱정하겠다. 가요 할머니의 얘기도 끝났으니까."

"할머니는요?"

"난 좀 더 있다 가겠다. 아직도 생각할 거리가 남았으니까."

"그럼 저도 돌아가지 않겠어요. 할머니하고 함께가 아니면 돌아갈 수 없잖아요. 큰집에서 이것저것 물으면 전 못 견딘단 말이에요. 할머니랑 함께 가지 않으면 전 안 가겠어요."

게이는 흘끗 할머니의 눈치를 살피고 나서 말을 이었다.

"사실은 말이에요, 아버지 이야기를 더 듣고 싶어요. 괜찮죠, 할머니?"

멀거니 손자의 얼굴을 지켜보던 오싱은 다시 씁쓸한 표정이 되었다.

"일본이 차츰 어려운 시대로 접어든 것은 바로 그 무렵부터야. 노소미를 맡은 그해 만주사변이 일어났지. 그것이 길고 긴 전쟁의 시초였어. 하지만 그때는 일본이 15년이나 끌다가 결국은 패전하리라고는 아무도 생각하지 못했거든."

자신이 직접 겪지는 못했지만 게이는 오싱의 쓸쓸한 표정에서 전쟁의 참상을 어렴풋이 엿보았다.

1931년 봄, 고아가 된 노소미를 떠맡은 오싱은 하루아침에 세 아이의 엄마가 되었다. 여전한 불경기 속에서 오싱과 류조는 아이들을 위해 더욱 장사에 열중했다. 그러나 오싱이 31세가 되던 해 9월에 만주사변이 일어났다.

그해 어느 가을날, 오싱이 아침 식사를 준비하는 동안 류조는 조간신문을 읽고 있었다.

"마침내 만주에서 관동군이 움직이기 시작했군."

식탁을 차리던 오싱은 그 말에 깜짝 놀랐다.

"전쟁이에요?"

"활기차게 싸워 주지 않으면 오늘의 일본은 헤어날 수가 없소. 만주에도 크게 진출해야지."

"하지만 큰 전쟁으로 발전되면 어쩌지요?"

"보통의 사건이야. 일본의 위신을 보이는 정도겠지. 약간의 전쟁은 불가피한 거요."

류조는 대수롭지 않게 말했지만 오싱의 얼굴은 불안스럽게 떨렸다.

다음 날 유가 식탁에서 공부를 하는 것을 지켜보며 오싱은 히토시와 노소미를 재우고 있었다. 가게에서 저녁 장사를 준비하던 류조가 흥분된 얼굴로 급히 안으로 들어왔다.

"오늘 아침 신문에 상세한 기사가 나왔소."

"쉿, 조용히 해요. 둘이 겨우 잠이 들 참이에요. 지금 애들이 자야지 가게에 편안히 나갈 수 있어요."

오싱의 시큰둥한 태도와는 달리 유는 호기심 어린 눈으로 또르르 달려가 제 아버지 곁에 앉았다.

"전쟁이야? 아빠, 뭐라고 쓰여 있어?"

"만주 봉천 근처에서 적의 장교가 이끄는 3, 4백 명의 군대가 만주 철도를 폭파하고 철도를 경비하고 있던 일본 수비대를 습격한 거야. 그래서 일본 수비대도 할 수 없이 응전하여 마침내 전투가 벌어졌어."

"그럼, 저쪽에서 먼저 전쟁을 걸어온 거예요?"

"그렇지. 그전부터 일본을 적대시해서 내쫓으려고 했으니까."

"어느 편이 이겼어요?"

"물론 일본군이지."

어린 아들과 아버지는 가벼운 흥분을 감추지 못하고 말을 주고받았다.

"와! 일본군은 막강하구나."

"막강하고 말고. 청일전쟁, 러일전쟁 때도 일본군이 이겼지."

"여보!"

부자간의 대화를 줄곧 못마땅하게 지켜보던 오싱이 더 이상 참지 못하고 얼굴을 찡그리며 말을 막았다.

"유, 어떤 이유로든 전쟁은 나쁜 거야. 사람들이 서로 죽인다는 것은 가장 멍청한 짓이니까."

"그렇지만 엄마, 저쪽에서 먼저 덤벼들면 할 수 없잖아요. 가만히 있다간 다 죽어 버리게요?"

류조는 아들의 말을 한술 더 떠서 받았다.

"그렇지. 전쟁은 물론 없어야지. 그러나 일본이 외국의 위협을 받는다면 손 싸매고 가만히 있을 수는 없는 거야. 그렇기 때문에 만주와 손잡고 자원 같은 것도 확보해 두는 것이 중요하지."

"여보! 공연히 아이들한테까지 그런 말을 할 건 없잖아요."

"유도 언젠가는 일본을 걸머질 사람이 되는 거요. 이제부터 일본 국민으로서 확고한 자각을 심어 줘야지. 유, 아버지는 사가라는 곳에서 태어나 그곳에서 자랐다. 그곳은 엄격한 무사도의 가르침이 있던 곳이다. 유에게도 차차 훈련을 시켜야겠구나."

눈을 반짝이며 유는 머리를 크게 끄덕거렸다.

"그렇지. 이제 슬슬 검도를 배워야 되겠구나. 이세에도 좋은 도장이 있다던데."

"여보!"

오싱의 나무람을 아랑곳하지 않고 류조는 아들에게 진지

하게 말했다.

"검도를 배우는 목적은 사람을 베는 것이 아니다. 몸과 마음을 단련하기 위해서이지. 유는 사내이면서 다소 약한 면이 있으니까 좀 더 남자답게 성장해야 해. 아이보기나 집안 심부름을 하는 것보다 검도를 배우는 것이 중요하다."

"하지만 싹싹한 것이 유의 장점이잖아요."

"사내놈은 아버지한테 맡기면 되오. 앞으로 일본은 온순한 것만 가지고는 통하지 않게 될 테니 말이오."

오싱은 그만 입을 다물었다. 어렸을 적 준사쿠 오빠에게서 전쟁의 참담함을 누누이 들었던 까닭에 왠지 불안하고 두렵기만 했다.

만주사변 발발은 류조뿐만 아니라 모든 일본 국민의 의식을 조금씩 바꾸어 놓았다. 그러나 이번 사건이 만주를 수중에 넣으려는 관동군의 모략이었으며 그것이 15년 동안이나 계속되는 전쟁의 발단이 될 줄은 아무도 생각지 못했다.

생선가게 앞 골목은 언제나 꼬마들이 와글거리며 노는 곳이었다. 안팎으로 전쟁 분위기에 술렁거리던 때라 유와 이웃의 개구쟁이들은 전쟁놀이를 했다.

상대편 아이가 5, 6명의 아이들을 이끌고 유와 이쪽 아이들을 공격했다. 열심히 응전하며 막대기로 총칼을 흉내 내어 서로 때리고 막고 한다. 그러다가 양쪽 아이들 사이에 진짜 싸움이 붙었다.

한참 티격태격하고 있을 때 시장에서 돌아오던 오싱이 그것을 보고 깜짝 놀랐다. 수레에 히토시와 노소미를 실어 둔 채, 오싱은 날카롭게 소리쳤다.

"유! 그만해, 유!"

하지만 엄마의 목소리도 듣지 못할 정도로 유는 전쟁놀이에 정신을 팔고 있었다.

"전멸시킬 때까지 해치워라. 적에게 지면 안돼!"

"그만해, 유! 다치면 어떡하니."

아이들은 서로 엉겨붙어 필사적으로 싸웠다. 그때 마침 류조가 가게 밖으로 나왔다.

"여보, 말려요!"

오싱은 대뜸 그를 향해 소리쳤다. 그런데 류조의 다음 태도는 너무도 맥 빠지는 것이었다.

"전쟁놀이야. 사내놈이라면 저 정도 싸움은 보통이니까 그냥 내버려 둬요."

오싱은 어처구니가 없었다. 비록 진짜 총칼이 아닌 막대기라고는 하지만 전쟁 흉내라면 참을 수 없었다. 결국 오싱에 의해서 아이들은 뿔뿔이 흩어졌고 유는 팔뚝에 가벼운 상처를 입고 잔뜩 찌푸린 얼굴로 돌아와야 했다.

오싱이 상처를 치료할 때도 유는 아픈 것을 잘 참아 냈다.

"바보 같으니, 진짜 싸움을 하면 어떻게 해?"

"하지만 전쟁인데. 죽어도 질 수는 없어."

"유, 전쟁놀이 같은 건 하지 말랬잖아. 엄마가 몇 번이나 말해야 알겠니?"

"엄마, 만주에선 전쟁을 하고 있잖아."

유는 몹시 불만스러운 듯했다. 그때 류조가 와서 보고는 대수롭지 않게 말했다.

"뭐야, 그 정도 상처쯤은 괜찮아. 침이라도 발라 두면 낫는 거야. 엄마가 그렇게 약하니까 유도 야무지질 못하지."

상처 입은 것도 잊어버렸는지 유는 으스대며 말했다.

"나는 강해질 거야. 검도도 열심히 해서 장차 씩씩한 군인이 될 테야."

"유!"

"그렇지. 훌륭한 군인이 되는 거야. 앞으로는 군인의 세상이야. 생선 장사는 아버지 대에서 끝내야지."

"여보!"

오싱은 아들과 아버지를 번갈아 보며 신경을 곤두세웠다.

"사나이라면 그만한 기개는 있어야지."

오싱의 심경이 굳어져 있는 것을 눈치채고 유는 재빨리,

"엄마, 히토시와 노소미는 내가 볼게요."

하고 안색을 살폈다.

"괜찮아, 아버지하고 엄마가 업을 테니까 너는 숙제나 해라. 놀기만 하느라고 아직 못했잖아."

"괜찮아, 아이들은 놀면서 큰다고 하니까 그렇게 잔소리할 필요는 없소."

오싱은 대답 없이 히토시를 류조에게 업혀 주었다.

"아버지가 불쌍해요. 역시 보기가 흉해요. 내가 보겠어요."

유는 어린애답지 않은 소리를 했다.

"고생은 잠깐이다. 히토시도 노소미도 곧 자랄 테니까 업어 주는 것도 지금뿐이야."

류조는 유쾌한 듯 시원스럽게 웃어 댔다.

그날 저녁 류조와 오싱은 각자 아이를 한 명씩 업은 채 가게 문을 닫을 때까지 정신없을 정도로 바쁘게 장사를 했다. 가게 문을 닫고 나서도 밤늦게까지 오싱은 손님으로부터 주문 받은 가다랭이 쓰구다니(생선과 조개, 야채 따위를 섞어 조린 것)를 만들었다. 류조는 부엌이 바라다보이는 거실 한곁에서 장부 정리를 시작했다. 쓰구다니를 조리며 오싱은 거실에 대고 말했다.

"히토시와 노소미가 혼자서 놀게 될 때까지 아이 볼 사람을 두는 게 좋겠어요. 당신이 히토시를 업고 가게에 나오는 게 아무래도 보기가 안됐어요."

"나는 괜찮소. 그보다 당신이야말로 고생스럽겠지. 그럼, 애 보는 아이를 하나 둘까?"

"나는 아무렇지 않아요. 일곱 살 때부터 아이를 봤으니까 익숙해졌죠. 하지만 남자인 당신은 좀 보기 흉해요."

"보기 흉한 것쯤은 참아야지. 애 볼 사람을 두면 그만큼 비용이 더 들 텐데. 아이들을 위해 교육비만은 지금부터 저금하자고 결정했는데 그렇게 가외로 지출하면 무리가 따르지."

"그래요. 아이들 셋은 무슨 짓을 해서라도 대학까지 보내고 싶어요. 그리고 사실은요, 나는 애보기가 오는 게 싫어요. 나 자신이 애보기 더부살이를 해 봤으니까 아이를 본다는 게 얼마나 괴로운 일인지 잘 알고 있거든요. 불쌍해요."

"그렇다면 둘이서 참도록 해요."

"대신에 냉장고와 자전거만은 사도록 해요. 냉장고만 있으면 생선이 상하는 걸 걱정하지 않아도 되니까요. 또 멀리 주문을 받으러 가거나 배달을 하는 데 자전거가 있으면 얼마나 편한지 몰라요."

"그렇게 합시다. 사람을 두는 것보다 자전거와 냉장고 쪽이 나도 더 좋아."

어린아이처럼 류조의 얼굴에는 밝은 웃음이 떠올랐다.

"그럼 월부로 부탁하겠어요. 그래서 장사만 편리해지면 그 이상 좋을 게 없죠. 매상도 늘어날지 몰라요."

"좋았어. 평생 생선 장사를 할 각오니까. 생선가게를 해서 세 자식을 대학까지 보내려면 조금씩 가게 설비도 개선해서 이익을 올릴 궁리도 해야겠구려."

"유와 히토시는 무엇이 되는지 모르지만 노소미만은 대학에서 경영학을 배우게 해서 가가야를 부흥시켜야 돼요. 그것이 가가야의 신세를 진 사람의 의무니까요. 그것으로 가요 아가씨에 대한 속죄도 될 수 있을 테고."

"아직 두 돌도 안됐는데, 앞날이 까마득한 이야기요."

빙긋이 미소 짓는 류조의 말에 오싱은 정색을 했다.

"눈 깜짝할 사이에요. 지금부터 그렇게 마음먹고 준비해야죠. 그러니까 세 명 앞으로 저금통장도 만들었잖아요."

"좀처럼 저금을 해 줄 순 없지만 말이오."

류조와 오싱은 빙그레 웃었다. 오싱은 잠시 후 걱정스러운 목소리로 말을 걸었다.

"여보, 유에게 너무 전쟁 얘기를 하지 마세요. 난 그 애들에게 전쟁의 비참함을 겪게 하고 싶지 않아요."

류조는 씁쓸하게 입을 다물었다.

다음 날 학교에서 돌아온 유는 일꾼들이 가게에 냉장고를 들여놓는 것을 보고 눈이 휘둥그레졌다.

"엄마, 이게 뭐야?"

류조와 오싱은 두 아이를 안고 흡족한 미소를 지었다.

"냉장고란다. 여기다 얼음을 넣고 그 밑에 생선을 깔아 놓으면 얼음 때문에 안이 차가워지니까 생선이 상하지 않는단다."

"야! 신난다!"

유는 신기한 듯 이리저리 뜯어보았다.

"유가 학교에 간 사이에 이것도 가져왔단다."

류조는 가게 구석에 천으로 덮어 두었던 것을 걷었다. 그러자 반짝거리는 새 자전거가 나왔다.

류조는 자전거를 가게 밖으로 끌고 갔다. 그 뒤를 쫓아가며 유는 연신 싱글벙글했다.

"유, 넌 뒤를 잡고 있어."

"네."

위태롭게 올라타는 아버지가 쓰러질까 봐 유는 자전거를 꽉 잡고 함께 달렸다. 자전거는 비틀거리면서도 제법 굴러갔다.

"야! 달린다, 달렸어!"

그런 아버지와 아들을 바라보는 오싱의 얼굴에도 행복하고 흡족한 웃음이 떠올랐다.

그때 깜짝 놀란 표정으로 히사가 다가왔다.

"아줌마, 이것 봐요. 자전거 샀어요."

유는 대뜸 자랑부터 늘어놓았다.

"냉장고도 가져왔어요."

"정말이야?"

하고 히사는 가게 안을 들여다보았다.

"아주 근사하군. 이것만 있으면 호랑이에 날개를 단 격이지."

히사는 자전거를 타고 있는 류조와 그 뒤를 미는 유의 모습을 바라보았다. 노소미와 히토시를 나란히 데리고 있는 오싱의 모습에서 행복을 엿보고 히사는 차분한 목소리로 말했다.

"성실한 남편과 잘생긴 사내아이를 세 명이나 두었으니 오싱은 정말 행복하군. 지금까지 고생도 많았겠지만 부부가 힘을 합쳐 장사를 하게 되었으니 이것이 참다운 가족이라는 것이겠지."

그 말을 듣는 순간 오싱의 가슴속에는 짜릿한 행복감이 스쳤다.

"덕분에 이제야 겨우 자리를 잡는 것 같습니다."

"오싱에 비하면 고우타는 정말 한심해."

하고 히사는 또 걱정을 했다.

"어디가 어떻게 잘못된 것인지 조금도 알지 못하고 위험한 짓만 계속하니 말이야."

"무슨 연락이라도 있었나요?"

히사는 갑자기 목소리를 낮추더니,

"어젯밤에 우리 집에 왔어."

하고 지나가는 말처럼 가볍게 던졌다.

오싱도 걱정스런 얼굴이 되었다.

"무슨 짓을 하고 있었는지 모르지만 몹시 피곤한 얼굴이야. 잠만 자고 있어. 쫓겨 다니느라고 이젠 마음 놓고 쉴 데도 없는가 봐."

"그럼 당분간 아주머니 댁에 있게 되나요?"

"글쎄, 좀 쉬게 해 달라고만 하고 아무 말도 안 하더군. 다만 가요상이 죽었다고 했더니 묘소가 어디냐고 묻더군. 나도 오싱한테서 분명히 들어 두질 않아서 말이야."

"저희 집으로 오시게 하면 제가 안내하겠어요. 가요 아가씨가 얼마나 기뻐하실까요."

"그렇지만 그런 곳에서 얼씬거리다가 순사에게라도 발견되면 큰일이야."

순간, 오싱은 미간을 찌푸렸다.

"사실 오늘은 오싱에게 긴히 부탁할 게 있어서 왔어. 고우타는 내 말 같은 건 들을 사람이 아니야. 하지만 어떻게 해서든지 위험한 짓은 그만두게 해야겠어. 만주에서 전쟁이 터지고 나서는 경계가 삼엄해졌어. 무슨 일 터지기 전에 어떻게 해서든 발을 빼게 했으면 좋겠어."

오싱의 마음은 초조해졌다.

"이봐, 오싱. 이번 기회에 오싱이 고우타를 설득시켜 보지 않겠어? 오싱 말고는 달리 부탁할 사람이 없어."

히사의 간절한 뜻을 잘 알겠지만 오싱은 난처했다.

"류조상이 알면 곤란하겠지만 내가 어떻게든지 핑계를 대고 가게 일도 돕겠어. 히토시와 노소미의 뒷바라지도 해 주겠어. 고우타는 지금이 최대 고비야. 제발 부탁이야."

깊이 머리를 숙이는 히사를 보며 오싱은 대답을 찾지 못했다.

"오싱의 말이라면 들을지도 모르거든."

오싱은 망설이며 고개를 돌렸다. 떠들썩하게 자전거 타기에 열중하고 있는 류조와 유의 모습이 무척 행복하게 보였다.
 오싱의 마음은 점점 굳게 다져졌다. 고우타의 마음을 바꾸게 할 자신은 없었다. 그러나 오싱은 고우타가 좀 더 평온무사한 삶을 살아 주었으면 했다. 그 소원이 오싱으로 하여금 그를 만날 결심을 굳히게 했다. 그것이 어떠한 결과를 가져올지 미처 계산할 수도 없이 단지 그가 평온한 나날을 갖기를 원하는 오싱이었다.

체포

　행복이란 소박한 것에서 얻어지는 것인지도 모른다. 오싱은 가요의 아들 노소미를 유와 히토시의 친형제처럼 키웠다. 전 일본이 심한 불황과 만주사변의 발발이라는 소용돌이에 빠졌지만 오싱네 다섯 가족은 비로소 조그마한 행복을 맛보는 중이었다.
　그럴 즈음 오싱이 히사의 집에 고우타가 와 있다는 소식을 들은 것은 1931년 가을의 일이었다.
　고우타의 일로 한참을 망설이던 오싱은 그 일을 류조와 의논하기로 했다. 자전거를 타던 류조를 집안으로 데리고 들어간 오싱은 히사의 말을 그대로 옮겨 전했다. 류조의 태도는 무척 진지했다.

"그건 좋은 기회일지도 몰라. 고우타상처럼 유능한 인물이 관헌에 쫓겨 도망을 다닌다는 건 말도 안돼. 잘못되기 전에 그런 반사회적인 운동을 그만두도록 설득하는 게 좋겠소."

"하지만 고우타상처럼 농민 편이 되는 사람도 있어야죠."

"그대로 내버려 두면 그 사람은 평온한 생활을 할 수 없소."

"제가 한번 고우타상을 만나고 오겠어요."

"잘 이야기해 봐요. 가게와 아이들은 유와 내가 잘 볼 테니까. 고우타상의 일생이 걸린 문제요. 당신이 신세진 보답도 될 테니까 말이오. 그리고 아주머니도 오싱과 함께 돌아가세요. 우리 집 일은 걱정 없으니까요."

"공연한 폐를 끼치게 돼서 미안해요."

히사는 눈으로 류조에게 인사하며,

"류조상은 이해심이 많은 사람이야."

하고 부러운 투로 말했다.

"저는 부부 사이에 숨기는 일이 싫어서 이야기했지만 저이도 많이 변했어요. 전에는 고우타상의 운동을 이해했어요."

"당연하지. 고우타가 하는 일은 아무리 생각해도 위험해. 그걸 류조상은 걱정하는 거야. 정말이지 대학까지 나왔다면서 한 푼어치 이득도 없는 일만 해서 부모를 울리다니……한심스러워서."

말끝에 눈물을 글썽이는 히사를 지켜보는 오싱의 마음은 더없이 괴로웠다.

기왕 볼 바에는 한시바삐 만나야겠다는 결심을 굳히고 오싱은 히사와 함께 그녀의 집으로 갔다.

마침 방 안에서 편지를 쓰고 있던 고우타는 복도에서 들리는 인기척에 잔뜩 긴장했다.

"고우타, 나야."

히사의 목소리를 듣고서야 고우타는 안심했다.

"이제 오십니까."

문이 열리고 히사가 얼굴을 디밀었다. 바로 그 뒤에 무릎을 꿇고 앉은 오싱의 모습이 보였다.

"아니, 오싱상?"

"고우타가 와 있다고 하니까 만나고 싶다고 일부러 온 거야."

"오랜만입니다."

고우타는 오싱을 뚫어지게 바라보았다.

히사는 슬그머니 복도로 사라졌다.

"방해가 되지 않겠어요?"

"아니오. 걸핏하면 여기 신세만 져서 염치가 없소. 친척들은 나를 버린 놈 취급하는데 히사 아주머니만은 어려서부터 나를 귀여워해 주었죠. 중학 시절에는 바다가 좋아서 자주 여기 놀러 왔었소. 어머니 쪽으로 친척이죠. 여기도 사내아이가 셋이나 있지만 다들 도쿄에 가 있기 때문인지 지금도 오기만 하면 반겨 줘요. 그런데 항상 걱정만 끼치고 있으니

할 말이 없지요."

"저도 고우타상 덕택으로 이 댁에 신세를 지게 되고 이젠 정이 들었어요. 유와 단둘이서 불안한 때였으니까 아주머니한테서 딸과 손자처럼 사랑을 받는 것이 얼마나 고마웠는지 몰라요. 평생 잊을 수 없을 거예요. 지금도 여러 가지로 신세를 지고 있죠."

"잘됐소. 오싱상은 행복한 것 같으니까."

"생선가게를 내게 해 주신 덕분으로 이 불경기 속에서도 다섯 식구가 먹을 걱정은 안 하게 된 거예요."

"가요상의 아들을 맡고 계신다죠? 가요상도 지하에서 안심하고 있을 거요."

"고우타상이 알려 주셔서 가요 아가씨하고도 만날 수가 있었어요."

"결국은 오싱상에게 모든 것을 떠맡기게 되어 미안하기 짝이 없소. 단지 나는 그런 가요상을 도저히 만날 수가 없었소. 가요상의 소식을 알았을 때 카페 앞까지는 갔으나 끝내 만나지 못하고 돌아왔어요. 그게 지금도 마음에 걸려요."

"아니에요. 오히려 아가씨에겐 그 편이 좋았어요. 고우타상은 가요 아가씨의 깨끗한 추억만을 간직하시면 돼요. 여자라면 누구라도 그러기를 바랄 거예요."

오싱의 목소리가 파르르 떨렸다.

"가요상에겐 끝내 아무런 보상도 못하고 말았습니다."

"고우타상이 주신 백 엔으로 아가씨와 부모님의 공양을 했습니다. 묘비도 세우고요. 그것만으로도 고우타상의 마음이 충분히 전해졌을 거예요."

"나는 가요상에게 많은 상처를 입혔어요. 지금에 와서 돌이킬 수도 없지만 하다못해 노소미에게 힘이라도 돼야 할 텐데. 나 자신조차도 어찌 될지 알 수 없으니 안타깝기만 하오."

"노소미 도련님의 일은 우리 부부가 최선을 다할 작정입니다. 그것이 가가야의 은혜를 입은 저의 의무이고 속죄도 된다고 생각해서요. 다만 고우타상도 이제 슬슬 평범한 생활로 돌아와 주셨으면 해요. 지금처럼 남의 눈을 피하지 않고 언제든지 노소미 도련님과도 만날 수 있는 떳떳한 신분으로 말예요."

"남들에겐 바보짓을 하고 있는 것으로 보이겠지……"

"아뇨, 고우타상처럼 가난한 농민을 위해 일하는 사람이 필요해요. 하지만 때가 때이니 만큼 역시 걱정이 되어서요."

"나도 가끔 허무해질 때가 있소. 우리들이 아무리 노력해도 이런 불황 속에선 소작인의 형편이 좋아질 수가 없소. 농민들은 오직 자기 땅에서 농사를 짓고 싶을 뿐이오."

"저는 그런 이야긴 잘 모르겠어요. 하지만 지금 하는 일이 허무하게 생각되신다면 당장 생활을 바꿔 보세요."

"오싱상은 처음 만났을 때부터 나를 이해해 주었소. 하지만 난 부모 형제와도 등을 돌렸소. 가요상도 불행하게 만들었고…… 그 때문에라도 좌절할 수 없는 일이오. 오싱상과 만날 때는 언제나 이것이 마지막이 될지도 모른다고 생각했소. 이제 내 생활도 지칠 지경이오."

"그러니까 이럴 때 생각을 바꿔 보세요."

"이번엔 정말 한동안 못 만나게 될 거요. 그래서 가요상의 묘에도 참배하고 싶소."

"어딜 가시나요?"

그 말에 대답하지 않고 고우타는 말을 돌렸다.

"오싱상을 만나서 정말 기뻐요. 만나고는 싶었지만 화가 미칠까 해서 방금 오싱상에게 편지를 쓰고 있던 참이었소. 이젠 하고 싶었던 얘기도 다 했소."

"다시는 뵙지 못하게 되는 건가요?"

"여기 바다도 실컷 볼 수 있었고, 충분한 휴식도 취하고, 오싱상과도 만났으니 이제 미련은 없소."

고우타를 바라보는 오싱의 눈길이 불안스럽게 떨렸다.

"내일 가요상의 묘에 가겠소. 노소미도 꼭 한번 보고 싶었는데 어렵게 됐소."

"저도 함께 가겠어요. 노소미 도련님도 데려갈 테니까요."

"그건 안돼요. 미행을 당하고 있는지도 모르오. 오싱상을 끌어들일 수 없소. 옛날에도 폐를 끼쳤잖소. 자세히 위치만 가르쳐 주면 혼자 가겠소. 그러면 남의 눈에 띄지도 않을 거요."

"언제 여기를 떠나세요?"

"연락만 받으면 바로 떠날 예정이오."

무엇인가 오싱의 말문을 꽉 막는 것이 있었다.

"반드시 웃으면서 만날 날이 다시 올 거요. 그런 날이 오게 만들 결심이오."

오싱은 아무 말도 못하고 여릿하게 미소 짓는 고우타를 가만히 응시할 뿐이었다. 왠지 고우타의 심상치 않은 결심이 절박하게 느껴졌다.

고우타와 헤어지면서 알 수 없는 불안이 오싱의 가슴을 무겁게 짓눌렀다.

다음 날, 오싱은 노소미와 히토시를 데리고 가요의 무덤을 찾았다. 과연 고우타를 만날 수 있을지는 몰랐으나 고우타에게 먼발치에서나마 노소미를 보이고 싶었던 것이다. 오싱은 가요의 묘에 꽃과 향불을 올리고 합장했다. 아무것도 모르는 히토시와 노소미는 무덤 곁에 앉아서 천진하게 놀고 있었다.

"고우타 아저씬 역시 오시지 않는구나. 이젠 돌아가자. 아빠가 걱정하시겠다."

오싱이 두 아이를 수레에 태우고 막 내려가려던 참에 부스럭거리며 인기척이 났다. 오싱은 흠칫 놀라 소리 나는 곳을 보았다.

남의 눈을 피하듯 주위를 살피며 산길을 올라오는 고우타가 보였다. 부지런히 올라오던 고우타는 오싱의 시선과 딱 마주치자 걸음을 멈췄다.

그러고 나서 수레에 타고 있던 히토시와 노소미를 물끄러미 응시했다. 그런 고우타에게 오싱은 고개를 끄덕여 보았다. 다음 순간 고우타의 얼굴에 빙긋이 미소가 떠올랐다.

그러나 예상치 못한 일이 벌어졌다. 소리 없이 산길을 달려온 두 명의 남자가 느닷없이 고우타에게 덤벼들었다. 그들은 억세게 고우타의 손을 틀어쥐고 재빨리 수갑을 채웠다. 오싱은 깜짝 놀랐으나 손쓸 도리가 없었다.

"다카쿠라 고우타가 틀림없지? 이미 알고 왔다."

고우타의 얼굴색이 갑자기 변했다.

"너희 패가 모두 불었어. 이세에서 네가 연락을 기다리고 있다는 것도 말야."

또 다른 사내는 고우타의 팔을 더욱 세게 죄었다.

"증거는 완벽하니까 단념해라."

고우타는 어느새 침착한 태도로 가요의 묘를 눈짓으로 가리키며 나직이 말했다.

"인연이 있는 사람의 묘를 참배하러 왔소. 모처럼 분향이라도 하고 싶은데 시간을 좀 내주구려."

두 남자는 서로 얼굴을 마주 보다가,

"좋아. 특별히 봐준다."

하고 고우타를 가요의 무덤 곁으로 보내 주었다. 고우타는 말없이 가요의 무덤 앞에 서서 묵도를 올렸다. 조금 떨어진 곳에서 오싱이 그 광경을 꼼짝 않고 지켜보았다.

남자 하나가 문득 오싱의 존재를 의식하고 흘끔 그녀를 보더니, 아는 사람이냐고 고우타에게 물어보았다. 고우타는 태연하게 고개를 저었다. 그러자 오싱도 얼른 고개를 돌리며 아무렇지도 않은 듯이 히토시와 노소미를 달랬다.

 사내는 그것을 대수롭지 않게 보고는 양손에 수갑이 채워진 고우타를 재촉하며 언덕을 내려가기 시작했다. 오싱은 붙잡혀 가는 그의 모습을 뚫어지게 응시했다. 그러나 고우타는 오싱을 거들떠보지도 않고 그 앞을 지나 사내들과 함께 사라져 갔다.

 끝내 뒤돌아보지 않는 그의 모습이 사라지자 오싱은 자신도 모르게 그 자리에 풀썩 주저앉았다.

 수레에 안에서 저희들끼리 놀고 있는 노소미와 히토시를 바라보다가 오싱은 힘없이 언덕을 내려왔다. 수레를 밀고 가게 앞까지 이르렀을 때 류조가 급히 뛰어나왔다. 그는 오싱의 창백한 안색에 몹시 놀란 듯했다.

 "어떻게 된 일이오? 어딜 갔었어? 아까부터 아주머니가 와서 기다리고 있는데."

 그러나 오싱은 대꾸할 기력도 남아 있지 않았다.

 히사가 달려 나와,

 "오싱, 큰일 났어. 드디어 우리 집에 정보계 형사가 들이닥쳤어. 고우타가 가요상의 묘에 참배한다고 나간 뒤 정보계 형사 두 명이 와서는 샅샅이 뒤졌어. 그래도 나간 다음이었으니까 불행 중 다행이었지. 어디로 갔느냐고 꼬치꼬치 캐물었지만 끝내 모른다고 버텼지."

숨이 넘어갈 듯 빠른 말로 지껄였다.

"어떻게든지 고우타에게 빨리 알려서 피하게 하려고 달려왔어. 어쨌든 가요상의 묘지에 가면 만날 수 있을 거라고 생각했지만데 가요상의 묘소가 어딘지 알 수가 있어야지."

밀랍처럼 창백한 오싱의 얼굴에 괴로운 빛이 스쳤다.

"수고스럽지만 오싱이 함께 가 줘야겠어."

"가셔도 소용없어요. 고우타상은 이미……"

오싱은 착잡한 감정을 억누를 수 없어 두 손으로 얼굴을 가렸다. 류조와 히사는 오싱의 얼굴에서 모든 것을 알아챘다.

그날 이후 고우타의 소식은 끊겼고 일본은 전쟁의 소용돌이에 휘말리기 시작했다. 그러나 장사와 세 아이를 키우는 데 쫓기는 오싱으로서는 다만 그날그날의 생활을 꾸려 나가기 바빴고, 어느새 고우타에 대한 기억도 까마득하게 잊어버렸다. 오싱에게는 시대의 흐름보다도 가족을 지키는 일이 중요했던 것이다. 그리고 4년의 세월이 흘러 1935년 2월을 맞이하고 있었다.

다노쿠라생선가게는 날로 번창하여 손님이 늘어 갔다.

"자아, 오늘은 정어리가 쌉니다."

이젠 장사꾼 티가 몸에 밴 류조는 경쾌한 소리로 외쳤다.

상냥하고 능숙하게 손님을 상대하는 부부의 모습을 문밖 먼발치에서 감탄한 듯 지켜보는 남자가 있었다. 그를 눈치채지 못한 오싱은 여전히 바쁘게 장사에만 열중했다.

"여보, 저쪽 부인에게 이 회를 드려요."

류조에게 접시를 받아 여자 손님에게 건네던 오싱은 마침 가게 안으로 들어서는 사람을 보고 깜짝 놀랐다.

"아니, 겐상?"

겐은 겸연쩍게 머리를 숙였다. 류조도 금방 그를 알아보았다 오싱은 겐을 안으로 안내하려다가 문득 집안에 대고,

"유! 유짱!"

하고 아들을 불렀다.

"괜찮아요. 지금 바쁜 것 같으니까 나중에 다시 들르죠."

"그런 말씀 말아요. 한 시간쯤이면 나도 한가해지니까 안에서 기다려 줘요."

그때 안에서 유가 뛰어나왔다.

"손님이시다. 엄마가 바쁘니까 안으로 모셔라."

유는 호기심 어린 눈으로 겐을 올려다보았다.

"뭘 그러고 계세요. 이 애가 유예요."

"유짱이 이렇게 컸어요?"

"유가 어렸을 때 엄마가 무척 신세를 졌단다. 소홀하지 않게 잘 모셔라."

유는 겐에게 깍듯이 인사를 하고, 안으로 안내했다.

"그럼 실례하겠어요."

겐은 안으로 들어가기 전에 그때까지 문가에 머뭇거리며 서 있던 열 살 가량의 여자아이를 데리고 들어갔다. 오싱은 흘끗 그 애를 한번 바라보고는 다시 손님을 맞느라 바삐 움직였다.

안으로 들어온 유는 식탁에 펼쳐 두었던 교과서와 공책을 치웠다. 겐은 거실에 자리하고 앉으며 그런 유를 감개무량한 눈으로 바라보았다.

"유 도련님이라구…… 많이 컸구나. 그렇지, 도련님이 두 살쯤이었을까, 곧잘 내가 목마를 태웠지. 도련님은 비둘기를 좋아해서 말야. 신사에만 가면 콩을 사서 비둘기에게 던져 주고, 비둘기 노래를 부르기도 했어. 기억이 나니?"

유는 난처한 얼굴이 되었다. 겐이 데려온 하쓰코는 조심스럽게 부엌 쪽마루에 쪼그리고 앉았고, 히토시와 노소미는 빤히 겐을 쳐다보았다.

"기억이 날 리가 없지. 참으로 세월이 빠르군. 지금 몇 살이 됐지?"

"3월에 소학교를 졸업합니다."

"허어, 그럼 중학교에 가야겠군."

"이제 곧 시험이 있어요."

"저런, 내가 공부를 방해했군."

"아뇨, 이제 슬슬 저녁을 지을 시간이니까요."

"도련님이 그런 일을 다 해?"

"엄마가 가게 일로 바쁘니까 밥은 제가 지어 놓죠."

"호오, 사내아이가 기특하군."

"지금 차를 드리겠어요."

"괜찮아. 걱정하지 말라구."

유는 차를 준비하기 위해 부엌으로 나갔다. 그러자 하쓰코가 일어서서,

"차는 제가 끓이겠어요."

하며 다가왔다.

깜짝 놀라는 유를 개의치 않고 하쓰코는 화로에 얹어 놓은 주전자를 가리키며 물었다.

"끓는 물은 저걸 쓰면 되겠죠?"

"응."

얼떨결에 유가 대답하자 그녀는 재빠르게 차를 넣었다.

"도련님은 앉아 계세요. 밥도 제가 짓겠어요."

하고 하쓰코는 배시시 미소 지었다. 그 모습에 유는 어안이 벙벙해져 그녀를 쳐다볼 뿐이었다.

바쁜 시간대가 지나자 가게에는 손님도 줄고 어느 정도 한가해졌다. 오싱은 가게를 류조에게 맡기고 안으로 들어가 곧장 부엌으로 갔다. 마침 하쓰코가 부지런히 야채를 씻고 있는 모습을 보고 오싱은 깜짝 놀라 유심히 바라보았다. 그러다가 이내 거실에 있는 겐에게 말했다.

체포 53

"미안해요. 손님을 혼자 있게 해서요."

"아뇨, 마침 바쁘실 때 와서 폐가 많습니다."

겐이 머쓱하게 웃어 보일 때 하스코는 당황한 기색도 없이 오싱에게 공손히 머리를 숙였다.

"죄송합니다. 여기 있던 야채를 오늘 밤에 쓰실 것 같아서 씻어 놓았습니다. 그 밖에 시킬 일이 있으면 말씀하세요."

오싱은 놀란 시선을 겐에게로 돌렸다.

"약간 사정이 있어 다른 곳으로 데리고 가는 아이죠. 도중에 댁에 들르느라 그만 함께 왔어요."

오싱은 의아스런 눈빛을 풀며 비로소 하스코를 보았다.

"어머나, 손님한테 이런 일을 시키다니 정말 미안해요. 이젠 됐어요."

"이런 일쯤은 언제라도 할 테니까 무엇이든 말씀만 하세요. 그런데 도회지의 물은 차갑군요."

정답게 웃는 하스코의 얼굴을 보며 오싱은 처음 보는 아이인데 친근감을 느꼈다.

겐은 히토시, 노소미와 놀고 있다가,

"유 도령도 몰라보게 컸지만 노소미 도련님이 이렇게 컸을 줄이야."

하며 감탄했다.

"노소미도 히토시도 이번엔 소학교에 입학할 거예요."

"용케도 지금까지 정성껏 키우셨군요. 가요상도 지하에서 얼마나 기뻐하실까."

 오싱은 다급하게 겐의 말을 막았다. 영문을 모르는 겐은 멀뚱거릴 뿐이었다.

 "노소미는 가요상의 일을 모르고 있어요. 아무 말도 하지 않았어요."

 겐은 뜻밖이란 듯이 오싱을 쳐다보았다.

 "오늘 밤엔 주무시고 갈 거죠?"

 "아뇨, 나는 아무 데서나 숙박하면 됩니다."

 "그렇게 서먹서먹하게 굴지 말아요. 좁은 집이지만 참고 같이 지내요. 쌓이고 쌓인 이야기도 있으니까요."

 "하지만 저 아이도 있는데……"

 "상관없어요. 어떻게든 주무시게 해 드릴 테니까요."

 "누님……"

 겐은 기쁨을 감추지 못하고 어린아이처럼 밝게 웃었다.

 그날 밤, 안방에는 겐과 하스코의 잠자리가 마련됐고 작은 방에서는 유, 히토시, 그리고 노소미가 서로 포개듯이 하고 잠이 들었다. 하스코도 먼저 잠이 들었지만 겐과 류조는 밤이 늦도록 술을 마셨다. 그들 곁에서 오싱은 피곤한 줄 모르고 술 시중을 들었다.

 "잘 먹었습니다. 게다가 재워 주시기까지 하고……"

 "겐상에게 신세진 일을 생각하면 무엇으로도 부족하지만 보시다시피 가난한 생선 장수니 이해해 주세요."

"당치도 않은 말씀이에요. 이렇게 훌륭한 가게를 내고 세 명의 자식을 키우시고…… 나는 아까 가게에 계신 누님을 보고 자꾸만 눈물이 나지 뭡니까."

"그러지 마세요. 겐상도 눈물이 많으신가 봐요?"

류조는 술기운이 거나하게 오른 얼굴로 오싱의 말을 받았다.

"아까부터 도쿄에 있을 때의 고생담으로 이야기꽃을 피우고…… 정말 그리운 추억이지."

"용케 부부가 합심해서 이 정도까지 올려놓으시고…… 정말 장하십니다. 하세가와미용 선생님과도 자주 누님 얘길 하죠. 선생님도 기뻐하고 계십니다."

"내일은 이세신궁에 참배하고 후다미가우라(미에 현의 동해안에 있는 명승지)도 구경하도록 해요."

그러자 겐은 손을 내저으며 정색을 했다.

"아닙니다. 그렇게 한가로운 여행이 아니고 오사카에 볼일이 있어서요."

오싱은 하스코가 자고 있는 방 안을 건너다보고는 한껏 목소리를 낮추었다.

"볼일이라니, 저 아이를 데리고 말예요? 저 아이는 겐상과 어떤 관계죠? 친척인가요?"

"아뇨, 저 아이 때문에 골치를 앓고 있습니다. 야마가다의 소작농 딸인데요."

"역시 야마가다 태생이군. 어쩐지 말투가 그렇게 느껴지더군요."

오싱은 고개를 끄덕이며 다시 한번 잠든 하스코의 모습을 건너다보았다. 그런 오싱의 눈길에는 왠지 모르게 정다움이 넘쳤다.

"잘 알고 계시겠지만 지난 몇 년간 동북 지방은 냉해로 흉작이 계속되어 쌀 수확이 전혀 없다시피 했었죠. 그래서 여기저기서 딸을 팔아먹는 지경이에요."

순간 오싱의 낯빛이 창백해졌다. 겐이 데려온 아이는 기껏해야 열 살 남짓 돼 보이기 때문이었다.

"설마하니 저 아이를?"

겐은 태연하게 대답했다.

"친지의 부탁으로 50엔에 인수한 것까지는 좋았는데 도쿄도 불경기인데다가 그런 계집아이들은 우글우글하죠. 게다가 열 살밖에 안됐으니 유곽에선 써먹을 수가 없고 잔심부름을 할 만한 곳도 마땅치 않아 애를 먹고 있어요. 그러던 참에 친구가 오사카의 도비다라는 곳의 유곽에서 계집애를 원한다고 하기에 마침 그곳에 볼일도 있고 해서 가던 길입니다."

"팔려 가는 건가요, 저 아이가?"

이해할 수 없다는 듯이 오싱이 되묻자 겐은 약간 멋쩍어서 목소리가 수그러들었다.

"이런 장사만은 하고 싶지 않은데 이것도 자선 사업이라 생각하면 좀 위안이 되죠. 야마가다에 있으면 제대로 먹을 것도 없으니까요."

그 말을 듣고 류조도 믿을 수 없다는 표정이었다.

"불쌍하군. 지금은 잔심부름을 한다지만 유곽이라면 머지 않아 그런 여자가 되어 버리겠지."

"여보! 무슨 그런 말씀을?"

오싱이 떨리는 음성으로 류조를 질책했다.

"할 수 없죠. 이런 시대니 누구를 어떻게 해 줄 수도 없고, 모두들 각자 살아가는 일에만 허덕이니까요."

겐의 말은 오싱의 깊은 곳에 가라앉아 있던 어린 시절의 뼈저린 가난을 일깨웠다. 그때의 혹독함이 되살아난 듯 오싱은 몸서리를 치며 탄식처럼 내뱉었다.

"동북 지방은 언제까지나 가난에서 벗어나지 못하는군요. 게다가 희생되는 건 언제나 여자예요."

"그곳뿐만이 아니야. 도회지에도 실업자가 넘치는 시대니까."

"차라리 꽝 하니 전쟁이라도 터지면 다시 군수 경기 바람이라도 불겠는데…… 그러면 나도 만주에나 갈까 하는 생각도 있고……"

"그렇지. 만주는 왕도 낙토를 지향하고 있어서 앞으로 비약적으로 발전할 거야. 나도 처자식이 없으면 한탕 하러 가고 싶은데."

겐과 류조는 술기운에 들떠 떠들었으나 오싱은 멍하니 다른 생각에 빠져들었다.

 다음 날 아침 평소보다 조금 늦게 일어난 오싱은 급히 옷을 챙겨 입고 부엌으로 나갔다. 부랴부랴 부엌으로 들어서자마자 오싱은 깜짝 놀랐다. 열심히 불을 지피고 있는 하스코의 모습이 보였기 때문이다. 오싱은 뚫어지게 하스코를 응시했다. 하스코는 퍼뜩 고개를 돌리고 인사했다.

 "안녕히 주무셨어요. 잘 몰라서 밥하고 된장국만 끓여 놓았습니다."

 밝게 웃고 나서 하스코는 다시 일을 시작했다. 오싱은 하스코를 말없이 지켜보며 많은 생각을 했다. 그 애의 모습에서 아득히 잊혀져 가던 어린 시절 자신의 모습이 확연히 되살아나 오싱은 흡사 자신의 분신을 보는 듯했다. 그것이 오싱과 하스코의 운명적인 만남이 된 것이다.

수양딸

 오싱에게는 하스코가 자기의 분신처럼, 잃어버린 사랑의 재생인 것처럼 생각되었다. 하스코를 처음 보는 순간 느꼈던 운명적인 친밀감은 마침내 오싱으로 하여금 하스코를 딸처럼 집에 두기로 결정하게 했다. 아이들에게도 대환영을 받고 학교에도 다닐 수 있게 된 것을 알고 하스코는 마치 꿈을 꾸는 것 같다면서 눈물을 글썽거렸다.
 그 후로 오싱네 집에 함께 생활하게 된 하스코는 부지런히 집안일을 도왔고 유난히 유를 오빠, 오빠 하며 따랐다.
 4월이 되어 유는 현립 중학교에 합격하였고 히토시와 노소미도 소학교에 들어갈 날이 임박했다.
 그러나 오싱에게는 커다란 고민이 생겼다. 노소미는 야시로 노소미란 이름으로 입학하는 것이다. 다노쿠라라는 성이 아닌 것을 어린 노소미에게 어떻게 말해야 할까. 한참을 망설이고 괴로워하던 끝에 오싱은 조심스럽고 또한 솔직하게 이야기를 했다.

그러자 노소미는 예상외로 쉽게 받아들이는 것 같았지만 그 이후로 가족들을 대하는 행동이 아무래도 예전과는 달라 보였다. 그런 미묘한 변화를 느낄 때마다 오싱은 가요의 품에서 노소미를 안고 왔을 때를 떠올리며 더욱 자상하게 보살피리라는 각오를 다졌다.

그리고 이듬해 맏딸 데이가 태어났다. 다섯 아이의 어머니가 된 오싱은 전쟁을 절실히 느낄 여유조차 없었지만 이때부터 전쟁의 그림자는 오싱의 집에 파고들었다.

가요의 묘 앞에서 붙들려 간 고우타는 몇 해가 지난 후에야 사상 전향을 하고 출옥되었다. 그러나 이미 그의 몸뚱이는 모진 고문으로 인해 군데군데 험한 상처투성이였고, 제대로 쓰지도 못하게 된 다리를 질질 끌면서 출옥했다. 고우타는 이미 산송장으로 변했던 것이다.

그런 모습으로 자신의 앞에 나타난 고우타를 지켜보는 오싱의 가슴은 이루 말할 수 없이 쓰리고 아팠다. 게다가 그는 과거의 자신과 결별하기 위해 양조장 집의 데릴사위로 들어가겠다고 했다. 따라서 데릴사위가 되는 순간부터 다카쿠라라는 성을 버리고 이때부터 나미키 고우타로 변신한다는 고우타의 말에 오싱의 여심은 마구 뒤흔들렸다.

그러던 중에도 류조는 육군 소령인 둘째 형 가메지로의 주선으로 군의 어용상인 자리를 얻었다. 아내의 힘을 빌리지 않고 군에 협력하여 재산을 모으려는 류조의 덕분으로 다노쿠라 가정은 물자가 귀한 시대에 아무런 아쉬움 없이 지낼 수 있게 되었다.

군에 관계되는 것조차 꺼림칙해 하는 오싱에게 또 한 가지의 사건이 있었다. 중학을 마친 유가 육사 시험을 보겠다는 것이었다. 그러나 오싱은 끝까지 강경하게 반대했다. 소중한 아들을 전장에 내보내기 싫어하는 어머니의 본능이었고 오싱의 가슴속에 지워지지 않는 어린 시절 쥰사쿠 오빠의 가르침이 되살아났기 때문이다.

그런 어머니를 유는 '비애국적'이라고 몰아세웠고 남편도 그에 합세했다. 그러나 오싱은 한걸음도 물러서지 않았다.

결국 어머니의 참뜻을 이해하게 된 유는 마음을 돌려 교토의 삼고(三高)에 합격했다. 오싱은 전쟁으로부터 어머니를 구해 주었다고 만족해 하면서 아들을 교토의 하숙집으로 훌쩍 떠나보냈다.

전쟁을 싫어하는 오싱의 생각과는 대조적으로 류조는 날로 군에서의 신망이 두터워져 갔다. 그리하여 군용 어묵공장마저 맡게 되었다. 전쟁으로 불행해진 고우타가 있는가 하면, 전쟁을 발판 삼아 뻗어 나가는 류조도 있다. 그런 남편을 싸늘한 눈으로 바라보면서 오싱은 혼자 힘으로 생선가게를 계속했다.

1931년에 만주사변이 일어나면서 시작된 전쟁은 1937년부터 걷잡을 수 없게 확대되더니 1939년경에는 국민 생활에도 전쟁의 그림자가 무겁게 짓누르기 시작했다.

오싱의 주위에도 변화가 찾아왔다. 선주인 히사는 석유 통제 때문에 어선을 출어시키지 못하게 될 전망이 보이자 가업을 포기하고 이세를 떠났다.

전쟁으로 인해 운명이 달라져 가는 사람들 가운데서 오싱과 류조도 예외는 아니었다. 다만 류조의 경우는 약간 상황이 다를 뿐이었다.

국외에서의 전쟁 열기는 더해 갔지만 어느새 계절은 찬바람을 몰고 왔다. 오싱과 하스코는 정다운 모녀로서 함께 가게 문을 열 준비를 했다. 그러나 몇 발짝 뒤에서 자신들을 지켜보는 유의 모습을 미처 보지 못했다. 고등학교 제복 차림의 유는 그리움이 가득한 눈으로 바라볼 뿐 선뜻 부르려고 하지 않았다.

손님을 맞을 준비로 가게 안을 정리하기 시작할 때에야 유는 가게로 들어섰다. 하스코가 먼저 그를 발견했다.

"유 오빠?"

오싱도 깜짝 놀라 유를 쳐다보았다.

"다녀왔습니다."

"웬일이냐. 겨울방학엔 읽고 싶은 책이 많아서 도서관에 다녀야 한다고 돌아오지 않겠다고 편지하고선?"

"그건 사실이에요. 시간 있을 때 되도록 많이 읽어 둬야지. 때가 지나면 언제 다시 읽게 될지 모르니까."

유의 말에 무슨 뜻이 담긴 것 같았으나 오싱은 별달리 생각지는 않았다.

"학생이라고 언제까지나 마음 놓고 지낼 수는 없잖아요."

"무슨 말이야. 젊은이들이 공부할 수 없게 된다면 일본도 끝장이다. 그나저나 아무리 바쁘더라도 설날엔 모두 모여서 지내고 싶었단다. 잘 왔다."

어머니의 자상함이 가득 넘치는 얼굴로 오싱은 아들의 등을 대견하게 두드렸다.

유는 안채로 들어가려 하다가 자기를 부르는 소리에 우뚝 멈추어 섰다.

"유!"

뒤를 돌아보던 유의 얼굴에 밝은 미소가 스쳤다.

"아버지!"

"잘 돌아왔다."

"어쩔 수 없죠. 아버지가 돌아오라고 하셨는걸요."

그 말을 듣고 오싱은 어이없다는 듯이,

"참 기가 막혀. 아버지가 그런 말을 하시더냐?"

하고 류조를 가볍게 흘겨보았다.

"무슨 공장인지 잘 모르지만 새로 사업을 시작하게 됐으니 개업식에 꼭 오라는 편지를 받았거든요."

"뭐? 그 때문에 일부러?"

"하는 수 없죠. 비싼 하숙비와 학비를 대주시는 아버지 명령이니까요."

"아버지는 그걸 핑계 삼아 네 얼굴을 보고 싶은 거야."

"당연하지. 다노쿠라 집안의 맏아들이 설에 돌아오지 않다니 말이나 돼? 설날엔 온 식구가 모여서 함께 지내는 법이야."

류조는 당연하다는 표정으로 놀란 유를 마주 보았다.

그때 안에서 히토시와 노소미가 뛰어나와 유를 보더니,

"내가 형이라고 했잖아."

하고 저희들끼리 장난스런 눈길을 주고받았다.

"안녕, 형."

노소미가 얌전하게 인사를 했다.

"형, 이번에는 언제까지 있을 거야?"

히토시와 노소미는 기쁨을 감추지 못하고 유의 팔에 매달렸다.

그날 저녁, 집안은 음식 끓는 소리와 히토시, 노소미의 들뜬 목소리로 떠들썩했다. 그러다가 두 아이들도 잠이 들자 류조는 유와 마주 앉아 술을 마셨다. 술을 데우고 안주를 만드는 오싱과 하스코의 손길도 마냥 가볍기만 했다.

"히토시와 노소미가 형, 형 하며 부산을 떠는 바람에 별로 얘기할 틈도 없었지만 이제 그 녀석들이 잠들었으니까 천천히 얘기라도 나누도록 해라."

하면서 오싱은 유의 앞에 먹을 것을 밀어 놓았다.

"히토시와 노소미가 유 오빠를 무척 좋아하네요."

이렇게 말하는 하스코의 양볼은 발그스름하게 상기되었다.

"어쩌다 한번씩 돌아오니까 함께 모여서 사는 고마움을 절실히 느꼈지."

"하숙집 음식이란 게 형편없을 테지."

"아버지, 그거야 할 수 없죠. 모두들 참고 견뎌야 하는 때니까요."

"방학이 끝나고 교토로 돌아갈 때는 하숙집 아주머니한테 튀김용 기름을 갖다 드리렴. 이젠 그런 것도 구하기 어려울 테니까."

"괜찮아요. 우리는 식구도 많은데다가 히토시와 노소미는 한창 잘 먹을 때잖아요. 아무래도 부족하기 마련이에요."

"튀김용 기름은 어묵용으로 쓰이기 때문에 공장엔 얼마든지 있단다."

"야, 대단한데요. 하지만 그건 군대에 납품할 건데 함부로 쓴다면 아깝잖아요."

"조금씩이니까 괜찮다. 부대로 납품하는 식료품을 다루는 동안은 식구들이 궁색하지 않도록 할 거야. 안심해도 돼."

류조는 매우 자랑스러운 듯이 말했다.

"군대라는 곳은 뭐든 가능하니까요."

"이런 시기에 새 공장을 열 수 있는 것도 군수물자에 버금가는 걸 제조하기 때문이지. 민간사업은 원료 등을 규제 당하거나 군수공장에 일손을 빼앗기고 쓰러지든가, 큰 기업에 흡수당해 버려 상당히 어렵단다. 거리의 상점들도 팔 물건이 없어서 문을 닫아야 할 때가 올 거다. 우리도 언제까지나 생선 장사를 할 수 있을지 걱정이다."

오싱은 류조의 말이 새삼 진지하게 와 닿아 그저 묵묵히 듣고만 있었다.

"하지만 군대를 상대하고 있으면 그런 어려움을 겪지 않을 뿐더러 일이 바쁘면 바빠졌지 놀고 있게 될 염려는 없다. 그러면서 나라에 도움되는 일을 하고 있는 셈이지."

"아버지, 생선 납품 일도 큰일인데 공장까지 경영하신다면 너무 무리하시는 것 아니에요?"

"엄마도 늘 그렇게 말하고 있는데 아버지는 들은 척도 안하신다. 글쎄, 제조가 시작되면 새벽 3시에 일어나서 만들지 않으면 안된다지 뭐냐. 생선 사들이는 일도 있는데 건강을 해치기라도 한다면 큰일이다."

"공장엔 숙련된 기술자를 다섯 명이나 모아 놓았어. 군대를 상대로 하는 사업이라면 일손이 모자랄 염려는 없지. 난 원료로 쓸 생선만 구입하면 되니까."

"아버지께 그런 상재(商材)가 있는 줄은 미처 몰랐어요."

"나도 젊었을 때, 그러니까 스무 살에 상경해서 혼자 힘으로 다노쿠라상회란 양복지 도매상을 낸 적이 있는 사람이야. 그야 운이 없어서 아무리 노력해도 잘 안되던 때가 있긴 했지. 그러나 이제야 행운의 여신이 찾아와 주었어. 이런 때를 기다리고 있었지. 어묵공장은 겨우 시작이야. 이제부터는 여러 가지 사업에 전력을 다해 볼 작정이다."

유는 아버지의 굳은 마음을 엿보고 왠지 불안한 표정을 지었다.

"아버지……"

"이럴 때에 근사한 수완을 보여 줘야지. 어차피 오래 갈 전쟁이라면, 전쟁으로 골탕을 먹으니 이 전쟁을 이용할 테다. 그만한 배짱이 없이는 살아갈 수 없단 말이야."

"그렇게 되면 전쟁에 편승하는 셈이 되잖아요?"

유는 못내 아버지의 태도가 내키지 않는 듯했다.

"군에서 볼 때는 없어선 안되는 업자니까. 군에 필요한 사업인 이상은 전쟁에 나가 싸우는 군인과 마찬가지로 중대한 일을 하는 셈이야. 나라를 위해 일한다는 점에서는 마찬가지지. 그렇지 않느냐, 유?"

유는 어처구니없다는 얼굴로 어머니를 바라보았다. 이미 오싱은 류조의 그런 말들을 누누이 들어온 듯했다.

"아버지에겐 나름대로의 생각이 있으시다. 엄마가 아무리 말려 봤자 소용없었어."

"여자는 잠자코 따라오기만 하면 되는 거야. 너희들을 고생시키고 싶지 않기 때문에 아버지도 이렇게 열심히 뛰는 게 아니겠니?"

"어떻게 되든 빨리 전쟁이 끝났으면 좋겠어요."

"또 그런 경솔한 소리를 하는군. 온 국민이 총력을 다해 싸우려는 마당에 전의가 상실될 그 따위 말을 하면 안돼요. 그렇게 조심을 시켰는데도 되풀이하는군."

오싱은 쓴웃음을 지으며,

"알았어요."

하고 짧게 대답하고 말았다.

"유, 네 엄마도 골치란다. 군에 출입을 하고 있는 다노쿠라 집의 여주인이란 걸 잊어버리고 있으니까."

오싱이 유를 보며 목을 움츠리는 시늉을 해 보이자 두 사람 사이에 뭔가 통한 듯 모자는 의미 있는 눈길을 주고받았다.

다음 날 어묵공장 개업식에 류조와 함께 참석하러 갔던 유는 낮이 되어서야 혼자 돌아왔다. 생선가게를 떠나지 못해 지키고 있던 오싱은 반가이 아들을 맞아들였다.

"수고했다. 무사히 끝났니?"

"네, 제법 성대했어요. 아버지는 부대 사람들을 요정으로 초대한다면서 일찍 돌아올 수 없다더군요."

"또 늦으시겠구나."

"어머니는 계속 가게를 해 나갈 작정이세요? 아버지는 별로 이익도 없는데 그만하고 편히 지내면 될 텐데, 하시더군요."

"꼭 돈벌이를 하자는 것은 아니란다. 지금까지 우리 단골이 돼 주던 손님들을 위해 하루라도 더 장사하고 싶은 거야. 우리가 그럭저럭 굶지 않고 여기까지 견뎌 온 것도 그런 손님들 덕택이 아니겠니."

"그렇군요. 군대를 상대로 수지만 맞추고 있어서는 어딘가 꺼림칙한 기분이 드니까 조금은 고생하는 시민들을 위해 도움이 돼야지요."

"너희 아버지는 지금 앞만 보고 뛰기 때문에 그런 건 깜빡 잊어버리고 계셔. 어디까지 계속해서 뛸 수 있을지 모르지만 이젠 내가 무슨 말을 해도 귀담아듣지 않으니까. 그나마 풀이 죽어 있는 것보다 낫다고만 생각하지."

"정말 그래요. 아버지는 생기가 넘쳐서 도로 젊어지신 것 같아요. 자신을 갖기 시작한 남자의 얼굴은 역시 보기가 좋아요. 그렇죠, 엄마?"

"간신히 자기 힘으로 사업을 할 수 있게 됐으니까."

"그러고 보니 이 생선가게 역시 처음엔 어머니가 시작하셨죠. 아버지가 그런 기분을 느끼실 만해요."

"지금까지 힘껏 해 주셨지만 실은 자존심이 무척 강하신 분이거든. 마음 상하는 일도 있었을 거야. 하지만 이번에야말로 네 아버지가 개척하신 사업이니까."

"잘됐지 뭐예요. 아버지도 목에 힘을 줄 수 있고요."

"그렇지, 엄마는 군대에 파고든다는 걸 좋아하지 않지만 사실은 다행이라 생각하고 있단다. 아버지가 일에 의욕만 가져 주신다면 뭐든지 상관없지. 생기 넘치는 얼굴만 보여 주신다면 말이야. 다만 어떻게든지 실패하지만 말았으면 좋겠는데."

"아버지가 실패하시게 되면 또 맥이 탁 풀릴 테니까요."

"사업에 실패하는 것쯤 엄마는 아무렇지도 않다. 가난 같은 건 많이 겪어 봤으니까. 하지만 아버지가 쓰러지는 걸 보는 게 제일 괴롭단다."

"잘되어 가도 또 그런대로 마음 고생이죠, 어머니도……"

서로 이해하는 듯한 미소를 주고받으며 오싱은 화제를 돌렸다.

"너는 어떠냐? 육사를 포기한 걸 후회하고 있니?"

"아니에요. 만일 육사를 갔으면 지금처럼 자유로운 학창 생활을 갖지 못했을 거예요. 좋은 친구들도 많이 생겼어요. 또 좋은 선생님도 만났구요. 책 읽는 재미도 알게 됐지요. 지금 한 권이라도 더 많이 읽어 두고 싶어요. 시간이 아무리 많아도 모자라요."

"그렇구나. 이제야 그런 심정이 되었구나."

오싱은 진정으로 자신의 심정을 이해해 주는 아들의 마음 씀씀이가 대견하기도 했고 한편으로는 고맙기까지 했다.

"아버지의 기대를 저버려서 아버지껜 죄송하지만 어머니께 감사하고 있어요."

"유가 대학을 졸업하기 전에는 아무래도 전쟁이 끝날 테지. 대학에서 책 읽고 있길 잘했다고 생각할 때가 올 거야."

"그렇다면 좋겠지만, 금년 9월에 독일이 폴란드를 침공했고 영국과 프랑스가 독일에 선전 포고를 했잖아요. 어쩐지 세계가 당장 큰 전쟁에 휩쓸릴 것 같은 느낌이 들어요."

"넌 그런 걱정할 것 없다. 대학 졸업할 때까지 병역은 면제니까 군에 나갈 리 없잖느냐. 마음껏 학교생활을 즐기면 되는 거야."

신선한 미소를 짓는 유를 보노라면 오싱의 마음은 그늘 한 점 없이 밝아지기만 했다.

유가 방학을 맞아 돌아오고 1940년의 새해는 온 가족이 모여 무사히 맞을 수 있었다. 류조의 사업도 본 궤도에 오르고 오싱은 그와 결혼한 후 처음으로 물심양면으로 풍족한 정초를 맞이했다. 그러나 다노쿠라 일가의 행복과는 반대로 중국 대륙에서 일본은 고전을 면치 못하고 전쟁은 극한 상황까지 가는 양상을 보였다. 그리고 또 한 사람, 전쟁으로 인해 운명이 바뀌려 하는 소녀가 있었다.

한가로운 대낮에 하스코가 혼자 설거지를 하고 있을 때 유가 외출에서 돌아왔다.

"어서 오세요."

"신사 참배를 갔더니 이걸 팔더군. 귀엽지?"

유는 조그마한 인형을 하스코의 손에 살짝 쥐어 주었다. 기쁨을 감추지 못하고 한참 동안 들여다보는 그녀의 얼굴에 잔잔한 미소가 번져 갔다.

"정말 귀여워요."

"새해 선물이야."

"저한테요? 아이 좋아라!"

인형을 받아 쥐고 하스코는 어린애처럼 좋아했다.

"전엔 정초나 축제 때는 많은 노점이 줄지어 있어서 흥청거렸는데 점점 쓸쓸해져 가더군. 게다가 장난감이라고는 비행기나 군함, 전차 따위밖에 없어. 그런데 그 인형은 보기 드물었기 때문에 하나 샀어."

"좋은 추억으로 간직할 거예요. 야마가다에 돌아가더라도 소중히 간직하겠어요."

"하스코, 그게 무슨 말이야?"

"3월에 고등소학교를 졸업하면 그땐 꼭 야마가다의 집에 돌아가야 해요."

"그건 왜? 하스코는 다노쿠라 집 딸이 됐잖아?"

"하지만 시골집 엄마가 돌아와 달래요."

"이제 와서 그게 무슨 소리야?"

"여기 아버지도 어머니도 어쩔 수 없다는 거예요."

"아버지와 어머니가 승낙했단 말이야?"

"네. 그래도 다행이에요. 저는 다시는 유 오빠를 못 만나게 되는 줄 알았어요. 오빤 겨울방학을 교토에서 보낸다고들 얘기가 있었고 저는 봄방학이 되기 전에 야마가다에 돌아가게 될 테니까 단념하고 있었어요."

하스코의 얼굴에는 보일 듯 말 듯한 여린 미소가 번져 갔다.

"어머니 아버지는 어디 가셨나?"

"연대장님 댁으로 새해 인사드리러 가셨어요."

"왜 여태까지 잠자코 있었지?"

"유 오빠가 교토로 돌아가실 때 말씀드릴까 했죠. 그러는 편이 덜 괴로우니까."

하스코는 그렁그렁한 시선을 황급히 떨어뜨렸다.

"하스코, 내가 언제까지나 이 집에 있어 달라고 했지?"

하스코는 말없이 고개를 끄덕였다.

"절대로 야마가다에 돌아가게 하지 않겠어. 내가 어른이 될 때까지 하스코는 이 집에 있어야 해."

고개를 들고 유를 바라보는 하스코의 뺨이 눈물로 얼룩져 있었지만 그녀는 애써 여릿한 미소를 지었다.

그로부터 유는 아버지와 어머니가 외출에서 돌아오기를 기다렸다. 그리고 부모님이 돌아오자마자 대뜸 하스코 얘기부터 꺼냈다.

"어머니도 약속하셨잖아요. 하스코가 다 자랄 때까지 우리가 뒷바라지를 한다고 말입니다."

"그야 물론 그럴 작정이지만……"

"지금 야마가다로 돌려보낸다면 하스코는 어떻게 돼요? 불행해질 걸 아버지나 어머니도 빤히 아시잖아요."

"농촌이라도 전과는 사정이 달라지고 있다. 이젠 몸을 판다, 남의집살이를 한다 하는 시대가 아니야. 하스코를 돌려보내 달라고 할 때는 그 나름의 사정이 있어서 그러는 거다."

"어떤 사정이 있거나 말거나 약속은 약속이죠."

유는 아버지의 말이 몹시 서운했던지 따지듯 물었다.

"하스코네 집도 어려운 거다. 쌀농사를 지어야 하는데 남자들은 군대를 가서 일손은 없고, 노인과 아녀자들이 논밭을 일궈야 하니 말이다. 하스코에게 기대는 것도 무리가 아니지."

"그럼, 야마가다로 돌아가면 하스코는 전쟁이 끝날 때까지 여기 돌아오지 못할 게 아니에요."

"어쩔 수 없지. 그것도 국가를 위해서니까."

"여기 있더라도 나라에 도움이 되는 일은 얼마든지 있어요. 하스코를 돌려보내지 않게 할 수는 없어요?"

"유……"

"엄마, 제발 부탁이니 하스코를 야마가다로 돌려보내지 말아요. 하스코는 언제까지나 우리 집에 있어야 해요."

유의 얼굴에서 간절함을 보고 오싱은 무척이나 놀랐다. 물끄러미 아들의 얼굴을 바라보다가 오싱은 말없이 거실을 나와 부엌으로 갔다. 묵묵히 차를 준비하는 손이 가볍게 떨리며 가슴속엔 많은 느낌들이 뒤섞여 갔다.

 유는 하스코를 좋아하고 있는 것이다. 오싱은 그때 처음으로 유의 심정을 알아채게 되었다. 왜 그런지 몰라도 몸이 떨렸다. 어머니로서 예기치 않은 충격이었다.

 아직 어린애로만 여겼던 유가 벌써 이성에 눈을 뜨다니…… 그러고 보니 유도 만 17세였다.

 오싱은 문득 고우타를 만났을 때의 자신의 나이를 더듬어 보았다. 그때 자신은 16세였다. 어느새 유도 그런 나이가 됐구나 하고 오싱은 감개무량했다. 어린애로만 여겼던 유가 어느덧 누군가를 사랑하는 나이가 되었다는 사실이 오싱을 아찔하게 만들었다.

성숙

 그날 밤 류조는 이미 잠들었고 그 곁에서 오싱은 이불 위에 앉은 채 깊은 생각에 잠겼다. 이런저런 생각에 좀처럼 잠을 이루지 못하고 있을 때, 류조가 문득 잠결에 눈을 떴다.
 "아니, 아직 안 자고 있었소?"
 오싱은 불현듯 정신을 차리며,
 "하스코 문제를 어떻게 하나 해서요."
 하고 물끄러미 남편의 얼굴에 잔잔한 시선을 쏟았다.
 "때가 때인 만큼 야마가다로 돌려보내지 않을 수 없잖소? 농사를 지어야 하는데 장정들은 군대나 군수공장에서 빼가기 때문에 일손이 모자란대요. 모친이 하스코에게 기대는 것은 당연하지."

"시골은 시골대로 큰일인가 봐요. 노인과 여자들만으로 논밭일을 다 한다니……"

"그러니까 하스코는 돌려보내 줘야지."

"그거야 잘 알고 있긴 하지만……"

"마침 좋은 기회야. 더 이상 하스코를 집에 두지 않는 게 좋겠소. 이유도 없이 고향으로 돌려보낼 수는 없는데 그쪽에서 보내 달라고 하니 좋은 구실이 생겼지 않소?"

"그렇기는 하지만 어쩐지 하스코가 불쌍해요. 그 애도 역시 돌아가기 싫은 거예요."

"당신은 엄마이면서도 너무나 무사 태평이야. 이대로 하스코를 집에 데리고 있는다면 무슨 일이 벌어질지 모를 일이야. 유는 이미 하스코한테 반해 버렸어. 하스코 역시 그런 심정이 아닐까."

그 말에 오싱은 깜짝 놀랐다. 자신이 밤잠을 이루지 못하고 생각하고 있던 고민들이 류조에 의해 꺼내졌기 때문이다.

"당신도 알아채셨어요?"

"물론이지."

"나도 깜짝 놀랐지 뭐예요. 그렇지만 유도 벌써 이성에 눈뜰 나이에요. 놀라는 게 오히려 이상해요."

"그렇다면 하나도 망설일 필요가 없지. 골치 아픈 일이 생기기 전에 하스코를 돌려보내는 게 좋겠소."

"그게 아니죠. 유가 좋아하고 있다면 하스코를 집에 둔다고 해서 나쁠 게 없잖아요."

오싱은 조심스럽게 류조의 동조를 구하듯 바라보았다. 그러나 그는 정색을 했다.

"무슨 말을 그렇게 하지? 유와 하스코에게 무슨 일이라도 생긴다면 어쩔 거요? 유는 다노쿠라의 장남이오. 아무리 유가 하스코에게 반했다고 해도, 하스코를 며느리로 받아들일 수는 없소."

"여보?"

"아무리 우리 딸처럼 생각하고 돌봐 준다 해도 더부살이를 하는 건 틀림없어."

"당신, 어쩌면 그런 말을 하실 수가 있어요?"

"이 세상의 상식이오."

"하스코의 어디가 마음에 안 든다는 거죠? 그 애가 우리 집에 왔을 때, 나는 마치 옛날의 나를 보는 것 같은 느낌이었어요. 일 잘하고 착하고 남의 심정을 잘 알아채는 아이인데다가, 유가 그렇게 생각한다면 유가 다 자랄 때까지 우리가 소중히 하스코를 돌봐 주고 싶어요."

"오싱? 설마 당신?"

"하스코 같으면 맏며느리로서도 훌륭히 다노쿠라 집안을 꾸려 나갈 수 있을 테고……"

"무슨 소리야. 물론 하스코는 착한 아이이긴 해. 하지만 하필이면 소작농가의 딸을 며느리로 맞을 생각을 하다니……"

오싱은 언짢은 표정으로 그의 말을 가로막았다.

"나 역시 가난뱅이 소작농 딸이라는 걸 잊으셨어요?"

"당신과 하스코는 입장이 서로 다르단 말이오."

"어떻게 다른가요?"

"나는 셋째 아들이니까 내 하고 싶은 대로 해도 되는 처지였소. 하지만 유는 맏아들이란 말이오. 이 집의 대를 이을 아이가 아니냔 말이오."

"그렇게 대단한 가문도 아니잖아요."

오싱의 목소리는 어느새 퉁명스러워졌다.

"오싱, 나는 지금 이 상태로 끝마칠 생각은 아니오. 반드시 사가의 큰댁과 맞설 만한 큰 사업을 해낼 테니 두고봐요."

"아무리 당신이 출세한다 해도 유는 유, 하스코는 하스코예요."

"당신이 무슨 억지를 늘어놓아도 나는 반대요. 하스코를 야마가다로 돌려보내겠어."

류조는 신경질적으로 이불을 뒤집어썼다. 그 모습을 보며 오싱은 쓸쓸하게 웃을 수밖에 없었다.

"부모란 참 이기적인가 봐요. 우리가 함께 살았을 때 양쪽 부모의 반대에 부딪쳤었죠. 그런데도 당신은 나를 끝내 단념하지 않았어요. 그러면서도 자기 아들에겐 자기가 마음먹은 대로 하게 하려니까 말이에요."

류조는 이불을 뒤집어쓴 채 아무 대꾸도 하지 않았다.

"우리도 부모님들의 반대 때문에 고민하지 않았던가요? 벌써 잊었어요? 그래도 우린 결혼을 했고 여러 가지 어려움도 있었지만 서로 도와 가면서 여기까지 견뎌 왔어요. 나는 그걸 후회해 본 적이 없었어요. 나는요, 나 자신의 과거를 되돌아보면 유와 하스코에게 그런 괴로움을 맛보게 하고 싶지는 않아요."

"그렇다고 아직 나이도 차지 않은 애들을 벌써부터 제멋대로 하게 내버려 둔다는 건 곤란해."

"나도 알고 있어요. 지금 당장 결혼시키겠다는 얘기가 아니에요. 어쩌면 둘이 어른이 됐을 때는 서로가 자연스럽게 각각 다른 상대를 고를 수도 있겠죠. 그것도 그런대로 서로를 이해하겠지요. 다만 지금 하스코를 돌려보낸다면 유에게나 하스코에게나 마음 아픈 이별이 될 것만 같아요. 다른 것은 몰라도 지금은 두 사람의 마음을 소중히 아껴 주고 싶어요."

애틋하리만큼 간절한 오싱의 말을 류조는 선뜻 가로막지 못했다.

"유는 대부분 교토에서 지내고 있으니까 갑자기 하스코와 이러쿵저러쿵할 우려는 없을 거예요. 다만, 두 사람에게 상처를 입히지 않도록 해 줘야죠. 유도 하스코도 가장 감수성이 예민할 때니까요."

"그런 식으로 모두 이해한다는 얼굴을 해 봐야 뾰족한 결과가 나오지는 못할 거요."

"나는 유와 하스코를 모두 믿고 있어요. 잠자코 지켜봐 주기로 합시다."

그러나 류조는 고집스럽게 등을 돌려 버렸다. 난처한 얼굴로 남편의 등을 바라보는 오싱의 가슴속에는 낯선 바람이 휑하니 스쳐 지나갔다.

드디어 집에서 방학을 보낸 유가 교토로 돌아갈 때가 되었다. 채비를 마치고 집을 나서는 유의 뒤를 따라 오싱과 히토시, 노소미 등이 배웅하며 한결같이 아쉬움을 감추지 못했다. 하스코는 그 한 발짝 뒤를 따르며 아까부터 멀거니 땅만 바라볼 뿐이었다.

유는 발걸음을 떼려다 말고 갑자기 목소리를 낮추어 귓속말처럼 말했다.

"엄마, 그 일 잘 부탁해요. 꼭이에요."

웃으며 고개를 끄덕이는 오싱을 보고 유는 마음이 놓인다는 표정으로 하스코에게 눈길을 돌렸다. 그러나 하스코는 한 번도 유의 시선을 마주 받아 주지 않았다. 시무룩한 얼굴에는 애써 미소 지으려는 흔적이 역력했다.

"하스코, 엄마를 부탁해."

그녀는 말없이 고개를 끄덕였다. 말은 하지 않았지만 하스코의 얼굴에는 아쉬움이 가득했다.

"그럼, 또 편지할게요."

유는 오싱에게 고개를 숙이고 가게를 나갔다. 히토시와 노소미가 정거장까지 바래다 주겠다며 바짝 따라붙었다. 돌아서 가는 유의 뒷모습을 오싱과 하스코는 뚫어지게 응시했다. 멀어져 가는 그 모습이 꼭 한번은 뒤돌아볼 것 같았으나 유는 결코 고개를 돌리지 않았다.

그로부터 며칠 후 오싱이 거실에서 편지를 읽고 있을 때, 하스코가 학교에서 돌아왔다.

오싱은 재빨리 편지를 치웠지만 하스코는 대뜸 그것을 알아차렸다.

"시골 엄마한테선가요?"

"손 씻고 간식 먹어라."

오싱은 대수롭지 않게 말을 돌렸다.

"역시 돌아오라는 건가요? 이제 일주일만 지나면 졸업식이에요. 그게 끝나면 저는 아무래도 돌아가야겠어요."

"하스코?"

"데이도 많이 컸고 요즘엔 가게에서 팔 생선도 줄어들어 제가 도와 드려야 할 일도 많지 않아요. 이 댁에 더 이상 폐를 끼치기 싫기 때문에 저는 벌써부터 각오하고 있었어요."

"무슨 소리! 하스코가 있어서 얼마나 큰 도움이 되는지 몰라."

"하지만 지난번에 아버지께서 야마가다의 엄마가 기다리고 있으니 역시 돌아가는 게 좋겠다고 말씀하셨어요. 엄마, 아버지께선 저를 싫어하세요."

"하스코……"

"왜 그런지 몰라도 저도 그런 것쯤은 알아요. 지난 석 달 동안은 별로 말씀도 해 주시지 않았어요."

"아버지는 바쁘시단다. 어묵공장도 애로가 많고 말이야."

그러나 하스코는 여전히 근심스런 얼굴로 오싱에게 진지하게 호소해 왔다.

"게다가 저희들도 곧 군수공장으로 동원된다는 얘기도 있고, 그렇게 된다면 이 댁에 있게 해 주시더라도 집안일을 도울 수가 없게 돼요. 그럴 바엔 차라리 야마가다로 돌아가는 편이 아버지와 엄마에게 폐를 끼치지도 않고요."

"만약 하스코가 여기 있는 게 괴롭다면 억지로 말리진 못하겠지만……"

"저는 언제까지라도 엄마 곁에 있고 싶어요. 하지만……"

"그렇다면 걱정 말아라. 내가 어떻게든지 해 볼 테니까."

그때 히토시와 노소미가 돌아왔다.

"엄마! 벌써 손님들이 가게 앞에 잔뜩 늘어섰어요. 어째서 저렇게 늘어서요?"

궁금한 듯 물어 오는 노소미의 질문을 히토시가 얼른 가로챘다.

"물자가 부족하기 때문에 빨리 사고 싶은 거야."

손님이 몰려왔다는 말에 오싱은 하스코에게 데이를 부탁하고는 가게로 나왔다. 이미 아낙네들이 줄지어 서서 기다리고 있었다.

"죄송합니다. 아직 물건이 들어오지 않았습니다. 벌써부터 기다리고 계셔 보았자 헛수고일 것 같은데요."

"알고 있어요. 그건 미리부터 다 알고 왔는걸요."

"한 분이라도 기다리시면 연달아서 여러분께서 일찍 오시게 돼요. 그렇게 되면 바쁘신 분들께 불편을 끼치게 됩니다. 가게를 연 다음에 와 주시면 고맙겠습니다."

"당신은 언제나 그렇게 말하지만 그 말대로 했다간 물건을 놓쳐 버린단 말이오."

"이 부근의 생선가게는 모두 문을 닫아 버렸어요. 당신네 가게밖에 안 남았어요."

"어째서 이렇게 생선이 귀해져 버렸는지 알 수가 없어."

"석유가 없어서 출어해야 할 어선이 움직일 수 없어요. 젊은이들은 군대로 끌려가지, 어부도 없잖아요."

"그런데 당신네 가게는 제법이야. 군대에 납품하는 덕택에 아직은 장사할 만큼 생선이 들어오니까."

여자 손님들은 오싱의 생선가게에서 웅성거리며 저마다 불평들을 털어놓았다.

그때 류조가 안으로 들어오며 불만스럽게 말했다.

"여보, 오늘을 마지막으로 생선가게는 그만둬요."

"갑자기 무슨 말씀이에요?"

"더러워서 못해 먹겠어."

"여보, 무슨 일이라도 있었어요?"

"부대에 납품할 것과 공장에서 쓰는 원료 생선을 구입하는 것만 해도 힘에 부칠 정도란 말이오. 당신이 손님을 위해 어떻게든 생선 장사를 계속하고 싶다고 하기에 가게에서 팔 생선도 어렵게 마련하고 있었던 거요. 그런데 군대에 납품할 것을 빼돌려서 돈을 벌고 있다고 부대에 투서를 한 놈이 있어요."

"빼돌리다니요. 생선은 아직 통제품이 아니니까 마음대로 매매할 수 있을 뿐 아니라 암시세처럼 비싸게 팔아먹은 기억도 없고, 남에게 손가락질 받을 장사를 하고 있지 않아요."

"그런 것쯤은 부대에서도 알고 있소. 하지만 군에 납품하고 있기 때문에 가게에서 팔 생선도 입수되는 거요. 그 점을 지적당한다면 해명할 도리가 없지. 그런 소리까지 들어가며 벌이도 되지 않는 가게를 운영할 이유가 어디 있소."

"그렇지만 손님들은 기뻐하신단 말이에요."

"남을 생각할 때가 아니오. 내 발등에 불이 떨어졌어. 이제 더 이상 생선을 못 주겠어. 가게 문을 닫는 거요."

오싱과 하스코는 아연실색한 채 류조를 바라보았다. 오싱은 드디어 올 것이 온 것이라고 생각했다.

부부의 재출발을 위해 시작했던 생선 장사였다. 특별한 추억이 담긴 가게였는데 그것을 그만두게 되는 서운함과 함께 그런 형편에까지 이르게 만든 전쟁의 불안감이 오싱의 가슴을 어둡게 짓눌렀다. 그것은 머지 않아 엄격한 배급 제도를 맞게 될 전조였다.

오싱은 잠시 입을 다물고 무엇인가 골똘히 생각하더니 이윽고 입을 열었다.

"가게를 그만두겠어요. 배급만 하는 가게로 바뀐다면 어느 누구라도 할 수 있으니까, 깨끗이 단념하겠어요."

"그게 좋겠소. 당신은 일곱 살 때부터 계속해서 일만 해왔지. 이쯤에서 생활 문제는 나한테 맡겨 놓고 푹 쉬면 돼요. 그렇게 해 주고 싶단 말이오."

고개를 끄덕이며 오싱은 온화한 웃음을 보였다. 그 웃음 속엔 한 가정을 지키는 아내로서의 소박함이 드러났다.

"가게를 닫아 버리면 하스코가 없어도 문제없겠지. 봄방학엔 유도 올지 모르오. 그 전에 하스코를 야마가다로 돌려 보내야지."

"여보……"

류조는 그녀가 무슨 말인가를 하려는 것을 제지하며,

"그게 부모로서의 의무이고 유와 하스코를 위하는 일이오."

하고 단호하게 잘라 말했다.

오싱은 남편의 야멸찬 말이 몹시 서운하기도 했지만 누구보다도 그의 고집을 잘 아는 터라 더 이상 대꾸는 하지 않았다.

하루하루 시간은 지나고 하스코가 고등소학교를 졸업할 날도 며칠 앞으로 다가왔다. 하스코를 떼어 놓고 싶은 생각이 없는 오싱이었기에 전혀 그런 내색도 없이 시간은 흘렀다.

하스코가 다다미방에서 짐을 꾸리는 것을 히토시와 노소미는 멀뚱히 지켜보았다.

"정말 시골에 돌아가는 거야, 하스코 누나?"

노소미는 불안한 얼굴로 하스코의 얼굴을 살폈다.

"오랫동안 우리 집에서 산다고 말했잖아."

"이제 곧 학교를 졸업하게 돼. 졸업식이 끝나면 야마가다로 돌아가기로 했어."

"왜?"

히토시의 되물음에 하스코는 난처한 표정이 되었다. 그때 문을 열고 오싱이 들여다보았다.

"하스코, 졸업식에 입고 갈 옷을 지어 왔으니 좀 보렴."

그러나 하스코는 고개를 숙인 채 말이 없었고, 대신 히토시가 불쑥 끼어들었다.

"엄마, 하스코 누나가 지금 야마가다로 돌아갈 준비를 하고 있어요."

하스코는 꺼져 들어가는 목소리로 말했다.

"지금부터 조금씩 정리해 둘까 하고요."

조금 전까지도 밝았던 오싱의 얼굴이 담담하게 굳어졌다.

"가게는 그만두기로 결정됐죠? 이젠 정말 제가 해야 할 일도 없어졌어요."

"하스코……"

"만일 오사카로 팔려 갔더라면 지금쯤 어떤 신세가 됐을지 모르는데 아버지, 어머니 덕택에 학교까지 다닐 수 있었어요. 그동안 친딸이나 다름없이 키워 주셔서 감사합니다. 엄마, 저는 참 행복했어요."

금방 터져 나올 듯한 울음을 억지로 참으며 하스코는 오싱의 가슴에 와락 얼굴을 파묻고 울먹였다.

"아직은 돌려보내기로 결정된 것이 아니란다."

"이젠 괜찮아요. 아버지 생각도 충분히 알고 있구요. 엄마가 저를 감싸 주시는 건 고맙지만 저 때문에 아버지와 엄마가 말다툼하는 걸 보게 되면 무척 괴로워요. 졸업식 다음 날에 탈 수 있도록 기차표를 사러 다녀오겠어요."

오싱은 말없이 하스코를 지켜보았다. 류조의 반대를 무릅쓰고도 하스코를 집에 있게 할 수는 있었다. 그러나 류조의 마음을 알아채고 있는 하스코로서는 오히려 집에 있기가 괴로울 것이라 생각한 것이다. 일단 야마가다로 돌려보내더라도 다시 불러 올 기회도 있을 것이고 인연만 있다면 반드시 돌아와 줄 테지, 하고 체념하고 있었다.

그리하여 마침내 하스코의 졸업식 날이 왔다.

졸업식 날 아침, 하스코에게 새로 지은 옷을 입혀 주며 오싱은 대단한 만족감을 느꼈다.

큰아들 유를 소학교에 입학시킬 때의 기쁨은 이루 말할 수 없을 정도였다. 그 후 유는 중학을 거쳐 어엿한 고등학생이 되어 있다. 그리고 하스코의 졸업은 오싱에게 그에 못지 않은 기쁨을 가져다주었다. 어느새 오싱은 하스코에게 친딸 이상의 정이 들어 버린 것이다.

"하스코, 잘 어울리는구나. 갑자기 어른이 된 것 같고."

"죄송합니다. 옷감도 좀처럼 구하기 어려우실 텐데요."

"일생에 한 번밖에 없는 경사스런 날인데 새 옷을 축하 선물로 입혀 주고 싶었단다. 벌써 오래 전에 구해 두었는데 제 때에 입을 수 있어서 다행이야."

"정말 고맙습니다."

"그럼, 다녀오너라."

새 옷을 입은 하스코를 연신 싱글벙글거리며 바라보던 히토시와 노소미는 갑자기 걱정스런 표정으로 물었다.

"누나, 정말 내일 야마가다로 돌아가 버리는 거야?"

하스코는 아무런 대답도 하지 않았다.

"형이 돌아올 때까지 기다려 준다면 깜짝 놀랄 거야. 누나, 오늘은 정말 굉장히 예쁘네."

"그래, 맞아. 엄마, 형은 곧 돌아오죠? 봄방학이니까요."

노소미의 질문을 받고 오싱의 표정에 당혹스런 기색이 역력했다. 하스코는 그런 어색한 분위기를 떨쳐 버리듯,

"그럼, 다녀오겠습니다."

하고 총총히 나갔다.

그때 류조가 들어오더니 오싱에게 불쑥 말했다.

"공장을 또 하나 경영하게 됐소."

오싱은 깜짝 놀랐다.

"군대에 납품하는 의류 봉제요. 군복 속에 입는 내의 같은 간단한 옷가지뿐이지만 상당한 수량을 납품하게 될 거요."

"이번엔 봉제공장을 한단 말인가요?"

오싱은 어이없다는 표정을 지었다.

"응, 해 보라고 시키면 무슨 일이든 해야지."

"하지만 지금 그런 걸 어떻게 감당하시려구요?"

"공장은 다 있어요. 그 주인이 이제 늙어서 공장을 그만두고 싶어한다는 거요. 아들이 셋이나 있는가 본데 모두 군대에 가서 뒤를 이을 사람은 없다는 거요. 결국 나보고 맡아 줄 수 없겠느냐며 군대측으로부터 부탁을 받게 됐소."

"그렇지만……"

"여보, 사람에겐 운이란 게 있소. 운이 뻗을 때는 저절로 기회가 굴러들어오는 법이지. 그걸 놓치면 사람은 성공을 할래야 할 수가 없는 거요."

그러나 오싱의 얼굴에 드리운 불안한 기색은 가시지 않았다.

"괜찮겠어요?"

"군납할 제품을 만드는 거요. 원단도 풍부하게 입수되고 일손이 부족할 염려도 없소. 어떤 최악의 상태가 오더라도

망할 염려는 없으니까. 한 달 전쯤부터 소문은 듣고 있었지만 누가 뒤를 잇게 될지 몰라서 안절부절못했지. 다행이야. 이젠 한숨 돌리게 됐소. 그 공장의 뒷바라지를 당신이 해 줘야겠소."

"그야 내가 할 수 있는 거라면 얼마든지 좋아요. 다만, 그렇게 사업을 확장해도 괜찮을지 걱정스러워서요."

오싱의 근심 어린 말이 류조의 마음을 움직일 리는 없었다.

"내 재량으로 결정한 일인데 당신한테 잔소리 듣고 싶진 않아요. 그리고 당신이 공장 일을 보게 되면 가사에까지는 손이 미치지 못할 거요. 그러니 하스코를 집에 있게 하구려. 따로 사람을 구한다고 해도 쓸 만한 여자애는 모두 일터에 나가 버렸으니 좀처럼 찾아내기 어려울 거요. 하스코라면 데이도 잘 따르고 하니 그냥 집에 있게 해요."

오싱은 어이가 없었다. 바로 전날까지만 해도 류조는 하스코를 야마가다로 보내야 한다고 하지 않았던가.

"대신 유와 하스코의 문제는 당신이 신경을 꼭 써야 하오."

오싱은 들떠 있는 류조에게 찬물을 끼얹을 생각은 조금도 없었다. 그러나 하스코의 일이나 공장 문제로 경직된 오싱의 마음은 얼굴에 여실히 드러나 있었다.

"여보! 우린 이제부터요. 이제부터 우리 두 사람이 사업을 크게 벌여서 유가 대학을 나올 무렵엔 든든한 회사로 키워서 물려줍시다."

어지간히 흥분되어 있는 류조를 지켜보며 오싱은 어이없는 얼굴이 되었다.

그날 낮, 졸업식을 마치고 하스코가 돌아왔다. 이미 류조와 오싱 사이에 오고간 말들을 알 리가 없는 하스코는 곧장 부엌으로 들어갔다. 그곳에선 오싱이 데이를 돌보며 일하고 있었다.

"다녀왔습니다."

"어서 오너라."

"오늘 무사히 졸업했습니다. 오랫동안 정말 감사합니다. 이게 졸업증서예요."

하스코는 웃는 얼굴로 졸업증서를 자랑스럽게 내보였다.

"정말 축하한다. 참 잘 해냈구나."

하스코는 대답을 못하며 시선을 떨구었다.

"기념 사진은 찍고 왔지?"

"네……"

"사진이 나오거든 야마가다로 보내 드려라. 제일 먼저 어머님이 보시도록 해 드려야지."

"네. 곧 옷을 갈아입고 도와 드리겠어요."

좀 전과는 달리 시무룩한 모습으로 안으로 들어가려는 하스코를 오싱이 불러 세웠다.

"하스코, 그보다 역에 가서 야마가다행 차표를 물리고 요금을 되받아 오너라."

"네?"

"여러 가지로 사정이 달라져서 어떻게든 하스코가 여기 있어 줘야겠다."

하스코의 얼굴에는 놀라는 기색이 완연했다.

"우리 멋대로 하게 돼서 어머님에겐 죄송하지만 내가 사과 편지를 보내겠다. 아버지가 뭐든지 혼자서 결정해 버리는 바람에 나는 뭐가 뭔지 통 모르겠다. 하지만 하스코가 집에 있어 준다면 나도 더 이상 바랄 게 없다."

"그럼, 아버지도 승낙해 주셨나요?"

"아버지 말씀이 하스코가 있어 줘야겠다는 거야."

"엄마……"

"또 하스코에게 의지하게 됐는데 잘 부탁한다."

하스코는 데이를 와락 안아 올리더니,

"데이짱, 이제 데이짱과도 헤어질 필요가 없게 됐다. 잘됐다, 정말 잘됐어."

하고 눈물을 글썽거렸다.

그로부터 며칠 후 유는 교토의 하숙집에서 어머니의 편지를 받았다.

……그런 사정으로 하스코는 또다시 우리 집에 없어서는 안 될 사람이 됐다. 역시 우리와는 인연이 있는 아이였나 보구나.

다만 너희 아버지는 어디까지 사업을 확장할 작정인지 모르겠다. 나로서는 불안하지만 이젠 내가 무슨 말을 해도 듣지 않으신다. 묵묵히 따라갈 수밖에 없구나. 네 아버지와 내가 마침내 그런 부부가 됐다는 사실에, 네 아버지의 자신만만한 얼굴을 어안이 벙벙해서 쳐다보고만 있다.

봄방학엔 돌아오겠느냐? 모두들 기다리고 있다.

봄방학을 맞자마자 유는 짐을 꾸려 집으로 향했다. 그가 다노쿠라생선가게 앞에 도착해 보니 인부로 보이는 남자들이 가재도구를 운반하고 있었다.

영문을 몰라 어리둥절하게 서 있을 때 이삿짐을 들고 나오는 오싱의 모습이 보였다.

"엄마, 어떻게 된 거죠?"

"하필 이런 날에 돌아오다니, 이사한다는 얘기를 편지로 알렸는데 그 편지를 못 받아 보고 떠났구나. 하지만 다행이다. 조금만 늦게 도착했더라면 못 만날 뻔했구나. 여길 떠나려던 참인데."

"이사를 하다니, 무슨 일이라도 있었어요?"

"너희 아버지가 생선가게를 그만두게 됐으니까 더 이상 이 집에서 살 이유가 없다는 거야. 이번 집은 셋집이지만 어묵공장과도 가깝다는구나. 그렇다는데 싫다는 말도 못하지 않겠니."

그때 집안에서 류조가 나오더니, 유를 보고 반색을 했다.

"유, 돌아왔구나. 마침 잘됐다. 이번 집은 널찍하니까 봄 방학을 느긋하게 지내고 가면 돼. 자, 어서 서두르자."

기분이 좋아 연신 싱글벙글한 류조를 보며 유가 오싱에게 나직이 중얼거렸다.

"과연, 아버지는 또 달라졌군요. 겨울방학에 돌아왔을 때보다 한결 자신만만해 보여요."

"그렇단다."

유는 문득 생각이 난 듯 주위를 두리번거리며 물었다.

"엄마, 하스코는 어떻게 됐어요?"

"새 집에 청소하러 가 있다. 히토시와 노소미를 데리고 갔다."

그들은 나머지 짐을 모두 꾸리고 새로 이사할 집으로 갔다. 새 집 앞에 도착하자 유는 놀라워하며 주위를 둘러보았다.

"놀랍군. 이 근처는 공장지대에 가까운데요."

"그래. 우리 공장도 여기 있고 부대에도 가까우니 나무랄 데가 없지."

류조는 연신 흡족한 마음을 감추지 못했다. 그들이 도착한 것을 알고 집안에서 하스코와 두 아이들이 뛰어나왔다. 반갑게 달려 나오던 하스코는 유를 보더니 흠칫 놀랐다. 그러나 이내 그 얼굴에는 보일 듯 말 듯한 미소가 어렸다.

"형도 돌아왔구나."

"이제 청소가 다 끝났어요. 방이 여러 개라서 혼났어요."

히토시와 노소미는 즐거운지 마냥 떠들어 댔다.

아이들은 오싱의 손을 이끌고 안으로 들어갔다. 곧이어 이삿짐 정리가 시작됐다.

하스코는 쉴 새 없이 걸레질을 하고 있고 부엌 안을 둘러보며 유는 연신 감탄했다.

"놀랍군. 방이 다섯 개나 되니 말이야."

류조는 유를 만족스럽게 쳐다보며 말했다.

"한번쯤 이런 집에서 살게 해 주고 싶었다. 지금까지 살던 곳은 집이랄 수도 없었다. 이게 진짜 집다운 집이야."

"여보, 정말 괜찮겠어요? 집세만 해도 무척 비쌀 텐데요."

"걱정할 것 없소. 나도 이 정도 집을 쓸 만한 능력은 있으닌까."

"하지만 이 어려운 전시에 너무 돈이 들까 봐서……"

"그래도 될 만큼 나라를 위해 일하고 있으니까. 하나도 사양할 것 없소."

그런 류조의 말에도 오싱은 왠지 석연치 않았다. 공장에 가깝다는 이유로 이사를 했지만 오싱에게는 상상 이상으로 호사스런 집이었던 것이다. 큰 가문의 저택인 듯한 넓은 집에서 오싱은 어쩐지 불안하고 안정이 되지 않았다.

오싱은 마침내 참지 못하고 호화 주택에 이사하게 된 경위를 따지듯 물었다. 그런 오싱에게 가난뱅이 근성을 버리지 못한다고 핀잔을 주면서 류조는 자세한 설명을 늘어놓았다.

그 집 주인은 근처에 큰 공장을 갖고 있던 사람이었는데, 역시 군과 관계된 사업 때문에 경성(서울)에 가 있는 동안 군대에서 장교용으로 빌리게 된 거라는 설명이었다. 그래도 오싱은 석연치 않았다.

"그럼 집세는요?"

"부대에서 지불해 줬소."

"또 군대 신세를 지고 있는 건가요?"

오싱은 싫은 기색을 드러냈다.

"난 군대 일을 보고 있소. 장교 정도의 역할을 한다고 자부하고 있소. 이 정도의 혜택을 입더라도 걸릴 것은 없지. 당신만 좋다면 이 집을 살 수도 있소."

"천만에요. 이런 큰 집에선 절대로 마음이 안정되지 않아요."

"당신은 정말 할 수 없군. 난 사가의 본가 정도의 집에서는 살고 싶었는데 이제 겨우 소원을 성취한 셈이오."

가족들에게 가장으로서의 권위를 보여 준다고 생각했는지 류조는 몹시 만족해 했다. 오싱의 마음은 전혀 달랐지만 군대 사업을 해서 수완을 발휘해 나가는 남편을 믿고 따르기로 마음을 다졌다.

히토시와 노소미를 데리고 류조는 목욕탕에 들어가고 유도 그 뒤를 쫓아갔다. 그러다가 유는 자기들이 갈아입을 옷을 들고 오는 하스코와 마주쳤다. 하스코는 크게 놀라며 황급히 시선을 떨어뜨렸다.

"하스코, 앞으로는 계속해서 우리 집에 있게 됐다지. 참 다행이야. 정말 잘됐어."

"오빠가 갈아입을 옷도 가져왔어요."

"하스코, 학교를 졸업했다고 해서 태만하면 안돼. 가사를 익히는 것도 중요하지만 틈을 내어 책 읽는 습관을 붙여야 해. 꼭 여학교에 가지 않더라도 책은 여러 가지 인생을 가르쳐 주니까."

"네, 명심할게요."

"하스코가 읽었으면 하는 책을 갖고 왔어. 또 그런 책을 찾아내면 보내 줄 테니 꼭 읽도록 해."

하스코는 잔잔한 미소로 유를 바라보았다. 맑은 두 눈에는 순결한 사랑이 가득 담겨 있었다.

"하스짱은 감성이 풍부한 여성이 되기를 바래. 전쟁으로 모두들 마음이 바싹 메말라 가고 있지만 이런 때일수록 자신을 잃지 않도록 책을 읽어야 하는 거야."

물끄러미 유를 지켜보며 하스코는 고개를 끄덕였다. 그런 하스코를 감싸듯이 마주 보는 유의 눈길에는 부드러운 애정이 담뿍 담겨 있었다.

잔잔한 분위기를 흐트려 놓기라도 하듯이 목욕탕에서는 히토시와 노소미의 떠드는 소리가 새어 나왔다. 평화롭고 행복한 분위기였다. 이렇듯 류조의 사업에 대한 의욕은 다노쿠라 일가에 단란한 분위기를 가져다주었다.

성숙 99

새 집에서의 단란한 봄방학이 끝나고 유는 교토로 돌아가고 오싱은 의류품 봉제공장의 일을 맡게 되었다.

그해, 1940년 6월에는 6대 도시에서 배급제가 실시되었는데 설탕이 1개월 동안 일인당 반 근, 성냥은 일인당 5개비가 배급되었다. 정부는 '신체제'라 칭하며 국민에게 절약과 협력을 강요했으며 7월 7일에는 귀금속 제품의 제조를 금지하는 '7·7금지령'도 발표하여 물자의 궁핍과 함께 전시하의 경제통제는 더욱더 엄격해졌다.

그러나 다노쿠라가에서는 아직 부족한 것이 없었다. 그것은 모두 류조의 군납 사업 덕분이었다. 그리고 그해 가을, '애국반'이라는 것이 조직되었다.

어느 날, 저녁 늦게 류조가 큼직한 보따리를 들고 돌아왔다. 기다리고 있던 오싱과 하스코가 얼른 안으로 맞았다.

"저녁은요?"

"먹고 왔소. 자, 이건 설탕과 성냥과 된장이야."

"어머, 이렇게 많이⋯⋯ 정말 괜찮으세요? 모두들 적은 배급량을 견디고 있는 판인데⋯⋯"

"튀김 기름을 원하는 사람이 있어서 그걸 조금 나누어 주었더니 이걸 보내왔더군. 부대에서는 주문받은 것만 꼬박꼬박 납품하면 그만이야. 그런데도 할당된 기름이 남는다면 어디에다 쓰든 상관없어. 설탕은 남아돌지만 튀김 기름은 부족한 사람들도 있어. 그렇다고 몰래 팔거나 사는 것도 아니고 나는 우정의 표시로 그 사람에게 기름을 선사했고 그 사람도 그런 뜻으로 설탕과 성냥, 된장을 보내 왔어."

"하지만 군대 물자를 빼돌리는 것은 마찬가지죠. 만약 그 사실이 사람들의 귀에라도 들어간다면 어찌시려구요."

"누구든지 하고 있는 일이 아닌가. 게다가 서로가 공공연히 할 수 없다는 것쯤 알고 있어."

그러나 오싱은 내키지 않는다는 얼굴로 하스코를 돌아보았다.

"어쩐지 꺼림칙하구나. 우리들만 호강하고 있는 것 같아서……"

그런 오싱의 걱정을 류조는 웃음으로 가볍게 넘겨 버렸다.

"무슨 소리야. 배급분만으로 고지식하게 살고 있다간 얼마 안 가서 굶어 죽고 말 거야. 언젠가 이런 어려운 시기가 올 것을 내다보고 있었고 가족에게 비참한 생활을 시키고 싶지 않았소. 연말에는 술도 배급제가 되고 조만간에 쌀도 그렇게 될 것 같소."

"쌀도요?"

"그렇게 되더라도 군의 사업만 하고 있으면 한창때인 아이들의 배를 곯릴 일은 없소. 그러니 안심하고 당신은 공장의 제품 관리만 철저히 해 줘요."

"알았어요. 참, 애국반 일로 오늘 밤 모임이 있다는군요. 내가 나갈까요?"

"괜찮아, 내가 나가지. 옷을 꺼내 줘요."

"잘됐네요. 어쩐지 마음 내키지 않았어요. 왠지 가고 싶지가 않았어요. 그런데 애국반이란 게 뭐죠?"

"이웃간의 모임 같은 거요. 앞으로는 주민들이 하나로 뭉쳐서 이 비상시를 극복해야 해요. 그러자면 정부의 지침이 구석구석까지 골고루 잘 전달되고 하부에서도 정부에 협력하는 체제가 만들어져야 하는 거요."

"모두가 애국반에 들어야 하나요?"

"물론이지. 각자 총동원 체제의 중요한 기초가 될 조직이니까. 이제부터는 뭐든지 애국반이 단위가 돼서 주민운동에도 참가하게 되는 거요."

"단순한 이웃간의 모임이 아니군요."

"그렇지. 정부 방침이라지만 명령 같은 것이니까."

류조가 옷 갈아입는 것을 도와주며 오싱의 얼굴은 어두워져 갔다. 바야흐로 전쟁이 피부에 와 닿는 것 같았다.

애국반 모임에 참석하기 위해 나가는 류조를 배웅하고 오싱은 잠시 후 하스코의 방으로 건너갔다. 방문 앞에 이르렀을 때 책을 읽는 하스코의 목소리가 새어 나왔다.

"하스짱. 들어가도 돼?"

"네, 들어오세요."

오싱은 미닫이를 열고 들여다보았다.

"책 읽고 있었니?"

"죄송해요. 옷 꿰매는 일은 내일 하려고요."

"괜찮아. 그런 건 언제 하든지 상관없어. 뭘 읽고 있었니?"

"옛날 사람들의 시를 모은 거예요. 유 오빠가 줬어요."

"그래? 유도 어느새 이런 책을 읽게 되었구나. 점점 내가 모르는 걸 공부하고…… 나도 모르는 걸 생각하게 되어가나 봐."

오싱의 얼굴에는 서운함과 대견함이 묘하게 엇갈렸다.

"저는 아직 어려워서요. 하지만 열심히 읽어 보니까 유 오빠가 이걸 읽으라고 준 심정을 어렴풋이 이해할 수 있을 것 같아요."

꿈을 꾸듯 행복해 하는 하스코를 오싱은 말없이 지켜보았다.

"오빠는 제게 이런 시를 읽은 사람들의 기쁨과 슬픔을 이해할 수 있는 사람이 되라는 뜻에서 주었을 거예요."

"젊다는 건 좋구나."

잔잔한 상념에 젖어 들던 하스코는 갑자기 당황해서 얼굴을 붉혔다.

"그런데 무슨 볼일이 있으세요?"

"야마가다의 어머님한테 작업복이라도 쓰시게 하려고 옷감을 좀 사 뒀어. 설탕도 함께 보내 드릴까 해서."

"엄마, 괜찮아요. 그런 걱정은 안 하셔도 돼요."

"야마가다의 어머님은 하스코가 돌아오기를 기다리고 계시잖아. 그런데 결국 우리 집에서 부려 먹다시피 하게 됐으니 사과의 뜻으로 조금이나마……"

"이 댁에서 과분한 급료를 보내 주셨다고 편지에 적혀 있었어요. 그것만으로도 충분해요."

"돈만으로 될 일이 아니란다. 내일 포장해서 부칠 테니 오늘 밤에 하스코도 편지를 써 둬라."

"번번이 죄송합니다. 그럼, 서두르겠어요."

그 이튿날 오싱은 야마가다의 하스코네 집에 보낼 소포 외에도 비슷한 소포를 몇 개 더 만들었다. 필경 물자 부족으로 고생하고 있을 오빠와 여동생들에게 조금이나마 도움이 됐으면 하는 배려에서였다. 그렇게 베풀 수 있는 지금의 자기는 운이 좋다고 생각하면서도 왠지 꺼림칙한 기분이 사라지지는 않았다.

군국주의

  1940년 11월 10일, 진무천황이 즉위한 일본 건국으로부터 기원 2천 6백년에 해당된다고 하여 성대한 제전과 봉축행사가 거국적으로 화려하게 개최되었다. 또한 거리는 온통 축제 기분으로 술렁거렸다.
  그러나 물자의 궁핍은 더욱더 심각해져서 이듬해 4월 1일에는 6대 도시에서 미곡 통장제도가 실시되어 어른은 하루에 2홉 3작의 배급을 받게 되었다.
  그해 4월 다노쿠라 집안에서는 히토시와 노소미가 나란히 중학에 진학했다. 전시 색채가 짙어지는 가운데서도 아직은 생필품의 아쉬움을 모르고 지내는 오싱은 전쟁의 가혹함에서 멀리 떨어져 있는 셈이었다.

그런 어느 날, 뜻밖의 손님이 찾아들왔다.

저녁 무렵, 공장에서 돌아온 오싱은 거의 집 앞에 이르러 문득 걸음을 멈추었다. 웬 낯선 남자 하나가 대문 안을 기웃거리며 엿보고 있었기 때문이었다. 오싱은 깜짝 놀랐다. 그는 다름아닌 쇼지였다. 그는 이미 중년으로 넘어가 있었다.

쇼지는 엉겁결에 뒤돌아보고는 무척 놀라며 외쳤다.

"오싱!"

"오빠, 어찌 된 일이에요. 미리 알렸더라면 역으로 마중 나갔을 텐데요."

"들렀다 갈 생각은 아니었는데 말이야. 그건 그렇다치고 너무 으리으리한 집이라, 문패는 다노쿠라로 돼 있는데도 설마 싶었다. 과연 이 집이 맞았구나."

쇼지는 다시 한번 눈이 휘둥그레져서 집을 살폈다.

"잘 오셨어요, 오빠. 정말 잘 오셨어요."

오싱은 그때까지도 어리둥절한 쇼지의 손을 이끌고 안으로 들어와서 하스코와 함께 술상을 준비했다.

그때 노소미가 학교에서 돌아왔다. 오싱은 히토시와 함께 그 애가 중학교에 입학했다는 얘기와 함께 고등학교 3학년이 된 유의 소식까지도 전해 주었다.

오싱은 쇼지의 곁에 다가앉으며 야마가다의 소식을 물었다.

"그럭저럭 해 오고 있긴 하지만…… 우리 아들놈은 유와 동갑인데도 유와는 처지가 너무나 달라. 나도 어쩌다가 가난뱅이 소작농의 맏아들로 태어났을까 하고 무척 비참한 심정을 느껴 왔는데 자식놈 대에 와서도 소작농의 아들은 어렵게 살도록 되어 있지. 우리 부부가 고생 고생하는 걸 봐왔던 탓인지, 출세해서 아버지 어머니에게 호강시켜 주고 싶다면서 열다섯에 소년비행병으로 지원해서 나갔다."

"어머, 사다짱이?"

쇼지의 푸념은 줄을 잇듯 계속되었다.

"우리 힘으로는 고등소학교를 졸업시켜 주는 게 고작이었어. 그런데도 중학교에 다니는 녀석들과 함께 시험을 쳐서 거뜬히 합격했지. 가난뱅이가 남부럽지 않게 출세하려면 군인이라도 되는 수밖에 없지."

"잘됐군요. 그럼 가스미가우다의 예비훈련소예요?"

"아니, 사다키치는 육군 쪽이지. 새로 생긴 항공학교야."

"그렇다면 이제 곧 어엿한 비행사가 될 게 아니에요. 그런 학교를 나오면 소위가 되겠지요."

"나도 사다키치 녀석도 그렇게 될 걸로 믿고 있었지. 그런데 소년비행병이란 것은 학교에서 지독한 강훈련을 받고 졸업을 해도 하사관이야. 육군사관학교가 아니면 장교가 될 수 없다는 거야. 보내 주지 못했으니 어쩔 수 없지만 말이야. 게다가 조종사는 적성이 맞지 않는다면서 정비병으로 편입되어 버려서 말이다."

"그게 무슨 상관이에요. 정비병도 군인인데요."

"상관없는 게 뭐야. 가난뱅이 소작농의 아들은 아무리 머리가 좋아도 출세는 못하게 돼 있어. 돈만 있으면 고등학교에서 대학까지도 갈 수 있어. 같은 남자라도 하늘과 땅만큼이나 다른 거야. 유는 교토에서 공부하고 있다는데 사다키치 녀석은…… 이제 겨우 열아홉이란 말이다. 어린애 같은 얼굴을 하고서 전쟁터에 나가서 제대로 싸울 수나 있을지 모르겠구나. 아무튼 후쿠오카로 가게 됐다고 하기에 무슨 수를 써서라도 한번 만나 보고 싶어서 왔다."

"그래서 사다짱을 만나 보셨어요?"

"만나고 돌아가던 참이야. 나고야를 지나니 갑자기 네 얼굴이 보고 싶더구나. 그래서 그만 선물도 없이 이렇게 찾아왔다."

"별말씀을 다 하시네요. 난 그저 오빠를 만날 수 있어서 기쁠 뿐이에요."

"너하고도 이젠 두 번 다시 못 만날지도 모르는 세상이고 해서 말이다."

"와 주셔서 정말 고마워요, 오빠. 하지만 저는 사다짱에 관해선 아무것도 모르고 있었어요."

"사다키치 그 녀석 웃으면서 떠나갔어. 천황폐하를 위해 한 몸을 내던져 싸우고 오겠습니다, 하고 거수경례까지 하고서 말이야."

"유와 동갑인 아이가 어쩜 그럴 수가 있을까?"

"일본인으로서 명예로운 일이지. 나도 국군의 아버지가 됐으니 말이야."

쇼지는 눈물까지 글썽거리며 자랑스럽다는 듯이 웃었다.

"오빠, 괜찮으시다면 천천히 푹 쉬다 가세요. 이세신궁 참배도 하시구요."

"그러고 있을 수도 없다. 이제 곧 모내기 준비도 해야 되니까. 벼농사도 거의 다 공출당하기 때문에 자기 것은 되지 않지만…… 그게 농부의 의무인걸."

"오빠 살림도 좀처럼 편해지지 못하는군요."

오싱은 그런 쇼지의 모습에서 중년이 되도록 호강 한번 못 누려보고 철저히 가난에 찌든 흔적을 엿보았다. 그러자 자신이 영위하고 있는 조그만 행복이 갑자기 과분하게도, 왠지 미안하게도 느껴지는 것이었다.

"오싱, 너는 좋겠구나. 이렇게 잘살고 있으니…… 하늘은 불공평하기도 하지."

깊게 가라앉는 쇼지의 한숨을 깨뜨리기나 하듯 마침 류조가 돌아왔다.

"야마가다의 형님께서 오셨다고?"

류조는 자신을 흘끗 쏘아보는 낯선 남자가 쇼지임을 첫눈에 알아챘다. 그리고 미처 오싱이 소개하기도 전에 그의 앞에 공손히 앉았다.

"처음 뵙겠습니다. 다노쿠라 류조라고 합니다. 오싱에게 말씀은 듣고 있었습니다만, 지금까지 인사드릴 기회가 없었습니다."

"오싱의 오라비올시다. 갑자기 찾아와서 실례했습니다."

"아닙니다. 잘 오셨습니다. 참 여보, 집에서는 변변한 대접을 해 드릴 수 없으니 지금 식사하러 나갑시다."

"밖에 나가면 비싸잖아요."

"나한테 맡겨 둬. 소중한 처남이신데 푸대접해서야 되겠소. 내가 다니던 곳에 가면 요리도 술도 나와요. 당신도 같이 갑시다. 그동안 쌓이고 맺혔던 사연도 많을 테니까. 형님, 굉장히 맛있는 생선을 잡수러 가시죠."

신바람을 내는 그를 보며 쇼지는 어리둥절했고 오싱은 얼굴이 찌푸려졌다. 내키지 않았음에도 결국 오싱은 이끌리다시피 하여 류조, 쇼지와 함께 고급 요릿집으로 향했다.

류조 일행은 밤늦게 집으로 돌아왔다. 술에 취해 몸을 가누지 못하고 전신을 류조에게 맡긴 채, 쇼지는 유쾌하게 떠들어댔다.

"오싱, 너는 행운아야. 다노쿠라상 같은 좋은 남편을 뒀으니까. 고맙소, 다노쿠라상! 오늘 밤은 정말 즐거웠소. 그렇게 호화로운 요릿집에 가 본 것은 처음이야. 전쟁이다, 물자가 없다고 하지만 있는 곳에 가면 넘칠 만큼 있더군. 좋은 추억거리가 생겼어."

오싱은 그렇게까지 흥겨워하는 쇼지의 모습은 뜻밖이었다. 쇼지를 지켜보며 오싱은 가난이 밉기만 했다.

오싱은 오빠를 잠자리에 들게 하고 난 후에야 안방으로 건너왔다. 류조가 기다렸다는 듯 이불 속에서 누워 있다가 일어나서 맞았다.

"겨우 잠들었어요. 오빠는 무척 기뻤나 봐요. 정말 고마워요. 당신 덕택에 오빠가 아주 기뻐했어요."

"당신한테서 야마가다의 형님 얘기를 자주 들었지. 당신도 옛날엔 지독한 대접을 받았을 테지만 형님 역시 괴로웠던 거요. 지난 일은 물에 흘려 버려요."

"네. 저도 그건 잘 이해하고 있어요. 그래도 오빠는 오빠인가 봐요. 얼굴을 보면 옛정이 그리우니까 말이에요."

"내일 야마가다로 돌아가신다는데 여러 가지를 좀 챙겨서 보내 드리는 게 좋겠소. 실례가 안된다면 돈도 얼마 드리고……"

"여보, 그렇게까지 배려해 주시니 정말 고마워요."

오싱은 무슨 말부터 꺼내야 좋을지 몰랐다. 언제나 자상한 남편이었지만 그날따라 더욱 자신의 일생을 감싸 주는 영원한 안식처로 여겨졌다.

이튿날 쇼지는 오싱이 내민 돈을 받아 호주머니에 챙겨 넣고, 류조가 입수한 설탕과 비누, 옷감 등 일반인으로서는 얻기 힘든 물건을 듬뿍 짊어지고 돌아갔다. 그 뒷모습이 어쩐지 처량해 보여서 오싱의 가슴속에 오랫동안 가라앉아 있던 쇼지에 대한 원망은 씻은 듯이 사라져 버렸다.
 그러나 오싱의 마음에는 또 다른 응어리가 남게 되었다. 그것은 오빠를 통해서 비로소 전쟁의 잔혹함을 절실히 느꼈기 때문이다.
 빨리 전쟁이 끝났으면 하고 바랄 뿐이었다. 유를 사다키치처럼 싸움터로 보낼 생각을 하면 오싱은 마음이 얼어붙는 것 같았다.
 그렇게 전쟁으로 인해 사람들의 마음이 날로 죄어드는 가운데 연말이 다가오고 있었다.
 12월 8일은 오싱에게는 여느 날과 같은 아침이었다. 아이들을 등교시키기 위해 아침 식사 준비에 분주할 때 히토시와 노소미가 부엌으로 나왔다.
 히토시는 문득 그때까지 가물거리던 라디오 볼륨을 올렸다. 일본이 진주만을 공격했다는 놀라운 소식이 전해졌다. 그 자리에 있던 사람들은 한결같이 넋 잃은 듯이 듣고 있었다.
 잠시 후 흥분된 얼굴로 류조가 달려들어왔다. 히토시와 노소미를 학교에 보내고 난 후 오싱과 하스코가 여전히 멍한 얼굴로 아침 식사를 하고 있을 때였다. 오싱은 류조에게 정색을 하고 물었다.
 "어떻게 한다는 거죠? 미국과 전쟁을 하다니 말예요. 어찌나 놀랐던지 밥도 잘 넘어가지 않아요."
 그러자 류조는 웃으며 흥분된 어조로 말했다.

"놀랄 것 없소. 이렇게 되리라 생각하고 있었으니까. 미국은 일본에 대해 석유 수출을 중지하고 대륙에서 모든 일본군을 철수하라는 따위의 난제를 제시하고 있소. 그런 터무니없는 얘기를 듣고 얌전히 물러날 수는 없지. 어차피 미국을 상대로 할 바엔 미국이 군비를 갖추기 전에 위협해서 일본의 입장을 유리하게 하려는 심산이지. 그런데 기습 공격이 크게 성공해서 대단한 전과를 올리지 않았소. 미국도 혼비백산했을 거요. 정말 오랜만에 속이 다 시원하군. 이제 전세도 호전되어 갈 거요."

류조는 마치 전쟁을 열렬히 바라는 사람처럼 보였다.

오싱은 앞으로의 운명이 어떻게 될 것인가 하는 염려를 하면서도 자신들이 전쟁의 소용돌이에 휩쓸려 가는 것을 직접적으로는 느끼지 못했다.

진주만 공격으로 인한 일본의 정세는 급격히 열기를 더해 국민들을 전쟁의 여파 속으로 몰아넣어 갔다.

그럭저럭 겨울방학이 되어 유도 집으로 돌아오게 되었다. 한마디 연락도 없이 유가 불쑥 집으로 들어섰을 때 오싱과 하스코는 정원수를 파내는 중이었다.

"다녀왔습니다."

예고도 없이 들어서는 유를 보고 하스코와 오싱은 깜짝 놀랐으나 이내 반가운 얼굴이 되었다.

"금년 겨울방학이야말로 교토에서 느긋하게 하고 싶은 공부를 할까 생각했는데 도서관과 하숙집이 모두 추워서 도저히 있을 수가 없어서요."

"나약한 소리를 하고 있구나."

그러자 유는 대뜸 오싱의 말을 받았다.

"만주의 군인들을 생각한다면 참고 견뎌야 하겠죠. 역시 엄마 곁에 있는 게 좋아. 함께 있을 때 실컷 응석도 부려야지. 우리도 언제 전쟁에 끌려갈지 모르니까요."

"뭐라고?"

오싱의 얼굴에 불안한 그림자가 드리워지자 유는 얼른 웃는 얼굴로 말을 돌렸다.

"그런데 나무는 왜 파내고 계세요?"

"네 아버지가 집주인한테 이 집을 사기로 한 모양이더라. 정원수를 들어내고 집에서 먹을 야채 정도는 자급자족해야 한다. 야채도 이제는 맘대로 살 수 없다니까 말이다."

"그렇군요. 미국과 전쟁을 시작했으니 어떻게 될지, 우리들도 언제까지 마음 놓고 공부할 수 있을지 모르죠."

"네가 학생으로 있는 동안은 군대에 갈 염려는 없으니까 아무 생각 말고 공부만 하고 있어라."

"엄마, 난 언제든지 군인이 될 각오를 하고 있어요. 싸울 수만 있다면 지금 당장이라도 싸우고 싶어요."

"아니, 너……"

유의 입에서 뜻밖의 말이 나오자 오싱의 가슴은 철렁 내려

앉았다. 아무리 전쟁 중이라지만 아들이 공부에만 전념하기를 바라는 것은 당연한 모성이었다.

"진주만 공격을 성공시킨 특수 잠수함은 정말 멋져요. 그게 바로 야마토 다마시이란 거예요. 일본 남아의 숙원이지요."

"유? 너, 진심으로 하는 말이냐."

"여자들은 몰라요. 사랑하는 조국을 위해서라면 지금 당장이라도 죽을 수 있어요. 언제든지 미국 배와 동반 폭사하겠어요."

몹시 놀라서 바라보는 오싱과 하스코를 아랑곳하지 않고 유는 어떤 강렬한 것에 사로잡힌 듯 두 주먹까지 불끈 쥐었다.

잠시 후, 방으로 돌아와 짐을 내려놓고 유는 천장을 바라보고 누웠다. 그리고 무엇인가 골똘히 생각에 잠겼다.

미닫이가 스르르 열리며 오싱이 들어오자 잔잔한 분위기는 깨뜨려지고 유는 얼른 일어나 앉았다. 오싱은 말없이 한 권의 책을 내놓았다. 의아한 듯 유의 시선이 책에 머물렀다. 오싱이 어렸을 때 산속 오두막에서 함께 지냈던 준사쿠에게서 받은 책이었다. 이미 낡을 대로 낡아 누렇게 바랜 겉장이 첫눈에도 꽤 오래된 것임을 느끼게 했다.

유는 호기심 어린 표정으로 책을 들여다보더니,

"어이쿠, 무척 오래된 책이로군. 엄마, 뭣하려고 이런 걸 갖고 계셨어요?"

하고 이리저리 책을 살펴보았다.

"내가 어렸을 때 알던 분께 선물 받았던 거란다. 네게 주마. 어째서 내가 그 책을 소중히 간직했는지, 너도 읽어 보면 이 엄마 마음을 알게 될 거다."

그렇게 말하고 오싱은 조용히 방을 나갔다. 오싱이 나가고도 한참 동안 유는 낡은 겉굴을 물끄러미 지켜보다가 이윽고 조심스럽게 책장을 넘겼다. 그리고 나지막하게 중얼거리듯 읽어 내려갔다.

"아아, 아우여 그대를 위해 우네. 그대 죽는 일 없어라……"

책을 읽어 가는 유의 얼굴에 점차 진지한 빛이 떠올랐다.

그동안 고이 간직해 왔던 준사쿠의 책을 유에게 건네고 부엌으로 나온 오싱의 가슴속에도 그 시구가 잔잔히 흘렀다. 말없이 저녁 쌀을 씻는 오싱의 뇌리에는 30여년 전 준사쿠의 모습이 되살아났다. 전쟁의 제물이 되어 눈앞에서 죽어 간 그의 모습이 떠올라 오싱은 으스스 몸을 떨었다.

오싱은 어느새 전쟁을 찬양하게 된 유가 두려웠다. 필시 지금의 젊은이는 모두 유와 똑같은 교육을 받고 유와 똑같은 생각으로 전쟁터에 나갈 것이다. 그러나 유만은 엄마의 마음을 알아 주었으면, 하고 오싱은 간절히 바라고 있었다.

그러나 진주만 공격 이후 혁혁한 일본의 전과에 전국민은 열광했고, 그 승리에 도취해 모두들 애국자가 되어 '미·영 타도'를 향해 거국일치 체제를 만드는 데 성공하였다. 모두들 필승의 신념으로, 물자의 궁핍도 참아 가며 자진하여 전쟁 수행에 참가한 것이다.

 오싱은 어려운 정세는 알 수 없었으나 일본의 승리를 믿고, 승리를 위해서는 열심히 일해야 된다고 생각하였다. 오싱은 아무런 자원도 없는 작은 섬나라가 강대국과 맞서 싸우는 게 얼마나 무모한지 의심할 줄 모르는 순수한 국민의 한 사람이었던 것이다.

 충군애국을 아무런 모순 없이 받아들이면서도 오싱은 유를 전장에 보내는 것만은 겁내고 있었다. 그것은 이론이나 이념을 초월한 어머니의 본능이었다.

 전쟁이 날로 열기 속으로 치달을수록 국민들의 생활은 피폐해졌다. 하지만 곳곳에서 날아드는 승전보에 군국 국민으로서의 정신 무장은 더욱 철저해졌다.

 애국반 반장이 된 류조는 남들보다 더 열렬한 군국주의자일 수밖에 없었다. 겨우 14, 15세밖에 안된 소년병을 모집하는 일도 나라를 위한다는 신념으로 열심히 했다. 바쁜 중에도 배급 전표의 분배에서부터 출정군의 전송, 영현의 마중, 출정 가족의 뒷바라지, 게다가 국채까지 할당해서 팔아야 했다.

 또 한 해가 저물고 이듬해 1942년 4월에는 유가 교토제국대학에 무사히 입학했다. 그 무렵에는 태평양에서의 혁혁한 전과가 전일 보도되고 있어 물자가 궁핍한 속에서도 국민의 사기는 드높아 있었다. 그러나 그것도 불과 일 년 남짓한 기간이었을 뿐, 다음 해인 1943년에는 이미 전국이 기울기 시

작했다

그해 가을 어느 날, 오싱은 하스코와 함께 마당에 심었던 고구마를 캐고 있었다. 그러다 무심코 뒤돌아보던 오싱은 흠칫 놀라고 말았다. 우뚝 서 있는 유를 발견한 것이다.

"아이구, 깜짝이야. 어떻게 된 거냐. 갑자기 돌아오다니……"
"학교는 어떻게 하고?"
유는 우물쭈물하며 당혹한 빛을 감추었다.
이때 류조가 들어왔다.
"여보, 유가 돌아오는 걸 알고 계셨어요?"
"아, 아니……"
류조와 유는 의미 있는 눈길로 마주 보다가 거실로 들어갔다. 이미 류조는 아들이 돌아올 것을 알았던 듯, 힘껏 유의 어깨를 감싸며 무엇인가 다짐을 하듯 말했다.
"유, 드디어 왔구나."
"네, 각오하고 있었어요."
"전선은 확대일로에 있고 전사자도 상당할 테니까 병력은 아무리 늘어도 부족할 거야. 학생이라고 해서 편안하게 있을 수는 없지."
"엄마는 아직 모르세요? 벌써 알고 계신 줄 알았는데요."
"신문을 읽고 있을 텐데 알아차리지 못한 모양이야. 그래서 여태까지 말도 꺼내지 못했구나."
"엄마에게 말할 생각을 하니 마음이 무거워요."

"아버지가 말하겠다. 언제까지 있을 수 있냐? 교토의 하숙은 철수한 거냐?"

"책이랑 남기고 싶은 물건만을 소하물로 부쳤어요. 나머지는 하숙에서 처분하기로 하고요."

"그럼 됐다."

그때 오싱이 들어오는 것을 보고 유는,

"역시 엄마한테는 내가 이야기하겠어요. 내 책임이니까요."

하고 시무룩하게 말했다.

오싱은 기쁜 얼굴로 들어서다가 심각한 두 사람의 표정을 보자 주춤거렸다.

"엄마, 할 말이 있어요."

이렇게 말하고 방을 나가는 유의 뒷모습을 보던 오싱은 류조에게 고개를 돌렸다. 그러자 류조도 애써 오싱의 시선을 피했다. 오싱이 방에 들어서자 유는 가방 안에서 책을 꺼내어 내밀었다. 준사쿠의 책이었다.

"엄마, 이거 돌려 드리겠어요."

"아니, 왜?"

"그런 책을 가지고 있다가 발견되면 무사하지 못할 거예요."

짐짓 미소를 짓는 여유까지 보이는 아들을 오싱은 말없이 지켜보았다.

"그 시는 반전(反戰)가잖아요. 전쟁터에 있는 아우에게 '그대 죽는 일 없어라.' 라고 했으니 이제 그런 건 통하지 않아요."

"유, 그건 말이야……"

유는 얼른 말을 막았다.

"알고 있어요. 엄마가 그걸 저한테 준 마음을 잘 알아요. 저도 엄마의 마음을 소중히 하고 싶고, 전쟁터에서 헛되게 죽을 생각은 없어요. 그렇지만 전장에 가서 목숨을 아끼고 있다간 아무것도 못해요. 조국을 위해 목숨을 걸어야 할 때는 미련 없이 몸을 바칠 작정이에요. 그것이 일본 남아의 정신이에요."

"유, 너 혹시……"

오싱의 입술이 바르르 떨리며 가벼운 경련이 일었다.

"지금까지 학생에게는 징병을 연기해 주었어요. 그런데 이번에 인문계 학생의 징병 연기는 인정하지 않게 됐어요."

오싱의 얼굴은 차츰 창백해졌다.

"저도 벌써 스무 살이에요. 당연히 병역의 의무가 있어요. 입대할 각오로 돌아왔어요."

"역시…… 그랬구나."

"너무 걱정하지 마세요, 엄마."

"인문계 대학생의 징병 연기가 취소됐다는 신문을 보았을 때 혹시나 했었지. 그렇지만 아버지는 아무 말씀도 안 하시고 엄마는 물어보기가 두려웠는데, 역시 네 아버지가 숨기고 있었구나."

"엄마, 걱정 마세요."

"사실 아까 네가 돌아왔을 때도 섬뜩했었어. 하지만 네가 명랑한 얼굴을 하고 있기에 안심했는데……"

오싱은 어두운 얼굴이 되어 말끝을 흐렸다. 그 모습을 지켜 보던 유도 편치 않은 마음으로 어머니의 두 손을 꼭 쥐었다.

"엄마, 너무 걱정하지 마세요. 상황이 점점 어려워지는데 우린 목숨을 바쳐서라도 조국을 지켜야 해요. 엄마와 아버지, 동생과 누이들이 평화롭게 살아갈 수 있다면 초개 같은 목숨, 아까울 게 없어요."

그러나 오싱은 망연한 표정으로 가슴 아픈 옛 기억들을 되씹고 있었다.

"이 엄마는 일곱 살 때 더부살이로 팔려 갔다가 끝내 참을 수가 없어 눈이 퍼붓는 속을 도망친 적이 있었지. 심한 눈보라 때문에 지쳐 쓰러졌는데 그때 준사쿠라는 분이 구해 줬어. 그 오빠와 한 해 겨울을 산속에서 지내면서 사람들이 서로 죽이는 일만은 절대로 해서는 안된다고 배웠다. 사람을 죽인 일로 해서 준사쿠 오빠는 항상 죄책감 속에서 헤어나지 못했어. 그것을 보고 전쟁이라는 것이 얼마나 참혹한 것인지 어린 마음에도 절실히 느꼈단다. 그런데도 나는 전쟁에 반대하지를 못했어. 할 수가 없었어. 거기다 어머니로서 자신의 아들조차도 지키지 못하다니 이렇게 바보스러울 때가 어디 있겠니."

"엄마, 그런 소리 마세요. 세계의 커다란 흐름 속에서 궁지에 몰린 일본이 할 수 없이 살아남기 위한 전쟁이에요."

"엄마도 그렇게 생각했었지. 그렇지만 준사쿠 오빠의 일을 잊지 않았다면 엄마 혼자서라도…… 설사 아무런 힘이 없다 해도 끝까지 반대를 했어야 했는데. 그렇게 했더라면 이렇게까지 후회를 할 일이 없었을지도 모르겠구나."

"엄마……"

"설마 자기 자식이 전쟁에 끌려가리라곤 생각도 못했지. 바보였어, 엄마는. 무엇 때문에 지금까지 이 책을 소중히 간직했는지 알 수가 없군. 그게 서글프구나."

오싱의 눈시울은 어느새 붉게 젖어 들었다.

"만일 무슨 일이 있어도 엄마는 저 때문에 울지 말아요. 저는 엄마 덕분에 스무 살까지 인생을 행복하게 살아올 수 있었어요. 그 추억만으로도 언제든지 만족하게 죽을 수 있어요. 그것만으로도 충분해요."

"유……"

"걱정하지 마세요. 죽을 각오를 했다고 해서 쉽게 죽지는 않을 테니까요. 엄마, 틀림없이 씩씩하게 살아서 돌아오겠어요."

그러나 납덩이처럼 무거워진 오싱의 마음은 류조가 들어올 때까지도 가라앉아 있었다.

"여보……"

류조가 불렀지만 오싱은 미동도 하지 않았다.

"웃으며 보내자구. 엄마가 우는 얼굴을 보이면 괴로운 건 유야. 뒤에서 끌어당기는 것 같아서 모처럼 굳힌 각오가 무너지잖소."

입을 다문 표정에서 말 못할 괴로움이 떠오르더니 오싱은 갑자기 못 견디겠다는 듯이 일어나 뛰쳐나갔다.

"엄마!"

무의식중에 쫓아가려는 유의 팔을 류조가 붙잡았다.

"남자답지 못한 짓은 하지 마라!"

유는 체념하고 자신의 감정을 억누르듯이 꼼짝 않고 앉아 있었다. 그러다가 한참 후에 무겁게 입을 떼었다.

"아버지는 엄마의 마음을 몰라요. 엄마가 얼마나 많은 고생을 하며 저를 키웠는지 아버지는 모르잖아요. 엄마와 단둘이서 살았을 때의 일을 잊을 수가 없어요. 언제나 엄마하고 함께 있었어요. 사카다에서 밥집을 할 때도, 이세에서 생선 행상을 할 때도, 어린 눈으로도 엄마의 고생을 신물이 나도록 보았어요. 엄마의 생각은 아버지와는 전혀 다르단 말이에요!"

유의 한마디 한마디가 류조의 가슴을 날카롭게 찔렀다.

"저는 목숨이 아깝다고 생각하진 않아요. 내가 사랑하는 사람들을 지키기 위해 전쟁에 나간다고 믿었어요. 그렇지만 전쟁은 역시 참혹한 거예요. 아버지, 죽어 가는 사람은 괜찮아요. 하지만 뒤에 남은 사람들은 잃어버린 사람에 대한 추억을 가슴에 안고 살아가야 한단 말이에요. 엄마와 같은 어머니들이 몇만, 몇십만이나 남는다면 그건 너무 가혹한 일이에요. 사랑하는 사람을 잃고도 살아가야 한다는 것이 얼마나 괴로울지 상상해 보세요. 그것이 훨씬 잔혹한 거예요."

"유……"

"이런 말은 아무한테도 할 수 없어요. 하지만 저는 전쟁이 없는 시대에 태어나고 싶었어요. 효자 노릇은 하지 못했지만 불효자식이 되고 싶진 않았어요."

유는 울음이 터져 나와 더 이상 말을 잇지 못했다. 류조도 침통하게 입을 다물어야 했다. 아버지로서 아들의 그런 모습을 지켜보기가 괴로웠던 것이다.

오싱도 역시 부엌 한구석에서 울 기력조차도 없이 망연히 앉아 있었다. 말로 형언할 수 없는 깊은 후회가 오싱의 가슴을 짓눌렀다. 혼자서 전쟁을 반대해 보았자 소용이 없다는 것쯤은 잘 알고 있었다. 그렇지만 반대하지 못했던 자신에 대해 깊은 후회와 함께 책망을 보내는 것이다. 부엌 문밖에서 그런 자신을 지켜보며 조용히 눈물을 닦아 내는 하스코를 미처 느끼지 못한 채, 오싱은 깊은 수렁 속으로 빠져들고 있었다.

그리고 이날부터 오싱의 길고 긴 지옥이 시작되는 것이었다.

믿지 못할 일

 입대하기 전 한 달 동안, 오싱은 유가 홀가분한 기분으로 집에서 보낼 수 있도록 여러 가지로 각별히 신경을 써 주었다. 온 집안 식구들이 한데 모여 가졌던 단란한 한때는 유난히도 빨리 지나가 버려, 드디어 유가 입대하는 날이 왔다.
 하루도 몸 편할 날 없이 열심히 일한 보람으로 유를 대학까지 보낼 수 있었던 오싱인 만큼 큰아들을 군대에 보내는 일이란 한쪽 팔을 잘라내기보다 괴롭고 고통스러운 것이었다.
 그러나 오싱은 떠나는 유 앞에서 결코 눈물을 보이지 않았다. 눈에 집어넣어도 아프지 않을 금지옥엽 같은 아들의 무운장구를 비는 간절한 소망을 여자의 헤픈 눈물로 흐트러지게 할 수 없다는 강한 의지의 발로였다.

이마에 머리띠를 질끈 동여맨 유의 손을 붙잡고 오싱은 새삼스럽게 아들의 위아래를 훑어보았다.

내 아들이 벌써 이렇게 장성했는가? 나라를 위하여 목숨을 바칠 각오로 떠나는 이 아이가 20년 가까이 온갖 신산(辛酸)과 고락을 같이하며 키워 온 분신이란 말인가?

"어머니, 걱정 마세요. 제가 전장에 나감으로써 어머니와 모든 식구들이 편히 살 수 있어요. 반드시 무사히 돌아올 겁니다."

아들의 손을 잡자 뜨거운 무엇이 전류처럼 흐르는 것 같아 오싱은 순간적으로 잡았던 손을 놓았다.

어렸을 적 준사쿠 오빠의 영향 때문에 막연하게나마 전쟁의 두려움을 알고 있는 오싱이다. 그 막연한 전쟁의 두려움이 가장 절실하게 현실로 눈앞에 나타난 것이다.

"유, 그저 몸 성하기만을 빈다……"

오싱은 더 이상 말을 잇지 못했다. 한마디라도 더 길어지면 금방 울음이 터져 버릴 것 같아서였다.

막상 유가 떠나고 나자 오싱의 마음은 걷잡을 수 없을 만큼 허전했으나 하스코의 다정다감한 위로의 말로 큰 위안을 받았다.

더욱이 이날 아침 오싱은 비로소 하스코와 유가 서로 믿고 의지하며 마음을 터놓고 있음을 확인할 수 있었다. 이 각박하고 힘든 세상에 유가 사랑하는 사람을 가졌다는 사실이 어머니로서 그렇게 대견하고 기쁠 수가 없었다. 하스코처럼 심성이 착한 아이를 큰며느리로 삼는다면 얼마나 좋을까, 하는 기대를 갖고 있던 오싱이었으므로 유가 입대하는 날에 두 사람 사이를 확인한 것이 몹시 다행으로 여겨졌다.

유가 입대하고부터 전쟁은 막바지에 이르렀고, 오싱은 자식 걱정으로 하루도 마음 편할 날이 없었다.

하스코는 어머니인 오싱보다 더 유의 안부를 궁금해 했다. 그런 하스코를 지켜보면서 오싱은 그녀가 애처로우면서도 한편으로는 두 사람의 사랑이 얼마나 진실되고 애틋한가를 알 수 있었다.

오싱은 어렵사리 말미를 내어 하스코와 함께 유가 교육받고 있는 예비사관학교로 면회를 갔다. 걱정했던 것보다 의외로 건강한 아들을 만나 본 오싱은 그저 고맙고 미덥기만 했다.

어쨌든 이번 면회는 오싱으로 하여금 그동안의 걱정을 웬만큼 덜어 주는 그런 만남이었다. 함께 만난 유의 전우 가와무라도 아주 착하고 좋은 친구인 것 같았다.

그러나 그로부터 며칠 후, 갑자기 전황이 달라진 듯 유는 하루아침에 전선으로 배치되어 전출을 가고 말았다. 어느 부대인지는 군사 기밀이라 알 수 없었으나 가와무라의 말에 의하면 남방의 최전선일 것이라고 했다.

오싱은 이럴 줄 알았으면 유를 아버지의 뜻대로 육사에 보내는 건데, 그랬더라면 군대에서 좀 더 안전한 임무를 맡을 수 있었을 텐데, 하고 후회했다. 그러나 뒤늦은 후회는 소용 없는 일, 오싱은 유가 어디에서 복무하든 그저 무사하기만을 자나깨나 빌 뿐이었다.

전쟁은 갈수록 치열해져서 얼마 후에는 학동소개(전란 중 나이 어린 학생들의 안전을 위해 비교적 안전한 곳으로 보내는 제도)가 시작되어 아직 철부지인 막내 데이를 시골의 친지집으로 혼자 보내야 했다.

물론 그 집에 웬만큼의 돈과 구하기 힘든 식량 및 일용품도 보내어 어린 데이를 잘 보살펴 달라고 신신당부하긴 했지만 철모르는 어린것이 울면서 혼자 떠나던 모습을 생각하면 오싱은 좀처럼 잠을 이루지 못했다.

설상가상으로 히토시마저 집을 나가 버리고 말았다. 히토시는 사내로서 가장 훌륭한 것이 군인이 되는 길이고, 군인 중에서도 특공대야말로 가장 멋진 데라고 동경해 오던 끝에 가족 몰래 해군 항공대에 지원 입대한 것이다. 부모의 반대를 무릅쓰고 혼자 집을 나가 미에에 있는 해군 항공대에 입대해 버린 히토시를 뒤늦게 어떻게 해 볼 도리가 없었다.

한꺼번에 삼 남매가 모두 뿔뿔이 흩어져 버리자 오싱은 너무도 허전하여 견딜 수가 없었다. 노소미와 하스코만이 쓸쓸한 오싱 부부를 위로하며 유일한 가족으로 남아 있을 뿐이었다.

그러던 어느 날 느닷없이 어린 데이가 울면서 집으로 돌아왔다. 수척해진 얼굴과 남루한 옷차림으로 갑자기 집에 온 데이를 보고 오싱은 가슴이 철렁했다.

 시골집의 푸대접을 견딜 수 없어서 기차삯도 없이 무임승차로 집까지 울면서 도망 왔다는 데이의 말에 오싱은 **뼈**를 깎아 내는 듯한 아픔을 느껴야만 했다.

 이것이 전쟁의 상처구나. 온 가족이 사방으로 뿔뿔이 흩어져야 하고, 밤낮없이 공습의 공포에 떨어야 하고, 이게 바로 전쟁의 무서움이구나……

 오싱은 이제야 비로소 준사쿠 오빠를 이해할 것 같았다. 두 아들을 모두 군대에 보내 놓고, 이젠 절대 엄마 품에서 떨어지지 않겠다고 떼를 쓰는 막내딸 데이마저 다시 시골로 보내야 하는 비극, 바로 전쟁의 잔인함이었다.

 이세 일원에 걸쳐 대규모 공습이 감행되자, 류조의 공장도 폭격을 받아 풍비박산이 되어 버렸다. 그동안 애써 이루어 놓은 생활의 기반인 공장마저 하루아침에 잿더미로 변해 버린 것이다.

 불안과 공포, 그리고 절망과 암흑의 나날이 계속되던 유난히도 무더운 7월의 어느 날 오후, 한 통의 군사 우편이 날아들었다. 유가 건재하기만을 그렇게도 염원하고 갈망했건만 그 무더운 오후에 배달되어 온 편지는 전사통지서였다. 필리핀 최전선에서 싸우다가 장렬히 최후를 마쳤다는 통지였다.

 "아니야! 그럴 리 없어! 거짓말이야! 뭔가 잘못된 거야! 우리 유가 죽다니, 절대 그럴 리 없어! 반드시 건강한 몸으로 살아오겠다고 다짐했어! 엄마에게 뿐만 아니야, 하스코와 사랑을 약속해 놓고 혼자 죽다니 믿을 수 없어……"

오싱의 피맺힌 절규는 바람 한 점 없는 무더운 여름날 오후의 파란 하늘 위로 공허한 메아리가 되어 퍼졌다.

"엄마, 진정하세요."

하스코의 애절한 위로의 말이 귀에 들어올 리 없었다.

"하스코, 유는 죽지 않았다. 너와 굳게 맹세했지 않았느냐."

"그러니까 엄마, 진정하셔야지요."

"하스코!"

오싱은 하스코를 으스러지듯 끌어안고 뜨거운 지열로 확확거리는 앞마당의 잡초 위에 나뒹굴었다.

그러나 류조는 유의 죽음을 현실로 받아들이고 곧 뜰에 핀 분꽃을 꺾어다가 불단에 바쳤다. 그런 남편의 모습을 넋 나간 사람처럼 바라보며 오싱은 하스코가 가여워서 견딜 수가 없었다.

"하스코, 난 향을 피우지 않겠다. 유는 살아 있어! 살아 있는 사람에게 향을 피울 이유는 없으니까."

하스코는 말없이 오싱의 손을 꼬옥 쥔 채 울먹거렸다. 전사통지서를 받고도 그걸 사실로 받아들이지 않으려는 오싱의 애절한 모성 앞에서 하스코는 한마디 위안의 말도 떠오르지 않았다.

물론 오싱의 믿음처럼 유가 살아만 있어 준다면, 그 전사통지서가 착오이기만 하다면, 하는 바람이야 하스코도 오싱 못지 않게 간절한 것이었다.

그해 8월 15일, 아침나절에 히토시로부터 엽서 한 장이 날아들었다. 곧 최전선으로 출전하게 되었다는 소식이었다. 이제 히토시마저 떠나는구나……

다시 한번 격렬한 슬픔의 늪에 빠져 기진맥진해 있는 오싱에게 류조가 잠시 후 정오에 라디오에서 중대 뉴스가 있다고 말했다. 이제 전쟁이 끝나는 모양이라며 류조는 몹시 허탈한 표정을 지었다.

1945년 8월 15일 정오.

천황은 떨리는 목소리로 전쟁을 끝낸다고 소칙을 발표했다. 이리하여 만주사변 이래 15년을 끌어온 길고 긴 전쟁은 막을 내린 것이다.

이날 천황의 목소리는 방송 상태가 좋지 못하여 자세히 알아듣지는 못했으나 일본이 전쟁에 지고 항복한 것만은 누구나 명백히 알 수 있었다.

"천황폐하의 목소리 처음 들어 봤네."

노소미가 호기심 어린 표정으로 입을 떼자 침울한 분위기 속에서 묵묵히 고개를 숙이고 있던 류조가 길게 한숨을 내쉬고 나서 말을 받았다.

"정말 황공할 일이다. 천황폐하께서 친히 국민에게 방송을 하시다니, 역사상 처음 있는 일이란다. 종전이란 것은 천황폐하께나 우리 국민들에게나 얼마나 중대한 것인지 짐작이 가는구나. 뼈에 사무칠 정도로 말이다."

"천황폐하께서 그만두라면 전쟁은 정말로 끝나는 건가요?"

오싱도 궁금증을 참지 못하여 한마디 물었다.

"물론이지. 비록 군부에 힘이 있다고는 하지만 우리 일본은 천황폐하가 다스리는 나라요. 어떤 경우라도 천황의 명령대로 따라야 하는 거요. 이제 전쟁은 완전히 끝났어."

"말로야 끝났다고 하지만 사실은 일본이 전쟁에 진 거 아니에요? 이제 일본의 운명은 어떻게 될까요? 지도상에서 일본이라는 나라는 영원히 없어지는 거나 마찬가질 거예요. 앞으로 우리는 어떻게 살아가야 할지……"

오싱은 남편의 얼굴에 짙게 깔린 어두운 그림자를 보고 슬그머니 말꼬리를 흐렸다.

"엄마, 어쨌든 이제 전쟁은 끝났어요. 전쟁터에 나가 있는 군인들도 이젠 더 이상 싸우지 않아도 되는 거예요."

노소미의 말에 하스코가 두 눈을 빛내며 얼른 물었다.

"그럼 모두 돌아올 수 있단 얘기지? 유 오빠도 살아 있다면 돌아오는 거야. 그렇지?"

노소미는 하스코의 물음에 대답하지 않고 오싱에게 고개를 돌렸다.

"엄마, 이제 데이도 데려와야 해요. 이젠 뿔뿔이 흩어졌던 가족이 모두 모여 살 수 있게 됐어요. 히토시도 마찬가지고."

오싱은 아침나절에 받아 본 히토시의 엽서를 꺼내어 다시 한번 찬찬히 들여다보며 띄엄띄엄 말했다.

"이제 드디어 출격하게 되었다는구나. 용감하게 싸우겠대. 역시 마지막 작별의 인사인가 봐, 8월 14일, 그러니까 어제 써 보냈구나."

노소미는 어머니의 손에서 엽서를 넘겨받아 들여다보았다.

"오늘이 15일인데 벌써 하늘로 날아가 버렸겠지?"

먼 하늘에 시선을 던진 채 혼잣말처럼 뇌까리는 오싱에게 하스코가 떨리는 목소리로 말했다.

"어쩌면 출격하지 않았을지도 몰라요. 전쟁이 끝난다는 걸 알고 출격을 중지시킬 수도 있지 않겠어요?"

"하지만 벌써 하루 전인데…… 아무것도 모른 채 날아가 버렸다면 이건 그야말로 개죽음이지 뭐냐. 무엇 때문에 목숨을 걸고 항공대에 들어갔는지 모르겠구나."

어머니의 안타까워하는 모습을 보다 못해 노소미가 나섰다.

"제가 히토시의 항공대에 찾아가 보겠어요. 가 보면 무슨 소식이든 알 수 있겠죠."

"노소미, 공연한 짓이다."

"괜찮아요. 이젠 전쟁도 끝났고 공습도 없어요. 기차도 다 닐 거예요."

성급하게 노소미가 일어서려 하자 류조가 말렸다.

 "어리석은 짓이다. 이렇게 어수선한 때에 거길 찾아간다 해도 아무것도 알아낼 수 없다. 너희들은 종전이라는 것이 얼마나 준엄한 것인지를 모르고 있다. 이제 일본에는 군대 따위는 그 존재가 없어졌어. 항공대도 마찬가지야."

 "그럼 앞으로 군대도 다 없어지는 건가요?"

 오싱이 정색을 하고 물었다.

 "그렇소. 일본은 포츠담선언을 받아들여 무조건 항복을 한 거요. 그걸 받아들인 이상 군대를 가진다는 것 자체가 용납되지 않아요. 얼마 후면 미군이 상륙해 올 거고 그렇게 되면 일본 군대는 정식으로 무장해제를 당하게 될 거요. 모두 잡혀가서 떼죽음이나 당하지 않으면 다행이지."

 "그렇다면 일본은 미군에게 점령당한다는 말씀이군요. 일본은 망하고 모든 게 미국에 예속되어 버린단 말인가요?"

 류조는 땅이 꺼질 듯이 한숨을 내쉬었다.

 "이 나라의 장래가 어떻게 될지…… 어쨌든 지금까지의 일본과는 모든 게 완전히 달라진다는 것만은 분명한 사실이오. 이게 바로 패전국이 겪어야 하는 설움이지."

 오싱은 잠자코 귀를 기울이고만 있고, 류조는 여전히 절망적인 목소리로 말을 이었다.

 "히토시 혼자만의 문제가 아니오. 우리 일본 국민 모두의 생존이 어떻게 될지 모르는 판국이오. 미군의 처사에 따라 살아남을 수도 있고 떼죽음을 당할 수도 있는 거요."

류조는 잠시 말을 멈추고 오싱은 물론 하스코와 노소미를 번갈아 바라보고 나서 비장한 목소리로 힘주어 말했다.

"앞으로 모두가 각오를 단단히 해야 한다. 데이도 성급하게 데려올 생각 말고 좀 더 시골에 맡겨 두는 게 좋을 거야. 앞으로 우리의 운명은 어느 누구도 점칠 수 없으니까. 이제 일본은 이것도 저것도 다 잃어버렸다. 천황을 모시고 2천 6백 년의 역사를 자랑하던 대일본제국은 이제 쓰러지고 말았어. 모든 것이 끝난 거야."

오싱을 비롯한 하스코와 노소미는 류조의 비장한 말에 굳게 입을 다문 채 앞으로의 운명을 걱정했다. 류조가 말을 이었다.

"유도 히토시도 전사한 것이 오히려 다행인 것 같소. 혈기 왕성한 나이에 나라가 망해 버린 꼴을 지켜보느니 나라를 위해 싸우다 죽은 것이 얼마나 당당하고 다행이겠는가. 차라리 행복한 아이들이야."

오싱은 섬뜩한 전율을 느끼며 말을 가로챘다.

"그럴 수가…… 아무리 전쟁에 져서 미국의 종노릇을 한다해도 목숨만 부지한다면 장차 살아갈 길이 있을 거예요. 유나 히토시는 반드시 살아서 돌아와야 해요."

"물론 살아남을 수 있다면 끝까지 버텨야지. 그러나 정부도 이젠 허수아비에 지나지 않아. 국민을 돌봐 줄 힘이 없소.

이제부턴 각자의 힘으로 식량이든 입을 옷이든 해결하지 않으면 안되오."

"정말 큰일이군요."

"앞으로 점령군이 상륙해 오면 패전국의 국민들은 그야말로 벌레 같은 취급을 받을 게 뻔하오. 살아 있는 게 더 고통스러운 세상이 온다는 얘기요. 그러니 이제부터는 모두 전쟁의 상처를 입은 채 더 괴로운 전쟁이 시작된다고 각오해야 되오."

"이제 와서 돌이켜 보니 무엇 때문에 이 따위 바보 같은 전쟁을 했는지 후회막급이군요. 너 나 할 것 없이 이긴다고만 믿고 정부에서 시키는 대로만 했으니 미국한테 가혹한 꼴을 당하거나 먹을 게 없어 굶어 죽어도 누구 하나 원망하지도 못하게 됐군요."

류조는 할 말을 잃은 듯 한숨만 내쉴 뿐이었고, 하스코와 노소미 역시 침통한 모습으로 듣고만 있었다.

식구들이 너무 절망적인 분위기에 사로잡힌 것 같아서 오싱은 애써 밝은 목소리로 결론을 내리듯 힘주어 말했다.

"어쨌든 남은 식구들만이라도 끈질기게 살아남아야 해요. 아직도 열흘치 정도의 식량은 있어요. 쌀을 아껴 먹으며 상황을 지켜봐야지. 공습이 없는 것만도 다행으로 여겨야죠. 이젠 잠이라도 편히 잘 수 있게 됐으니까요."

그날 밤 류조는 밤늦도록 책상머리에 앉아서 희미한 촛불

아래 무엇인가를 열심히 쓰고 있었다.

"침침한 촛불 아래서 뭘 그리 열심히 쓰세요? 급한 게 아니면 밝은 낮에 쓰는 게 좋을 텐데요."

"이것저것 정리할 게 좀 있으니 먼저 자도록 해요."

오싱의 물음에 류조는 대수롭지 않은 일이라는 듯 쓰던 것을 계속하면서 대꾸했다.

"하긴 세상이 이렇게 뒤집히리라고 누가 상상이나 했겠어요. 언제 어떻게 될지 모르는 운명이니 중요한 건 정리라도 해 두는게 좋을 거예요."

류조는 잠시 고개를 들고 어두운 창밖을 응시했다.

"너무 조용하군."

"이젠 공습도, 등화관제도 없어졌으니 편리하긴 하지만 전기가 들어와야 무슨 일이든 할 텐데. 하스코와 노소미가 땔감을 주워 오곤 하는데 낮에는 남 보기 창피하다고 꼭 밤에만 돌아다녀요."

"땔감도 벌써 떨어졌소?"

"먹고 자는 게 문제가 아니에요. 당장 무엇을 해야 할지 목적이나 희망이 사라져 버렸어요. 넋이 빠져 버려 앞날을 점칠 수가 없으니 암담하군요. 오랫동안 어렵게만 살아왔기 때문에 가난 따위는 조금도 두려울 게 없는데, 이렇게 앞길이 암담하기만 하니 그게 큰일이에요."

"죽느냐 사느냐 하는 문제도 점령군의 손에 달려 있어. 모든 문제를 자기 뜻대로 할 처지가 못되는 기막힌 세상이 되어 버렸소. 패전국 국민의 설움이 이렇게 처참할 줄이야 누가 알았겠소."

"이제 와서 그런 말이 무슨 소용이 있겠어요."

"결코 후회하진 않소. 내 나름대로 신념이 있었기에 전쟁에 협력했고, 군대 덕분에 처음으로 사업다운 사업도 해 봤던 거요. 남자로서 한번 해 볼 만한 사업이었소."

타는 듯한 눈길로 어두운 창밖을 응시하며 또박또박 힘주어 말하는 류조의 모습에 오싱은 진한 연민을 느꼈다.

이때 부엌 쪽에서 노소미와 하스코의 기척이 났다.

"여보, 애들이 땔감을 주워 왔나 봐요."

오싱은 류조의 기분도 전환시킬 겸 함께 부엌으로 갔다.

류조가 온화한 웃음을 띤 채 하스코와 노소미를 불렀다.

"너희들이 있으니 엄마는 무척 마음 든든해 하고 있다. 유나 히토시가 전사하여 이 세상에 없다 하더라도 너희 둘이 친자식처럼 엄마 곁에 있어 준다면 아무 걱정 없을 것이다."

"아버지, 염려하지 마세요. 유상도, 히토시짱도 반드시 돌아올 거예요."

하스코의 이 말에는 애틋한 소망이 담겨 있었다.

류조는 하스코의 말에 아무런 반응도 보이지 않고 차분한 목소리로 말을 이었다.

"하스코, 노소미, 잘 들어라. 너희들은 둘 다 우리와 인연이 있기에 지금까지 친형제들처럼 자라왔다. 비록 너희들 엄마와 피는 나누지 않았지만 엄마에게는 누구 못지 않게 소중한 아들딸이다. 언제까지라도 엄마에게 마음의 지주가 되어주어야 한다. 명심하기 바란다."

하스코와 노소미는 류조의 새삼스러운 당부에 이상한 예감이 들어 서로 얼굴을 마주 보다가 노소미가 먼저 겸연쩍은 웃음을 띠며 더듬더듬 말했다.

"왜 새삼스럽게 그런 말씀을 하세요. 아버지, 오늘 밤은 좀 유별나시네요."

류조는 애써 태연을 가장하며 스스럼없이 웃었다.

"전쟁이 끝나고 나서 그런지 약간은 감상적으로 된 것 같구나. 내일 아침에는 오랜만에 목욕이나 해야겠다. 너희들이 힘들게 땔감을 구해 와서 모처럼 호강하게 됐구나."

류조와 오싱은 곧 방으로 들어와 자리에 누웠다. 밤이 깊었으나 류조는 좀처럼 잠을 이루지 못하고 뒤척이다가 가만히 일어나 창가에 기대서 담배를 피워 물었다.

오싱은 슬며시 일어나 류조 곁으로 다가갔다.

"날씨가 무척 덥죠? 더워서 잠이 안 오는 모양이에요?"

"오싱, 당신도 아직 눈을 붙이지 못했군."

"이런저런 생각이 그치질 않는군요."

류조는 오싱의 까칠해진 손을 잡으며 어둠 속에서 보일 듯 말 듯 미소를 띠었다.

"오싱, 당신을 만나서 함께 살아온 지 벌써 몇 년째요?"

"음, 제가 지금 마흔 다섯이고 결혼했을 때가 스물 하나였으니까…… 어머나! 벌써 20년이 넘었네요! 바로 엊그제 결혼한 것 같은데…… 하기야 돌이켜 보면 오랜 세월인 것 같기도 해요. 그동안 참 별난 일도 많았죠."

"생각할수록 당신에겐 고생만 시켰소. 모두 내가 무능하고 대차지 못한 탓이었소. 여보, 미안하오."

"새삼스럽게 무슨 말씀이세요. 사가에서는 한동안 당신에게 서운한 때도 있었지만 그땐 당신 환경이 어쩔 수 없었지요. 그 이후에는 항상 당신은 날 위해 주었고 매사 빈틈없이 장사도 해 왔잖아요. 아동복가게로 시작해서 규모 있는 봉제공장까지 키웠고, 생선가게부터 새 출발해서 어묵공장까지 일으켜 세웠어요. 모두 당신의 능력과 끈기로 이룩한 거예요."

"그나마 오싱이 항상 옆에서 지켜 주었기 때문이오. 내 인생에 있어서 가장 보람을 느낀 건 당신을 만난 이후부터였소."

오싱은 그런 말을 하는 류조가 자꾸만 생소하고 멀리 있는 타인 같은 생각이 들어 자기도 모르게 도리질을 했다.

"새삼스럽게 그런 말씀을…… 그만하세요."

"아니야, 언젠가 기회가 있으면 꼭 당신에게 이런 말을 해 주고 싶었어. 당신을 만나고부터 진정한 인생의 보람을 느꼈고, 비록 관동대지진 이후 사가에 돌아가서 우여곡절은 겪었지만 그 후로도 당신 덕분에 새 출발하여 자식들도 얻었고,

아무 여한이 없이 지내 왔소. 당신은 나에게 많은 보람과 행복을 가르쳐 주었소. 고맙소, 오싱!"

오싱은 류조의 가슴에 얼굴을 파묻으며 나직하게 속삭였다.

"언제까지라도 당신 곁에 내가 있고 내 곁에 당신이 있어 주면 돼요. 이렇게 함께……"

실로 오랜만에 나누어 본 부부간의 정담이었다. 류조는 오싱의 그런 모습이 한없이 정겹고 아름답다고 느끼며 아내의 가는 허리를 힘주어 끌어안은 채 언제까지나 그렇게 서 있었다.

모처럼 남편의 믿음직스런 가슴에 얼굴을 파묻고 안온한 순간을 만끽하고 있는 오싱은 이때 남편이 무슨 결심을 하고 있는지 전혀 상상도 하지 못했다.

할복

 모처럼 개운하게 목욕을 끝낸 류조는 말끔한 신사복 차림으로 외출할 채비를 했다. 오싱은 물론 하스코와 노소미도 그런 아버지의 말쑥한 차림새에 놀란 듯 눈이 휘둥그레졌다.
 "아버지, 정말 오랜만에 양복을 입어서인지 꼭 딴사람 같아요. 정말 멋진데요."
 하스코의 반쯤 장난기 섞인 말에 류조는 약간 멋쩍어 하면서도 싫지 않은 표정이었다.
 "하스코와 노소미 덕분에 모처럼 시원하게 목욕을 했더니 금방 날 것 같구나. 고맙다."
 "앞으로는 자주 목욕물 데워 드릴게요."
 "그래, 고맙다. 그럼 난 좀 나갔다 올게. 그동안 신세졌던

군 관계 사람들에게 두루 인사라도 하고 올 생각이다. 그럼 다녀오마."

하고 류조는 밖으로 나가다가 주춤 그 자리에 선 채로 그 윽한 눈길로 오싱을 돌아보았다.

그 잔잔한 눈길에는 한없는 사랑과 믿음이 가득 담겨 있었 다. 오싱도 환한 미소를 머금은 채 눈인사를 보냈다.

류조는 곧 고개를 돌리더니 밖을 향해 또박또박 걸어 나갔 다. 그 짧은 작별이 오싱이 본 류조의 마지막 모습이었다.

류조가 외출을 하고 나자 오싱은 하스코, 노소미와 함께 뜰 의 나무들을 파내고 그 자리에 밭을 일구는 작업을 시작했다.

"이제 전쟁이 끝났으니 하루속히 데이도 데려와야겠는데 점령군이 언제 밀어닥칠지 예측을 못하겠으니 걱정이구나."

오싱이 하스코, 노소미와 데이의 일을 걱정하고 있는 바로 그 무렵, 류조는 데이에게 가 있었다.

숲속의 길가에서 미아처럼 우두커니 앉아 있던 데이는 집 생각 엄마 생각 때문에 누군가가 곁으로 다가오는 것도 까맣 게 모르고 있었다. 그러다가 길다란 그림자가 코앞에 이르자 그때야 비로소 화들짝 놀라 고개를 돌리며,

"아빠!"

하고 소리를 지르며 류조의 품에 달려들었다.

"데이, 여기서 뭘 하고 있느냐?"

류조는 힘껏 데이를 끌어안으며 다정하게 물었다.

"아빠! 나 데리러 온 거지? 아빠랑 엄마가 나 데리러 올 줄 알고 여기까지 나와서 기다렸단 말이야. 이제 전쟁은 끝났잖아요. 공습도 없어졌으니 얼마든지 집에 갈 수 있다고 주인 아저씨가 그랬어요. 혼자서라도 집에 가려 했지만 꼭 데리러 와 줄 것만 같아 아침부터 여기서 기다리고 있는 거예요."

데이의 얼굴은 반가움의 눈물과 송골송골한 땀방울로 뒤범벅이 되어 우스꽝스러울 정도로 엉망이었다.

"그래, 알았다. 데이, 이제 며칠만 더 기다리면 엄마가 널 데리러 오게 된다. 아빠는 오늘 다른 볼일이 있는데, 네가 그동안 어떻게 지내는지 궁금해서 잠시 들렀을 뿐이다. 그동안 용케 잘 참았구나."

"애개? 그럼 아빠가 데이를 데리러 온 게 아니잖아? 싫어! 나 아빠 따라갈 거야."

"데이, 아빠 말 잘 들어야 한다. 우리 일본은 전쟁에서 졌어. 오늘이라도 점령군이 쳐들어오면 무슨 짓을 할지 모른다. 미국 사람들은 무서운 원자폭탄을 터뜨려서 수많은 사람을 죽게 했다. 앞으로 무슨 일이 일어날지 모르니 조금만 참고 기다리면 된다. 알겠지?"

"그럼, 엄마나 아빠는 괜찮은 거야?"

데이의 맑은 눈을 들여다보는 류조의 가슴은 찢어질 듯했다.

"암, 괜찮고 말고…… 어른들은 재빨리 피할 수도 있고 여차하면 맞서 대항할 수도 있단다. 하지만 데이는 아직 어리기 때문에 무슨 일이 생기면 위험해서 안돼. 그러니까 여기서 조금만 더 기다리라는 거야."

데이는 더 이상 고집을 부려 보았자 소용없는 일이라고 여겼던지 풀이 죽은 목소리로 다짐을 했다.

"며칠만 기다리면 꼭 데리러 오는 거지?"

"그렇다니까. 그리고 데이, 앞으로 모든 식구가 모여 살게 되면 누구보다도 데이는 엄마 말씀 잘 듣고 착하게 자라야 한다. 커서는 엄마에게 많은 힘이 되어 줘야 해, 알겠지?"

데이는 아버지의 당부가 새삼스럽고 이상하다고 느껴지는지 까만 눈동자를 깜빡이며 빤히 바라보았다. 류조는 데이의 머리를 쓰다듬으며 더욱 정겹게 말했다.

"네 머리칼은 엄마와 아주 똑같구나. 까맣고 결도 곱고 말이야. 아빠는 데이가 예쁘게 꾸미고 시집가는 꿈을 꾸곤 한단다. 네 엄마도 아빠에게 시집올 때 아주 예뻤단다."

"아빠……"

어린 마음에도 데이는 오늘따라 아버지의 행동이 조금 이상하다고 느꼈다. 그래도 아버지의 눈에 맺힌 이슬은 보지 못했다.

"아빠, 오늘은 왜 자꾸 이상한 얘기만 하세요……"

"데이, 여자는 네 엄마처럼 항상 누구에게든 따사롭고 애정을 베풀 줄 알아야 한다. 아빠의 말을 꼭 마음에 새겨 두어라."

류조는 거의 해질녘까지 데이와 함께 있다가 좀처럼 떨어지지 않는 무거운 발걸음을 돌렸다.

그날 류조는 집으로 돌아가지 않았다. 그 다음 날도, 그 다음 날도……

오싱이 누운 옆자리에 류조의 이부자리는 보통 때처럼 그대로 깔려 있다. 갑자기 눈을 뜬 오싱은 후닥닥 일어나 모기장을 젖히고 현관으로 나가며,

"다녀오셨어요?"

하고 맨발 그대로 잠긴 문을 열었다.

그러나 밖에는 아무도 없었다.

"여보……"

현관 밖에는 칠흑같이 어둠이 깔렸을 뿐 아무도 대꾸하는 사람이 없었다. 안에서 선잠이 깬 하스코와 노소미가 나오더니 하품을 하며 물었다.

"아버지가 돌아오셨어요?"

오싱은 여전히 바깥쪽을 살펴보며 대답했다.

"이상하구나. 분명히 너희 아빠 목소리였는데 아무도 보이지 않는구나. 오싱! 오싱! 하면서 문을 두드리는 소리까지 들었는데, 분명히……"

"엄마, 꿈을 꾸신 거겠죠?"

노소미의 말에 오싱은 고개를 저었다.

"아니야. 잠이 오지 않아서 그냥 누운 채 눈을 뜨고 있

었어."

"우린 아무 소리도 못 들었는걸요. 아빠 일로 늘 걱정하시니까 아마도 잘못 들으셨을 거예요."

하스코의 말에 오싱은 고개를 주억거리며,

"네 말을 듣고 보니 그럴지도 모르겠구나. 잠이 들진 않았지만 깜빡 졸았나 보다."

하고 맥이 풀린 듯 현관 마루 끝에 주저앉더니 갑자기 날카로운 목소리로 말했다.

"아니다. 아니야…… 아무래도 너희 아빠한테 무슨 일이 생긴 것만 같아."

하스코가 두 손을 내저으며 말했다.

"엄마, 이제 겨우 사흘밖에 안됐는데 왜 자꾸 그런 생각을 하세요? 요즘 차도 잘 못 다니고 하니까 아는 분 댁에 들렀다가 그냥 며칠 묵고 계실 거예요. 걱정하지 마세요."

노소미도 한마디 거들었다.

"맞아요. 시국이 시국인지라 집에 연락을 하고 싶어도 잘 안되실 거예요. 걱정 마세요. 날이 밝으면 나가서 한번 찾아볼게요."

"아이구, 답답해서 못 견디겠구나. 너희들은 엄마 마음 모른다."

그럭저럭 날이 밝자 오싱의 불길한 예감도 조금은 수그러들고 노소미는 아버지를 찾으러 나간다며 일찍 집을 나섰다.

웬만큼 평정을 되찾은 오싱이 하스코의 도움을 받으며 옷가지들을 정리하고 있을 때 나갔다 돌아온 노소미가 현관 앞에서 편지 봉투 한 장을 집어 들고 들어왔다. 오싱은 편지를 빼앗다시피 받아 겉봉을 뜯었다.

갑자기 이런 편지 받으면 몹시 놀랄 거라고 생각하오. 하지만 나로서는 충분히 심사 숙고한 결과 결정한 일이오.
이번의 패전은 실로 원통하기 그지없는 일이오.
나는 일본의 승리를 확신하고, 분골쇄신 나라를 위해 뛰어왔소. 가족에게도 그렇게 가르쳤고, 애국반 반장 노릇도 했으며 두 아들까지 군에 바쳤소.
내가 권유하여 소년항공대에 들어간 소년들이 꽃다운 나이에 하늘에서 산화했소. 그런 일련의 내 처신에 대하여 나는 책임을 통감하고 있소.
물론 이 목숨 하나 끊는 것만으로 그 책임이 소멸되는 건 아니오. 그러나 당신이 그토록 애지중지하던 우리의 유와 히토시를 죽게 한 아버지의 죄, 한 인간으로서 무자비한 전쟁에 협력한 죄를 이 목숨을 걸고 용서를 구하는 길밖에 없소.

편지를 펼쳐든 오싱의 두 손이 바들바들 떨리기 시작했다. 백지장처럼 창백한 얼굴은 흥건히 식은땀으로 젖어 있었다.

오싱, 당신을 만난 덕분에 나는 짧은 평생을 열심히 살아왔소. 후회는 없소. 당신을 만나 20여 년 살아오는 동안 당신으로부터 많은 것을 배웠음을 고백하지 않을 수 없구려.

오싱, 그동안 정말 고마웠소. 당신이 그토록 사랑하던 유와 히토시는 이 못난 아비가 곧 만나게 되리라 믿소.

다시 한번 고맙다는 말을 덧붙이고 싶소.

류조로부터 오싱에게.

오싱은 편지를 구겨 쥔 채 그 자리에 주저앉고 말았다.

"엄마!"

놀라서 달려드는 하스코와 노소미에게 오싱은 날카롭게 외쳤다.

"아버지가 돌아가셨어! 이건 아버지의 유서다."

하스코와 노소미가 편지를 빼앗아 읽는 사이 오싱은 정신을 가다듬고 서둘러 외출 준비를 했다.

"엄마, 어디 가시려고요?"

울상을 짓고 묻는 하스코에게 오싱은 또렷하게 대답했다.

"아버지를 찾으러 가야지."

"하지만 어디 계신지 전혀 모르잖아요."

노소미의 말에 하스코가 한가닥 희망을 걸며 말했다.

"이게 유서일지는 모르지만 아직 돌아가셨다고 단정할 수는 없어요. 어쩌면 편지를 보내 놓고도 마음이 변해서 돌아오실지도 몰라요."

오싱은 초점을 잃은 시선으로 허공을 바라보며 가만히 고개를 흔들었다.

"엊그제 종전되던 날 밤, 아버지와 밤이 깊도록 많은 얘기를 나누었어. 이제 생각하니 그때 벌써 아버지는 각오하고 계셨던 거야. 엄마는 그걸 눈치채지 못했구나."

오싱은 끓어오르는 설움과 회한을 가누지 못하고 두 손으로 얼굴을 감싼 채 와락 울음을 터뜨리고 말았다.

"엄마, 진정하세요."
"모두 엄마 잘못이다. 엄마가 멍청하게 지나쳐 버린 탓이야. 온 일본을 다 뒤져서라도 아버지를 찾아야 해."
"엄마, 아빠는 절대 자살하지 않았어요. 엄마와 데이를 남겨 두고 그럴 리 없어요. 좀 기다려 보세요. 반드시 돌아오실 거예요."

그러나 오싱은 하스코의 말을 묵살해 버리고 대문을 향해 걸어 나갔다. 노소미가 함께 가겠다고 따라나섰다.

이때 중년 남자 한 사람이 쪽지를 든 채 여기저기 기웃거리다가 막 대문을 나서려는 오싱에게 물었다.

"혹시 이 근처에 다노쿠라댁이라고 있습니까?"

노소미가 나섰다.

"다노쿠라라면 저희 집인데요."
"아, 그렇습니까? 용케 찾았군요. 그럼 다노쿠라 류조상을 아시지요?"

"저희 아버지입니다. 그런데 왜 그러시죠?"

중년 남자는 오싱을 눈여겨보며 조심스레 물었다.

"그럼 혹시 류조상의 부인되십니까?"

"그렇습니다만 주인에게 무슨 일이 있으신가요."

오싱의 목소리가 파르르 떨려 나왔다. 사나이는 잠시 머뭇거리며 오싱과 노소미의 얼굴을 번갈아 바라보더니 더듬더듬 말을 이었다.

"저는 저쪽 안 동네의 면사무소 직원입니다. 전화도 안되고 순사에 알려도 이제 없는 거나 마찬가지라서 워낙 난처한 임무를 띠고 왔는데, 뭐라고 말씀드려야 좋을지 모르겠군요. 그분의 소지품 중에 주소, 성명과 혈액형을 적은 쪽지가 들어 있었습니다. 일단 알리려고 왔지만 다른 사람일지도 모르니 혹시 짐작이 가시거든 함께 가시어 확인 좀 해 주십사 하고 왔습니다."

"그럼 아버지가?"

노소미가 불안한 빛을 감추지 못하고 어머니를 돌아보았으나 오싱은 눈짓으로 어서 가자는 시늉을 했다.

사나이는 곧 앞장서서 걸음을 재촉했고 오싱과 노소미는 묵묵히 뒤를 따랐다.

8월의 이글이글 타는 태양 아래서 면사무소까지 걸어가는 동안 세 사람은 줄곧 입을 다문 채였다. 오싱과 노소미는 면

사무소의 한쪽 귀퉁이에 마련된 작은 방으로 안내되었다.

잠시 후, 그 방에서 나온 오싱은 기다리고 있던 직원에게 허리를 굽히며 인사를 했다.

"여러 가지로 폐가 많습니다."

"그렇다면……"

"제 남편이 틀림없습니다."

직원은 의외로 침착한 오싱의 냉정함에 오히려 당황하여 어찌할 바를 몰라 쩔쩔매며 조심스레 입을 열었다.

"뭐라고 위로의 말씀을 드려야 좋을지 모르겠습니다. 요즘 궁성 앞 광장에서는 나라와 운명을 같이하겠다고 할복 자살을 하는 사람이 많다고 들었습니다. 고인께서도 똑같은 심정이셨을 겁니다. 고인을 발견한 동네 사람의 말을 들으니 고인께서는 숲속에서 단정하게 정좌하신 채 의복은 물론 머리카락 하나 흐트러짐이 없이 반듯하게 엎드려 계셨다고 했습니다. 검시를 맡은 의사도 탄복했답니다. 단검으로 단 한번에 정확히 심장을 찔러 장엄한 최후를 마치셨답니다. 우린들 왜 고인과 같은 심정이 아니겠습니까. 점령군이 들이닥치고 인간 이하의 냉대 속에서 구차한 목숨을 이어가느니 고인처럼 멋진 결단을 못 내리는 자신이 한없이 부끄럽습니다."

어디선가 매미 소리가 요란하게 들려왔다.

류조의 죽음, 그것은 마치 남의 일이기라도 한 것처럼 오싱은 도무지 실감할 수가 없었다. 그러나 아무리 부정하고 싶어도 류조는 이제 이 세상 사람이 아닌 것이다. 유와 히토시는 그래도 아직 시신을 확인하지 못했으므로 한가닥 가냘픈 기대라도 걸 수 있지만……

어쨌든 류조의 자살로 인하여 오싱의 힘난한 인생은 또 한 차례 큰 고비를 맞이해야 했다.

오싱은 싸늘하게 식어 버린 남편의 얼굴을 어루만지며 그 얼굴에 영원한 평온이 깃들어 있음을 보았다. 그것으로써 손톱만큼이라도 작은 위안을 얻어야만 했던 것이다.

오싱은 지체하지 않고 면 직원과 마을 사람들의 도움을 얻어 그곳 화장터에서 화장을 하고 유골을 안고 쓸쓸히 집으로 돌아왔다.

밤늦게까지 혼자 집을 지키며 오싱을 기다리던 하스코가 대문 밖의 인기척에 반색을 하며 달려 나왔다.

"왜 이렇게 늦었어요? 걱정했어요. 아버지는, 무슨 소식이라도 들으셨어요?"

"여기 함께 돌아오셨다."

오싱은 뚜벅뚜벅 걸음을 옮겨 현관 안으로 들어서더니 유골함에 대고 낮은 목소리로 중얼거렸다.

"여보, 집에 돌아왔어요."

하스코는 그런 어머니의 모습을 반신반의하다가 뿌연 불빛을 받아 더욱 하얗게 빛나는 유골함에 시선이 멎자,

"아버지! 설마 아버지가……"

하고 그 자리에 주저앉아 울기 시작했다.

"사실은 우선 집으로 모셔다가 하스코에게도 작별을 고하게 하고 싶었다만 여기까지 운반해 줄 사람도 없고 차도 없을 뿐더러 이곳 화장터마저 공습으로 모두 못쓰게 됐다고 해서 그 마을 사람들 신세를 졌단다."

오싱은 곧 형식을 갖춰 제단을 만들고 유골함을 모셨다.

세 식구가 번갈아 분향하고 나자 모두들 허탈한 모습이 되었다. 숨 막힐 것 같은 무거운 침묵을 못 견디겠다는 듯이 노소미가 입을 열었다.

"엄마, 내일은 내가 가서 데이를 데려올게요. 장례식을 치르기 전에 서둘러 데려오는 게 좋을 것 같아요."

오싱은 고개를 가로저었다.

"시국이 이런데 굳이 격식을 차려 장례를 치를 필요는 없다. 우리끼리 정성껏 치르도록 하자."

"그렇지만……"

"아니다. 아버지는 깊은 산 속에서 아무에게도 눈에 띄지 않기를 바라셨다. 혼자서 조용히 흙으로 돌아가실 작정이었을 거다. 장례식을 번거롭게 한다면 오히려 지하에서까지 괴로워하실지 모른다. 패전 이후, 애국반 사람들에게 면목없는 짓을 했다고 그렇게 자책을 하셨는데, 그런 분들이 문상이라도 오면 더욱 괴로워하실 거다."

"하긴 그렇군요."

"앞으로 세상이 또 어떻게 바뀔지도 모르는 판국이니 뚜렷한 전망이 서기 전에는 데이를 당분간 그대로 놔두는 게 좋겠다. 내일 아침 스님을 오시게 해서 우리끼리 장례를 지내도록 하자. 아버지가 자살하신 건 우리끼리만 가슴에다 접어두자. 데이에게는 물론 이웃에게도 병사하신 걸로 하자는 얘기다."

이렇게 하여 다노쿠라 류조의 장례식은 쓸쓸할 정도로 간소하게 치러졌다.

이별과 죽음

　전쟁이 남기고 간 것들은 이별과 죽음, 그리고 가난과 절망뿐이었다.
　오늘도 데이가 데리러 오기만을 간절히 기다리고 있을 것이라고 생각하자 오싱은 좀처럼 일이 손에 잡히지 않았다.
　실상 일을 하고 싶어도 할 일이 없고, 장사 따위는 물자가 없어서 엄두도 못 내는 형편이었다. 일이라야 고작 정원을 없앤 자리에 밭을 일구어 채소라도 가꾸는 정도뿐이었다. 그렇긴 해도 그런 일은 남편의 자결, 유와 히토시의 생사 여부, 데이의 안부 등으로 복잡해진 심경을 위안하는 방법이기도 했다.
　오싱이 마당에서 하스코와 함께 밭을 가꾸고 있을 때 커다란 배낭을 맨 노소미가 풀이 죽은 모습으로 터덜터덜 걸어들어왔다.

"어떻게 됐어?"

하스코가 성급하게 물었으나 노소미는 힘없이 고개를 저었다.

"도저히 안되겠어. 어디로 가야 할지 몰라서 무작정 기차를 타고 쌀 구하러 가는 사람들이 내리는 데서 따라 내려가 보았지만 도저히 농가에 들어갈 용기가 나지 않아서……"

"그럼 빈손으로 돌아왔겠네?"

"용기를 내어 마음씨 좋아 보이는 어떤 아주머니에게 고구마가 없느냐고 겨우 물어보았더니 나를 수상한 눈으로 훑어보다가 매정하게 내쫓아 버리더군."

하스코는 어이없다는 듯이 실소를 머금었다.

"가엾게 됐군. 식량도 구하고 내가 좋아하는 것까지 사다주겠다고 큰소리치더니."

오싱도 따라 웃으며 노소미를 위로했다.

"공연히 고생만 했구나. 노소미에게 그런 일은 무리야. 어릴 때부터 유난히 낯을 가리고 수줍음을 잘 타던 아이였으니까."

노소미는 무안한 듯 머리를 긁적였다.

"전 도무지 패기가 없어서 그런가 봐요."

"괜찮다. 그게 바로 노소미의 장점이다. 아직 집에서 캔 고구마도 있고 밀가루도 좀 남아 있으니까 그럭저럭 참아 보자."

세 식구가 맥이 빠져 넋두리를 하고 있는데, 현관 밖에서 누군가 부르는 소리가 들렸다. 오싱은 곧 현관문을 열었다.

방문객은 뜻밖에도 류조의 어머니 기요와 작은형인 가메지로였다.

"어머님, 아주버님, 연락도 없이 갑자기······"

오싱은 서둘러 거실로 안내했다. 방석을 내놓으며 시어머니가 앉기를 기다렸다가 오싱은 정중히 절을 올렸다.

"그동안 소식 전하지 못한 점 늘 진심으로 죄송하게 생각하고 있었습니다. 그간 안녕하셨습니까?"

기요는 가타부타 말이 없더니 불쑥 물었다.

"류조는 어딨느냐? 유서인가 편지인가가 와서 당장 쫓아왔다."

오싱은 가슴이 섬뜩했다. 무슨 말로 어떻게 시어머니를 이해시킨단 말인가?

"오싱, 난 정말 놀랐다. 그 편지 내용이 류조의 본심은 아닐 것이라고 지금까지 믿고는 있다만."

"사실은······"

오싱은 좀처럼 입이 떨어지지 않았지만 언제까지나 우물쭈물할 수만은 없는 노릇이었다.

"웬만큼 마음의 안정이라도 찾고 나면 알려 드릴 생각이었습니다. 지난 18일에 화장을 하고 유골은 집에 모시고 있습니다."

 설마 하고 있던 기요와 가메지로의 입에서 경악의 외마디 소리가 터져 나왔다.

 "처음 발견한 사람과 검시한 의사의 말에 의하면 매우 훌륭한 최후였다고 전했습니다."

 한가닥 기대가 무너져 버리자 기요는 넋 잃은 사람처럼 방바닥을 치며 오열을 터뜨렸다.

 "세상에 이런 바보 같으니! 내가 한 발짝 늦었구나. 바보 같은 녀석, 그렇게 고민이 됐으면 좀 더 일찍 알리지 않고……이 어미가 단숨에 쫓아가서 멱살을 끌고라도 그런 바보 같은 짓을 못하게 말렸을 텐데."

 "어머님, 고정하세요."

 오싱이 시어머니를 부축하고 안방에 차려진 제단 앞으로 들어가자 가메지로도 고개를 떨군 채 뒤를 따라갔다.

 기요는 유골함을 붙들고 울며 목메인 소리로 넋두리를 늘어놓았다.

 "이 바보 자식아! 전쟁에 협력한 책임을 진다는 게 고작 이것이냐? 처자식을 먹여 살리는 게 책임이지 너 혼자 마음 편하겠다고 가 버리다니, 이런 비겁한 일이 어디 있단 말이냐. 처자식은 어떻게 살아가란 말이냐."

 "어머님, 진정하세요."

 "그까짓 일로 사내자식이 용기를 잃고 비겁하게……"

"어머님, 저는 그이를 절대 비겁하다고 생각지 않습니다. 정말 훌륭한 분이었습니다."

"오싱……"

"전쟁이 끝나자 모든 사람들은 전쟁을 반대하기라도 했던 것처럼 야단들입니다. 전쟁 중에는 승리하리란 확신을 가지고 설치던 사람들이 말입니다. 누가 뭐라든 자신의 신념대로 살아왔고, 그 신념이 붕괴되었을 때 굽힘 없이 자신의 삶에 종지부를 찍었습니다. 저는 그런 류조상을 영원히 존경할 것입니다."

마루에 앉아서 이 말을 듣고 있던 하스코와 노소미는 숙연해져서 묵묵히 고개를 떨구었다. 오싱은 말을 이었다.

"그동안의 결혼 생활 중 물론 여러 가지 우여곡절이 많았던 것도 사실입니다. 하지만 지금은 그분과의 결혼생활 20여 년이 제 인생에 있어서 가장 큰 보람이요, 행복이었음을 절실하게 깨닫고 있습니다. 앞으로도 그이와의 추억을 죽을 때까지 행복으로 간직하고 열심히 자식들 키우며 살아가겠습니다."

오싱은 한 치의 흐트러짐도 없이 무릎을 꿇고 앉아서 차분히 가라앉은 음성으로 힘주어 말했다. 그 한마디 한마디는 기요와 가메지로, 그리고 하스코와 노소미를 완전히 압도했다.

턱을 괴고 앉아 귀 기울이고 있던 기요가 잠시 후 가만히 고개를 들며 무겁게 말문을 열었다.

"오싱, 고맙다…… 류조는 정말 좋은 아내를 가졌었구나. 이 어미보다도 더 이해심 깊은 오싱을 류조도 고마워하고 있을 거다. 유서에서도, 자기 인생에서 가장 행복했던 것은 좋은 아내를 가졌던 일이라고 쓰여 있었다. 나도 이제야 비로소 깨닫게 되었다."

기요의 눈에서 눈물이 흘렀다.

"류조는 불효자식이었다. 이제 와서 오싱에게 뭐라고 사과의 말을 해야 좋을지 모르겠구나. 오싱, 그동안의 허물을 눈감아 주기 바란다."

"어머님, 당치도 않은 말씀입니다."

"오냐, 괜찮다. 모든 식구들 반대를 무릅쓰고 무리해서 이세에 온 보람이 있구나. 앞으로는 류조 때문에 울지는 않겠다."

말은 그렇게 하면서도 기요는 흐르는 눈물을 닦을 생각도 하지 않고 무릎걸음으로 다가가 오싱의 손을 힘주어 붙잡았다.

"어머님, 고맙습니다."

"하지만 어린 데이를 데리고 살아갈 네가 큰일이구나. 괜찮다면 데이를 데리고 사가에 함께 갔으면 좋겠다만…… 여기선 우선 먹을 식량도 없지 않느냐. 물론 사가라면 오싱은 질색이겠지만 옛날의 허물은 덮어 두기로 했으니까."

"어머님, 고맙습니다. 하지만 저에겐 데이 이외에 하스코와 노소미도 있습니다. 설마 유와 히토시가 돌아오지 못한다

해도 이 아이들과 넷이서 서로 도와 가며 열심히 살 작정입니다."

그리고 오싱은 마루에 앉아 있는 하스코와 노소미를 가리키며 그들을 친자식처럼 키워 왔다는 얘기를 덧붙였다.

기요는 오싱의 인정에 또 한차례 감탄하며 고개를 끄덕였다.

"정말 힘든 일을 해냈구나. 네 아이들 키우기도 큰 고생인데, 정말 장하구나. 다행히 사가에서는 군대에 갔던 손자들이 모두 무사했는데 너희 집에서는 전쟁통에 세 부자가 희생이 되고 말았구나."

"저는 아직 유와 히토시를 체념하지 않고 있습니다. 유의 전사통지서를 받았지만 뚜렷한 증거를 확인하기 전에는 몇 년, 몇십 년이라도 돌아오기만을 기다릴 겁니다."

"그렇겠지. 그게 바로 자식을 둔 어미 마음이란다."

"이해해 주셔서 고맙습니다."

"오싱, 어려서부터 줄곧 고생만 해 왔고, 시집와서는 고집불통에 융통성 없는 남편을 만나 뒷바라지하느라고 정말 고생했다. 새삼스럽게 고맙다는 인사를 하고 싶구나. 나도 이젠 살만큼 살았으니 이번에 사가에 돌아가면 앞으로 영영 오싱을 못 만날지도 모른다. 죽기 전에 이렇게 만나 지난 일을 사과하고 그간의 정성을 치사할 수 있게 된 것을 다행으로 생각한다."

시어머니와 며느리는 두 손을 붙잡은 채 뜨거운 눈물을 흘리며 오래도록 떨어질 줄을 몰랐다.

다음 날, 기요는 오싱의 간곡한 만류도 뿌리치고 아들의 유골 한 줌을 가슴에 간직한 채 사가로 돌아갔다. 20년 전, 오싱에게는 누구보다도 무섭고 냉혹한 시어머니였지만 하얗게 센 머리카락이며 반쯤 굽은 허리가 너무도 쓸쓸하게 보여 오싱은 며느리로서 효도하지 못한 점을 크게 후회하며 시어머니를 배웅했다.

1945년 8월 28일. 드디어 점령군의 선발대가 아쓰키비행장에 도착했다는 뉴스가 전해져 모든 일본 국민들이 불안과 초조에 사로잡혀 있을 때였다.

해군복을 입은 젊은이가 커다란 보따리를 어깨에 걸머지고 다노쿠라가 안으로 들어서더니 현관 앞에서 구두를 벗고는 대뜸 거실로 올라갔다. 등에 맨 보따리를 아무렇게나 팽개친 젊은이는 그 자리에 벌렁 드러눕자마자 드르렁드르렁 코를 골며 순식간에 잠들어 버렸다.

밭일을 하다가 거실로 들어온 오싱은 웬 사내의 코고는 소리에 놀라 기겁을 하고 뒷걸음질쳤다. 그러다가 그 코고는 소리가 무척 귀에 익다고 생각하며 주춤주춤 다가가 살펴보던 오싱은 너무도 놀라 비명을 지를 뻔했다.

마치 하늘에서 떨어져 내리기라도 한 듯 큰 대자로 드러누워 코를 고는 젊은이는 히토시였다.

눈앞의 현실이 믿어지지 않아 오싱은 꿈을 꾸고 있는 것이 아닌지 한참을 머뭇거리다가 마당으로 뛰어나갔다.

밭이랑에 무씨를 뿌리고 있는 하스코와 노소미를 향해 오싱은 감격에 떨리는 목소리로 외쳤다.

"얘들아! 히토시가 돌아왔다. 지금 거실에서 자고 있어! 아주 지저분한 얼굴을 하고 코를 골며 정신없이 자고 있다니깐."

한달음에 집안으로 달려간 노소미가 후닥닥 거실로 뛰어 들어갔고 오싱과 하스코도 뒤를 따랐다.

"히토시!"

과연 히토시가 세상모르고 깊은 잠에 빠져 있었다.

"엄마! 정말이군요. 살아서 돌아왔어요. 히토시예요!"

하스코도 뛸 듯이 기뻐하며 어쩔 줄을 몰라했다.

"편지 한 장 없이 식구들에게 걱정만 끼치더니 바람처럼 돌아와서 태평하게 자고 있네. 히토시!"

노소미가 깨우려 하자 오싱은 더 자도록 내버려 두라고 이르고 하스코에게는 어서 목욕물을 데우도록 시켰다.

"엄마는 뭔가 음식을 좀 만들어야겠다."

"사가의 할머니가 가져오신 찹쌀과 팥이 있어요."

하스코의 말에 오싱은 고개를 끄덕였다.

"마침 잘됐구나. 팥밥을 만들어 히토시의 귀가를 축하해 주

자. 하지만 팥밥은 시간이 걸리니까 우선 수제비라도 끓이자."
 목욕물을 데우고 한쪽에서는 수제비를 끓이고 팥을 삶고 한참을 부산하게 움직이고 있을 때 히토시가 부스스 잠에서 깨어났다.
 "근사한 냄새가 나는데…… 우동이야?"
 늘어지게 기지개를 켜며 눈을 부비던 히토시는 아직도 잠이 덜 깬 듯 사방을 두리번거리다가 눈앞의 오싱과 하스코, 노소미를 발견하고는 혼잣말처럼 뇌까렸다.
 "참, 난 지금 집에 돌아와 있는 거지!"
 노소미가 맨 먼저 입을 열었다.
 "히토시, 돌아와 줘서 정말 반가워! 그런데 너무했잖아. 여태 아무 연락도 없이 식구들 애만 태우고."
 "그럴 짬이 없었어. 종전 소식이 전해지자마자 밤새워 서류를 태우기도 하고 여러 가지 뒤처리에 정신없었어. 그러다가 미군이 진주하면 한판 싸워 보라는 계획이 나오기도 하고 뭐가 뭔지 갈피를 잡지 못하고 있는데 이번엔 미군이 들어오기 전에 빨리 철수하라는 명령이야. 쳇, 대일본제국의 해군도 엉망진창이야."
 오싱은 이때야 비로소 웬만큼 흥분을 가라앉히고 히토시의 검게 그을린 얼굴을 응시하며 온화한 목소리로 말했다.
 "이 녀석, 엄마는 네가 벌써 출격한 줄만 알고 얼마나 가슴 죄었는지 모른다. 용감하게 출격하겠노라고 써 보낸 엽서를 넌 최후의 연락이라고 작정한 것 같더구나."

"맞았어요. 나는 소년비행병 동기 중에서 일등으로 뽑혀 사관 출신의 소위와 함께 가고시마에서 대기하기로 되어 있었어요. 그런데 재수 없게도 타고 갈 비행기가 고장나는 바람에 우물쭈물하는 사이에 종전이 되어 버린 거예요. 어찌나 분통이 터지던지."

"분하다니, 무슨 소리냐. 오히려 재수가 좋은 거지. 비행기 고장이 아니었다면 지금쯤 어떻게 됐을지 생각해 봐라."

"죽을 각오는 진작 되어 있었어요. 그때 멋지게 죽었다면 일본의 패전도, 미군에게 점령당하는 꼴도 안 봤을 텐데 수치스럽게 살아남았으니 너무 한심스러워요."

"히토시, 너 그게 무슨 말이냐!"

"앞으로 무엇을 위해 살아야 할지 모르겠어. 목적도, 사상도 잃어버린 허수아비로 살아야 하다니……"

히토시는 격렬한 슬픔을 참지 못해 소리 내어 흐느꼈고 오싱은 히토시의 우람한 몸을 얼싸안고 등을 두드리며 달랬다.

"히토시, 이렇게 살아 돌아오다니 정말 꿈만 같구나. 네가 마치 하늘에서 떨어진 것만 같아 엄마는 춤이라도 추고 싶다."

"엄마는 내 심정 몰라요. 목숨을 걸고 모진 훈련도 다 이겨 냈는데 이게 무슨 꼴이냐 말이에요. 많은 선배들이 훈련 중에 죽어 갔어요. 이제 모든 게 허사가 되고 말았잖아요. 전사한 전우들은 원한이 맺혀 눈을 감지도 못했을 거예요."

오싱은 무슨 말로 좌절해 있는 히토시를 달래야 할지 몰라 난감해 했다.

"모두 타고난 운명이란다. 종전이라는 단 하루를 경계로 하여 모든 일본 국민의 운명은 완전히 뒤바뀐 거야. 히토시, 엄마는 전쟁이 옳았느니 옳지 않았느니 하는 말을 하고 싶지 않다. 이 전쟁이 어떤 것이었든 넌 일단 자기 목적을 위해 생명을 걸었던 거야. 그 사실만으로도 만족할 수 있어. 젊었을 때 한번쯤 어떤 정열을 가지고 무엇엔가 부딪칠 수 있다는 것은 행복한 일이야. 네가 장성하더라도 이번의 전쟁 경험은 좋은 추억이 되리라 믿는다. 내게도 혈기왕성한 청년 시절, 순수하고 격렬한 불꽃을 태울 때가 있었다. 얼마나 멋진 추억이냐. 안 그래, 히토시?"

히토시는 차츰 어머니의 말에 빨려 들어가듯 서서히 격정이 가라앉는 것처럼 보였다. 그런 아들의 미묘한 마음의 움직임을 살피며 오싱은 말을 이었다.

"아버지 역시 너와 같은 생각으로 전쟁에 협력했다만, 일본의 승리를 믿고 열심히 일한 건 결코 후회하지 않으셨다. 신념을 가지고 살아왔음을 끝까지 만족해 하시며 떳떳하게 삶을 청산하신 거야. 어서 아버지께 인사드려라. 무사히 다녀왔습니다, 하고 말이다."

히토시는 곧 아버지의 영정과 유골이 모셔진 제단 앞으로 가서 향을 피웠다. 경건한 자세로 절을 하고 나서 히토시는 혼잣말처럼 뇌까렸다.

"아버지 심정을 알 것 같아요. 아버지도 나도 똑같은 신념을 가졌다가 하루아침에 허물어져 버린 거야."

오싱과 하스코, 그리고 노소미는 아무 말도 하지 않은 채 히토시의 넋두리를 듣고만 있었다.

"나도 아버지처럼 당당하게 자결하고 싶어. 그렇게만 된다면 얼마나 편안하게 눈을 감을 수 있을까. 하지만 나에겐 아버지 같은 용기가 없어. 엄마 얼굴을 본 순간부터 역시 살고 싶다는 욕망이 꿈틀거리기 시작했어. 떳떳이 죽는 용기보다 수치를 느끼더라도 살아야겠다는 욕망이 커졌으니······."

노소미가 매우 안심한 듯한 얼굴로 히토시를 마주 보았다.

"히토시, 됐어. 그러면 되는 거야. 점령군이 진주하면 일본은 모든 게 변하겠지. 그렇게 되면 우리들 역시 카멜레온처럼 몸뚱이를 변색시키며, 달라진 세상에 적응하며 살아가는 거야. 무엇보다도 중요한 건 살아 있다는 그 자체니까 말이야. 히토시, 이제부터 충성이니, 애국이니 하는 말들은 허황한 잠꼬대야. 그런 마음가짐으로 어떻게든 살아남아야 돼."

"정말 노소미의 말이 맞아. 끈질기게, 그리고 약삭빠르게 살 거야. 그토록 목숨을 건 충성으로부터 배반당했으니 이젠 아무것도 믿지 않겠어. 한번 죽었다고 생각하면 아무것도 두렵지 않아."

히토시는 결연한 목소리로 몇 번이고 다짐하더니 다시 아버지의 제단을 향해 고개를 숙였다.

"아버지, 아버지는 정말 훌륭했습니다. 하지만 우리는 아버지의 신념을 초월해서 자기 나름대로 살아가겠습니다. 홀로 되신 엄마를 위해서도, 나 자신을 위해서도 말입니다."

오싱은 착잡한 심정으로 그런 히토시를 지켜보다가 살며시 미소를 머금은 채 말했다.

"목욕물이 식겠다. 히토시, 어서 목욕하고 점심 먹자."

히토시는 이미 철저하게 현실로 돌아와 있었다.

"네, 엄마, 고마워요. 지금까지의 히토시는 말끔히 씻어내고 새로운 히토시가 될 거예요."

이렇게 말하고 히토시는 노소미에게 눈을 찡긋 감아 보이며 유쾌하게 웃었다.

목욕을 끝낸 히토시는 식구들과 둘러앉아 수제비를 먹기 시작했다. 오싱은 실로 오랜만에 히토시에게 손수 음식을 먹인다는 기쁨에 들떠 커다란 그릇 가득히 수제비를 퍼 담았다.

"배고플 텐데 어서 많이 먹어라. 어려서부터 넌 수제비를 별로 안 좋아했지만 저녁엔 팥밥을 지어줄 테니……"

히토시는 약간 실망한 얼굴로 물었다.

"요즘도 고작 수제비만 먹나요?"

"군대하곤 다르단다."

"생활비는 어떻게 하고 있어요?"

"꽤 많은 국채를 사 두었지만 이젠 휴지나 마찬가지지. 저

이별과 죽음

축해 놓은 돈도 아무런 소용이 없게 되었단다."

"그렇다고 하늘만 쳐다보고 있을 수는 없잖아요. 뭔가 벌이를 해서 먹고살아야지."

"그야 그렇지만 당장 일하러 갈 곳도 없고 장사를 할래도 취급할 물건이 없으니 그저 세상이 안정될 때까지 기다리는 도리밖에 없구나."

히토시는 자기가 가져온 커다란 보퉁이를 가리키며,

"항공대에서 설탕과 통조림을 조금 가져왔어요. 농가에 가서 쌀이나 야채로 바꾸어 올게요. 그걸 가지고 거리로 나가 일용품 등으로 바꾸어서 다시 농가로 가서 쌀과 야채로 바꾸면 그런대로 장사가 될 거예요."

오싱은 그 말을 듣고 깜짝 놀랐다.

"네가 그런 일을…… 그건 암상인이나 할 짓이잖아."

그러나 히토시는 아무렇지도 않게 말을 받았다.

"상관없어요. 국가가 서민의 생활을 지켜 주지 않으니 각자 자신이 먹고살 일을 연구할 수밖에 없잖아요."

그리고 히토시는 어머니를 똑바로 보며 분명히 말했다.

"난 이미 결심했어요. 유 형이 돌아올 때까지는 내가 식구를 책임져야 해요. 그리고 데이도 곧 데려올 거예요."

데이라는 말이 나오자 오싱의 얼굴에 어두운 그림자가 드리워졌다.

"글쎄 말이다. 데이를 어떻게 해야 할지…… 아버지의 죽음도 언젠가는 알려 줘야 할 텐데."

"아직도 데이는 아버지의 일을 모르고 있나요?"

오싱은 말없이 고개를 끄덕였다.

종전의 혼란 속에서 류조를 잃고 애타게 아들을 기다리던 오싱에게, 히토시의 귀가는 무척 마음 든든한 일이었다. 그것은 오싱에게, 유도 반드시 살아서 돌아올 수 있다는 희망이 되기도 했다.

그러나 어머니의 마음이란 다 그렇듯이 오싱도 이런 좋은 일에 함께하지 못하고 홀로 떨어져 지내는 막내딸 데이의 걱정으로 노심초사했다.

어쨌든 히토시는 집에 돌아온 다음 날부터 당장 집안 식구를 책임지겠다며 배낭을 메고 암장사 길에 나섰다.

암거래

날이 어두워지도록 히토시가 돌아오지 않자 오싱은 불안을 감추지 못하고 대문 앞에서 서성거렸다. 하스코 역시 근심스러운 표정으로 밖으로 나왔다.

"왜 이렇게 늦죠, 엄마?"

"아무것도 모르는 주제에 잔뜩 큰소리만 치고 말려도 듣지 않더니 오늘 고생 좀 하는가 보다."

"얼마 전 노소미도 식량을 구하러 갔다가 허탕치고 와서 다시는 그런 짓 못하겠다고 했었잖아요."

"그러게 말이다. 저희들이 이젠 몸집도 크고 말도 제법 그럴듯하게 한다지만 노소미도 히토시도 이제 겨우 열여섯 살이다. 이 어려운 세상에 저희들이 무슨 암상인 노릇을 할 수 있겠느냐. 물론 아무리 안될 일이라도 일단 해 보겠다고 덤비는 그 기백은 좋지만 말이다."

하스코는 시무룩해지며 조심스럽게 말했다.

"이젠 저도 뭔가 일을 해야지, 언제까지나 놀고 있을 수만은 없겠어요."

"넌 그런 걱정할 것 없다. 하스코는 그저 엄마 곁에 있으면서 유가 돌아오기만을 기다리면 돼. 지금은 세상이 완전히 바뀐 거야. 때가 오면 엄마도 걷어붙이고 처음부터 다시 시작할 각오란다. 이것저것 죄다 날려 버렸지만 집과 땅만 있으면 장사 밑천은 족히 될 거야."

이때 저만큼 어둠 속에서 배낭을 짊어진 히토시가 다가오는 모습이 보였다.

오싱은 반색을 하며 히토시와 함께 안으로 들어갔다.

히토시는 무척 기분이 좋은지 싱글벙글하며 배낭에서 쌀과 콩이 든 봉지를 꺼내 놓았다.

"우리 식구 몫으로 남겨 온 거야. 역시 설탕과 통조림은 인기가 대단하더군."

"히토시, 너……"

도무지 믿어지지 않는 듯이 쌀과 콩 봉지와 자신의 얼굴을 번갈아 들여다보는 오싱에게 히토시는 자랑스럽게 말했다.

"먼저 자작농가로 보이는 훌륭한 대문 앞에서 아이들이 많이 노는 모습을 보고 그 집을 점찍었어요. 밥술이나 먹는 집어른들은 자기 아이들에게 단 것을 먹이고 싶어서 내 요구대로 선뜻 쌀과 콩을 내주더군요. 다섯 집 가량 돌아다니니까 금방 다 바꾸었죠."

노소미가 눈을 둥그렇게 뜨고 물었다.

"생판 모르는 집에 들어갔단 말이야?"

"그야 당연하지. 하지만 상대방이 난처한 표정을 지으면, 소년비행병으로 나갔다가 죽지도 못하고 살아 돌아와서 이런 짓이라도 하지 않고는 먹고살 수가 없다고 하니까 다들 동정하더군. 앞으로 좋은 단골이 될 거야."

오싱은 히토시의 자랑을 착잡한 심정으로 그저 듣고만 있었다.

"농가에서는 비누와 수건, 그리고 아이들 옷가지 등을 가장 필요로 하더군. 그래서 교환한 쌀과 콩, 야채 등을 가지고 시내로 나가서 다시 그런 일용품과 바꾸었지."

"시내의 어디에서 바꾸었어?"

노소미는 히토시의 장사 수완이 숫기 없는 자신과 비교가 되는지 관심을 갖고 물었다.

"폭격으로 반쯤 부서진 상점이나 가정집에 무턱대고 들어가서 부닥친 거야. 뜻한 만큼 완전히 바꾸지는 못해도 그런대로 성과는 좋았어."

히토시는 신이 나서 설명하다가 배낭 안을 뒤적이며 오싱에게 물었다.

"엄마, 비누 좀 내놓을까? 필요하면 수건도 있어."

오싱은 고개를 가로저었다.

"우린 괜찮다. 전에 쓰던 것이 아직 많이 남아 있어."

히토시는 신중한 표정으로 자신의 생각을 털어놓았다.

"군대에서 받은 설탕과 통조림이 있는 한 새로운 곳을 개척해서 단골 농가를 한 집이라도 늘려야 하고, 진짜 장사는 그 다음부터야. 말하자면 농가와 시내의 파이프 역할을 하면서 최소한 우리 식구가 먹을 식량쯤은 이익을 보는 거예요."

그런 히토시가 기특하기도 하고 나이에 비해 영악하다는 생각이 들자 오싱은 할 말을 찾지 못했다.

"내일 당장이라도 데이를 데려오도록 해요, 엄마. 듣기로는 미군은 군기가 엄해서 이쪽에서 반항하지만 않으면 절대로 난폭한 짓은 하지 않는대요. 노소미, 내일 당장 데이를 좀 데려다 주지 않겠어?"

"응, 알았어. 내가 데려올게."

히토시는 다시 어머니에게 고개를 돌리고 말했다.

"데이에게는 아버지가 병으로 돌아가셨다고 하는 게 좋겠어요. 자살이니 뭐니 아무리 설명해도 데이는 아직 어리니까 아버지의 마음을 이해하지 못할 거예요."

오싱은 또 한번 히토시에게 감탄했다. 머리 회전도 빠르고 매사에 자신 있게 대처할 수 있는 가능성이 역력히 보이기 때문이었다. 잠시 군대에 다녀오고 나서 엄청난 변화가 생긴 아들의 모습을 본 것이다. 그러나 오싱은 그런 히토시가 대견하고 미덥기보다는 자꾸 두렵게만 느껴졌다.

만일 학교가 다시 문을 열면 곧 학교에 보내 공부를 계속 시켜야겠다고 오싱은 혼자서 다짐했다. 군대에 가기 전처럼 옛날로 돌아가서 다시 공부에 전념한다면 지금의 약삭빠르고 타산적인 히토시가 아닌 순수하고 착하디착한 옛날의 히토시로 되돌아갈 수 있으리라는 기대와 함께.

다음 날 저녁, 데이는 그리던 집으로 돌아왔다.

아버지의 영정 앞에서 눈물로 분향을 하고 나서 데이는 어머니 품에 안겨 흐느끼며 말했다.

"종전되고 그 다음 날, 아빠가 날 만나러 오셨어요. 데이는 머리결이 꼭 엄마처럼 곱다면서 머리를 쓰다듬으시며 내가 자라서 고운 옷 입고 시집가는 모습을 보고 싶다고 말씀하시고 가셨는데, 이젠 영영 못 만나게 됐잖아."

치미는 슬픔을 가까스로 참으며 오싱은 나직이 말했다.

"그렇단다. 아빠는 데이에게 작별 인사를 하러 일부러 가셨던 거야. 아빠는 무척 마음이 아팠겠지."

"엄마, 무슨 병이었어, 아빠는?"

"갑자기…… 심장이……"

말끝을 얼버무리고 데이의 눈치를 살피던 오싱은 류조가 그랬던 것처럼 딸의 머리를 쓰다듬으며 말했다.

"데이, 아빠는 돌아가셨지만 데이에게는 히토시 오빠도,

노소미 오빠도, 하스코 언니도 있으니까 쓸쓸하지 않을 거야, 그렇지?"
"네······"
"이제부터는 우리 남은 식구들끼리 똘똘 뭉쳐 열심히 살아가는 길밖에 없어. 알았지?"
데이는 흐르는 눈물을 닦을 생각도 없이 고개를 끄덕였다.
히토시의 귀가에 이어 데이까지 집으로 데려온 오싱의 가족은 모처럼 단란한 저녁 식사를 했다. 그러나 오랜만에 집에 돌아와서 좋아하는 데이의 표정에서 오싱은 또 한번 진한 슬픔을 느껴야만 했다. 유도 함께 있다면 얼마나 좋을까······ 그렇게만 된다면 당장 죽어도 여한이 없을 것 같았다.

9월이 되자 전국의 학교가 다시 문을 열게 되었다.
히토시와 노소미는 오싱을 도와 열심히 뛰어다녔다. 그러나 오싱은 그들의 장래를 생각하여 어떠한 어려움이 있어도 공부를 계속하게 할 결심이었다.
어느 날 저녁, 장사를 끝내고 돌아온 히토시와 노소미는 밥상 앞에서 그날 있었던 일을 얘기하고 있었다.
"히토시에겐 정말 감탄했어. 생판 모르는 사람의 집에도 척 들어가서 불과 몇 분만에 백년지기처럼 친해지고······ 그것도 다 타고난 재능인가 봐."
"아닌 게 아니라 노소미처럼 숫기가 없어 가지고는 될 일도 안되겠더라."

"그러니까 난 짐꾼으로 따라다닐 뿐이잖아."

노소미는 겸연쩍게 웃고 히토시가 하스코에게 시선을 돌리며 말했다.

"하스코 누나가 결혼하게 되면 멋진 신부 옷을 장만해 주겠어."

결혼 얘기가 나오자 하스코의 안색이 굳어졌고, 히토시는 자신 있는 어조로 말을 가로챘다.

"걱정 없어. 전사통지서 받고도 살아 돌아온 사람은 얼마든지 있으니까. 하물며 멀고 먼 필리핀에서의 일을 알게 뭐야. 정부는 포츠담선언의 조항에 의거해 해외에 있는 7백만 일본군의 복귀 작업을 개시한다고 했으니까."

"7백만 명이나 돼? 해외에?"

"그렇다니까. 그 중에 반드시 유 형은 살아서 끼여 있을 거야. 유 형은 꼭 돌아와. 조금만 더 기다리면 돼."

히토시는 다시 노소미를 향해 화제를 바꾸었다.

"노소미, 내일 또 장사 나가려면 피곤할 테니 어서 물건 챙겨 놓고 일찍 목욕하고 잠자리에 들자."

하고 히토시가 일어서려고 하자 잠자코 그들의 말을 듣고만 있던 오싱이 두 사람을 붙잡아 앉혔다.

"히토시, 이제 암상인 흉내는 그만두고 공부를 다시 시작하도록 해라. 노소미도 히토시도 학교에 가야 하니까."

"학교요?"

히토시는 눈을 크게 뜨고 반문했다.

"중학교가 곧 개학한다더라."

"이제 와서 학교는 무슨 학교예요? 난 중학 4학년 중퇴예요. 그만하면 충분해요."

"무슨 잠꼬대 같은 소리냐. 넌 중학 3학년 때부터 군수공장에 동원되느라고 공부는 전혀 못하다시피 했잖느냐. 다시 중학 4학년부터 시작해야 된다."

"지금 세상에 학교가 무슨 소용이에요? 어떻게든 머리를 짜내서 먹고살 궁리를 해야죠."

"그런 문제는 엄마가 알아서 한다."

"엄마가 뭘 할 수 있다고 그래요? 언제쯤 장사를 시작하게 될지도 막연하잖아요. 그리고 엄마도 이젠 나이 생각을 해야 돼요."

"나이 걱정은 안 해도 된다. 히토시가 하는 일쯤은 얼마든지 할 수 있어. 엄마는 네가 이 세상에 태어나기 전부터 네 형을 데리고 생선 행상을 한 억척이야, 이 녀석아."

"엄만 또 그 소리……"

"잠자코 있어. 여태까지 너희들의 장래 문제를 신중히 생각해 봤다. 네 말처럼 당분간은 가게를 시작하기 힘들 거야. 그러니 너희들은 다시 학교에 가고 등짐장사는 엄마가 그 뒤를 이어받아 할게."

"엄마……"

노소미가 뭐라고 말할 겨를도 주지 않고 히토시가 약간 고조된 억양으로 말을 가로챘다.

"노소미, 걱정 마. 엄마가 뭐라 해도 난 장사를 계속할 거야. 그 따위 학교는 이제 필요 없어."

"히토시!"

오싱의 목소리가 날카로워졌다.

"너 엄마 말을 어떻게 듣는 거냐. 멀쩡한 녀석이 평생 동안 등짐장사나 하겠다는 거냐?"

"누가 평생 이 짓을 한대요? 빨리 돈을 모아서 가게를 내든가 해야죠."

오싱은 준엄한 표정을 짓고 목소리를 가다듬었다.

"너희들도 웬만큼 성장했으니까 무엇을 하든 그건 각자의 자유다. 그러나 너희들에게 올바른 교육을 시키는 일만은 엄마의 가장 중요한 책임이니까 반드시 학교는 가야 한다. 지금은 세상이 혼란스러우니까 학교 같은 건 시시하게 생각될지 모르겠으나 대학 교육을 받지 않고는 남들이 상대도 해 주지 않는 시대가 반드시 온다."

"엄마, 우리들 생각은……"

히토시가 무슨 말인가 꺼내려 했으나 오싱은 말미를 주지 않고 냉엄한 목소리로 잘라 말했다.

"듣기 싫다. 끝내 엄마의 뜻에 따르지 않겠다면 나도 더 이상 강요는 하지 않겠다. 그 대신 약속을 하자. 우선 암상인 노릇은 당장 그만둬라. 그리고 장사를 그만두더라도 학교에 가지 않겠다면 너희들 좋을 대로 무슨 짓이든 해도 된다. 단, 엄마 앞에서는 멋대로 하는 행동이 용납되지 않으니 집을 나가든지 알아서 해라."

오싱의 단호한 말에 히토시는 기가 질리는지 잘근잘근 손가락을 깨물며 고개를 숙이고 있었다. 노소미가 잠시 사이를 두었다가 조심스럽게 히토시에게 말했다.

"히토시, 엄마 생각이 옳은 것 같아. 우린 그동안 학교 생활의 즐거움 같은 건 전혀 모르고 지내 왔어. 이제 전쟁도 끝났으니 공부할 기회가 왔잖아? 사회에 나가기 전에 좀 더 자기 자신이 어떤 인간인가 돌이켜 보려면 학교에 가서 공부하는 길밖에 없을 것 같아."

오싱은 노소미의 이 말에 감정을 누그러뜨리며, 역시 노소미는 히토시보다는 생각이 깊은 아이라고 느꼈다.

"정말 좋은 생각이다. 지금까지는 전쟁의 소용돌이에 휩싸여 자기 자신을 돌이켜 볼 마음의 여유가 없었다. 하지만 앞으로는 뭐든지 자신을 위해 하고 싶은 일을 할 수 있는 시대가 올 거야. 이럴 때일수록 학교에 가서 공부도 하고 자기 자신을 똑똑히 알아 둬야 해."

히토시는 지겹다는 듯이 고개를 절레절레 흔들었다.

"아아, 따분해! 학교 소린 이제 그만해요."

"그런 팔자 좋은 소리나 그만두렴. 엄마는 어렸을 때부터 그렇게 학교가 가고 싶었지만 가난했기 때문에 못 갔어. 너희들은 전쟁통에 일시 학교를 쉰 거지만 엄마는 그게 얼마나 안타까웠는지 알아?"

히토시는 드디어 항복하고 말했다.

"어휴! 지독하신 우리 엄마, 엄마한텐 당할 재주가 없어. 한번 고집을 세웠다 하면 막무가내니까."

오싱은 빙그레 웃으며 히토시의 어깨를 툭툭 쳤다.

"잔말 말고 개학하기 전까지 네가 단골로 다니던 집이나 엄마한테 소개해 줘. 이제부터 너희 대신 장사는 엄마가 할 테니까."

"그러다가 힘들어서 지쳐 쓰러져도 난 책임 안 질 거예요."

모자는 또 한차례 얼굴을 마주 보며 웃었다.

다음 날부터 히토시와 노소미가 하던 등짐장사를 오싱과 하스코가 물려받게 되었고, 10월이 되자 히토시와 노소미는 중학교 4학년에, 데이는 소학교 4학년에 복학했다.

오싱은 생선 행상을 할 때 다니던 농가에도 찾아가 쌀이나 밀가루, 야채, 달걀 등을 사다가 거리에 나가서 팔았다. 거리로 나갈 때도 번번이 생선 행상 시절의 단골들이 여러 가지로 도와준 덕택에 오싱의 장사는 그런대로 조금씩 틀이 잡혀가기 시작했다.

하루 종일 힘든 등짐장사를 끝내고 하스코와 함께 집으로 돌아올 때면 오싱은 불현듯 유 생각이 나서 하스코 몰래 눈시울을 적시곤 했다.

어린 유를 수레에 실은 채 생선 행상을 끝내고 가벼운 걸음으로 돌아갈 때의 그 온화함과 평화로움이 한없이 그리웠다. 그렇게 정을 쏟아가며 애써 키운 아들인데 비정한 전사 통지서 한 통뿐 유물 한 점 받아 보지 못한 지금, 어떻게 유의 죽음을 시인할 수 있단 말인가.

반드시 살아 돌아올 거야. 유는 결코 죽지 않았어. 유에 대한 그리움이 사무칠 때마다 오싱은 이렇게 다짐을 하며 행여 하스코가 눈치챌까 속으로만 애를 태우곤 했다.

두 사람이 대문 앞에 이르자 데이가 기다렸다는 듯이 뛰어나오더니, 이상한 사람들이 집에 들어와서 히토시 오빠와 싸우고 있다고 했다.

오싱은 불길한 예감이 들어 서둘러 거실로 들어갔다.

거실에서는 오하다 분조라는 50대의 중년 남자를 상대로 히토시와 노소미가 핏대를 올리며 말다툼을 하는 중이었다.

"도대체 당신들 집이라는 증거가 어디 있습니까?"

히토시의 신경질적인 말에 상대방도 지지 않고 맞섰다.

"자네들이야말로 여기가 자네 집이라는 증거가 있나? 제멋대로 남의 집을 차지하고선 무슨 큰소리야? 당장 나가지 않으면 고소하겠어."

"제발 고소하시라구요. 내 참, 기가 막혀서."

중년 남자는 이때 오싱이 들어오자 잘됐다는 듯이 화살을 돌렸다.

"댁이 이 집을 점령한 장본인이오?"

"무슨 일로 그러십니까?"

"내 집을 돌려 달라고 온 사람이오. 내가 경성에 갈 때 집이 비게 되니까 군부에 빌려 줬는데 그때의 약속으론 내가 돌아오면 곧 명도하기로 되어 있었소. 그러니 당장 집을 비워 주시오."

"그럼 경성에 부임했다던 바로 그분인가요? 이제 철수한 건가요?"

"그렇소. 사정을 알고 있는 모양이니 다행이오. 그러니 어서 비워 주구려."

"미안합니다. 이 집은 돌아가신 주인께서 분명히 군부로부터 양도받았습니다. 전 소유주가 경성에 영주하게 되었다고 해서 집값도 틀림없이 군부에 완불했습니다. 전쟁이 끝나고 돌아왔다고 해도 댁에게는 아무런 권한이 없습니다. 물론 도의적인 입장에서, 갑자기 거처할 곳이 없다면 당분간 불편하더라도 집을 구할 때까지는 머물 수 있도록 편의는 봐 드리겠습니다."

"무슨 잠꼬대 같은 소리야! 무례하게! 나가야 할 사람은 당신네들이라고!"

분조는 얼굴이 시뻘개져서 고래고래 소리를 질렀다.

두 딸과 아들을 데리고 마당을 여기저기 둘러보고 있던 분조의 아내 가쓰코가 무슨 서류를 들고 들어와서 히토시의 턱 밑에 내밀고는 곁눈질로 오싱을 흘끔거리며 말했다.

"우리 트렁크 속에서 찾아낸 건데, 자 똑똑히 보라구. 이 집을 우리가 군부에 빌려 주었을 때의 계약서야. 이래도 딴소릴 할 거야? 나이도 어린 게 적반하장도 유분수지. 아무리 타관에 오래 가 있었다고 이런 뻔뻔스러운 일이 어디 있담."

가쓰코는 기세등등하여 히토시와 오싱을 번갈아 쏘아보다가는 남편에게 고개를 돌렸다.

"세상에⋯⋯ 저 마당 보았죠? 그렇게도 소중히 가꾸어 놓은 정원을 저렇게 엉망으로 만들어 놓았잖아요. 밭을 일구지 않았나, 방공호를 파지 않았나, 당장 원상 복구해 놓고 나가요."

오싱은 어이없어하며,

"폭격이 있을 때마다 모든 식구들이 여기저기서 날아든 불똥들을 목숨을 걸고 치우고 했기 때문에 불타지 않고 멀쩡한 줄이나 아세요. 우리 집이 아니라면 누가 그렇게 목숨 걸고 집을 지켰겠어요?"

하고 논리적으로 따지고 들었다.

"우리 집, 우리 집, 하고 자꾸만 우기는데 하다 못해 양도 계약서 정도라도 내보이면서 우겨야 할 것 아니오? 어디 있으면 한번 보여 줘 봐요."

"실은 종전 직후 주인이 돌아가시는 바람에 수속상의 자세한 일은 모르겠지만 이 집을 남겨 줄 수 있어서 다행이라고 하며 돌아가셨답니다. 난 맹세코 주인의 말을 믿습니다."

"흥, 이 정도의 집을 사고파는 데 서류 한장 없이 애매한 말로 통한다고 생각하나요? 여러 말 말고 서류를 내보이라니깐. 확실한 서류만 내보이면 우리도 인정하겠어!"

오싱은 서둘러 방으로 들어가 장롱 서랍을 뒤져 한장의 종이를 꺼냈다. 그것을 분조와 가쓰코에게 보여 주며 말했다.

"이건 우리가 군부에 지불한 집값의 영수증입니다. 분명히 모두 2천 5백 엔을 낸 걸로 되어 있지요?"

분조는 냉소를 머금으며 내뱉듯이 말했다.

"기가 막히는군. 연대장의 책임 도장은 찍혀 있지만 이런 건 아무런 법적 효력이 없어."

"당신네들이 그 당시 상황으로 이제 일본에 돌아가지 않아도 될 것 같아 이 집의 처분을 연대에 위임했던 것이잖아요?"

"물론 군부의 사람들에게 이 집을 임대해 달라는 부탁은 했지만 팔아 달란 말은 한 적 없소. 어떻든 지금 군대는 없어진 거요. 군부에서 발행한 서류 따위는 휴지에 불과해요. 나와 직접 계약을 체결하지 않은 이상 당신들은 아무것도 주장할 수 없소."

"그럼 주인이 지불한 이 집값은 어떻게 된 거죠?"

"그걸 우리가 알 게 뭐요."

분조 내외가 데리고 온 아들딸들이 우르르 몰려 들어와서 배가 고프다며 설치기 시작했다. 20세 가량 되어 보이는 큰딸 요시코, 둘째딸 마사코, 끝으로 데이와 비슷한 또래의 사내아이 시게오 등이었다.

가쓰코는 자기 집처럼 부엌으로 들어가서 밥을 짓겠다고 소매를 걷어붙이며 남편더러는 빨리 밖에 나가 쌀과 땔감을 사오라고 일렀다.

요시코는 밥보다도 목욕물을 빨리 데워 달라고 성화였다.

오싱은 그들 일가족이 설쳐대는 모습을 물끄러미 바라보고 있다가 부엌으로 들어가서 좋은 말로 타이르듯 그들에게 말했다.

"보아하니 오늘 막 도착해서 식량도 없는 모양인데 오늘 저녁은 우리가 당신네 식구 몫까지 짓겠어요. 기껏 잡탕죽 정도밖에 안되겠지만 요즘은 모두 그 정도로 만족해야 해요."

오싱의 호의에도 불구하고 가쓰코는 콧방귀를 뀌었다.

"흥! 그런 꼬임에 누가 넘어갈 줄 알고?"

분조가 가쓰코의 흥분을 진정시키며 달랬다.

"오늘 밤만은 할 수 없이 두 집 식구가 지내야 할 거요. 이 사람들도 당장 어디로 나갈 수는 없을 테니까. 빨리 방을 구해 나갈 궁리는 할 거요."

이렇게 하여 오싱네 일가와 분조네 일가는 미묘한 관계로 두 집안이 한 집에서 불편한 동거를 하게 되었다. 어디서부터 어떻게 잘못된 건지는 모르지만 서류상으로 뚜렷한 증거를 제시하지 못한 오싱 일가는 어엿한 자기 집이면서도 셋방 살이 신세가 되어 한쪽 귀퉁이로 쫓겨가 부엌도 마음대로 사용하지 못하는 불편을 겪어야 했다.

오싱은 다음 날 군 관계 사람을 찾아가 사실을 규명해 보려 했으나 이미 산산이 흩어져 버린 군대는 잔무 정리하는 몇몇 사람만 남아 있을 뿐, 어느 누구도 책임 있는 답변을 해 줄 사람은 없었다.

가쓰코는 아이들이 학교에서 돌아오면 들으라는 듯이 변소가 더러워졌다는 등 트집을 잡아 소리를 지르곤 했다.

또 밤에 아이들이 공부할라치면 요시코의 방에서 틀어 놓은 라디오에서 시끄러운 재즈 음악이 터져 나왔다.

"밤도 깊었는데 음악 좀 꺼요!"

하고 이쪽에서 소리 지르면,

"시끄러우면 이 집에서 나가면 되잖아? 남의 집에 눌러 살면서 무슨 잔소리야?"

하고 더욱 시끄럽게 볼륨을 높이는 것이었다.

히토시가 참지 못하고 저런 인간들과 한 지붕 밑에서 사느니 노숙을 하는 한이 있더라도 나가자고 우겼으나 오싱은 어떠한 일이 있어도 유가 돌아올 때까지는 이 집을 떠날 수 없다고 버텼다.

"히토시, 이 정도 수모는 꾹 눌러 참도록 하자. 비바람을 피할 수 있는 것만도 다행으로 여기면서 말이야. 폭격으로 집을 잃은 이재민들은 한 집에서 몇 세대씩이나 살기도 한단다. 우리 모두 참고 견뎌 나가자."

그 집 식구들이 떡을 굽느라고 냄새를 피우자 데이가 부러운 듯이 침을 흘리며 말했다.

"저 사람들은 돈이 많은가 봐. 또 떡을 굽고 있어."

하스코도 한마디 거들었다.

"다이아 반지도 몇 개나 가지고 왔다고 자랑이던데?"

오싱은 정색을 하고 조용히 나무랐다.

"우리보다 더 배를 주리고 헐벗는 사람도 있으니 저 사람들 부러워하지들 말아라."

말은 이렇게 하면서도 오싱은 가슴이 아팠다. 한창 식욕이 왕성할 나이의 아이들에게 먹을 것을 제대로 먹이지 못하는 어머니의 심정이란 괴롭기 짝이 없었다.

어쨌든 불편을 참으며 등짐장사에만 전념하다 보니 분조네 일가와의 미묘한 동거 생활도 어느덧 6개월째로 접어들고 있었다.

그날도 오싱은 하스코와 등짐을 지고 시골의 농가에서, 가져간 물건 대신 쌀을 받아 배낭에 담고 있었다.

생선 행상 시절부터의 단골인 주인 여자가 다시 당부했다.

"벌써 몇 번째 하는 얘기라 잔소리같이 들리겠지만 요즘 부쩍 조사가 심해졌으니 더욱 조심해요, 오싱상."

"걱정 마세요. 설사 붙잡히더라도 부인 얘기는 절대 꺼내지 않을게요."

"만일 붙잡히면 쌀을 팽개쳐 두고라도 도망쳐야 해요. 증거가 분명하면 물건은 물건대로 빼앗기고 호된 심문을 받아야 하고 나중에는 우리까지 암상인을 방조했다고 피해를 입어야 하니 참으로 묘한 세상이 되었어요."

"어떠한 일이 있더라도 폐를 끼치지 않겠습니다."

오싱은 주인 여자에게 인사를 하고 곧 하스코와 등짐을 지고 기차 정거장으로 갔다. 역의 개찰구로 올망졸망 보따리 등을 가진 사람들이 몰려들 즈음 누군가가 큰소리로 외쳤다.

"순사가 잠복하고 있다! 도망치자!"

그러자 이내 대합실 근처는 수라장이 되었다. 짐 보따리를 지고 뛰는 사람, 그냥 버려두고 도망치는 사람들……

그러나 오싱은 태연하게 개찰구로 걸어갔다.

"엄마, 우리도 빨리 도망쳐요."

하스코가 안타까워하며 재촉했으나 오싱은 태연했다.

"당황할 것 없다. 우린 결코 나쁜 짓을 하지 않았으니까."

이때 단속 중인 순사가 오싱과 하스코를 불러 세워 놓고 짐을 풀어 보라고 했다. 오싱이 태연하게 짐을 풀어 안의 것을 내보이자 순사는 도끼눈을 뜨고 오싱의 위아래를 훑었다.

"보통 장사꾼이 아니군. 쌀은 통제품이라서 마음대로 사고 팔 수 있는 게 아니라는 것을 모른다고는 하지 않겠지?"

오싱은 싸늘한 어조로 대꾸했다.

"알고 있어요. 알고 있기 때문에 장사를 한 거예요."

"뭐라고?"

"우리는 가장이 돌아가셨습니다. 장남은 군대에 가서 생사 불명입니다. 생계를 꾸려 나갈 장정은 없는데 식구는 다섯이나 됩니다. 일을 하고 싶어도 일자리는 없고, 살 길은 이런 장사밖에 없습니다. 가만히 앉아서 굶어 죽을 수야 없잖습니까?"

"무슨 잔소리야? 본서까지 따라와!"

"당신들은 자식도 없나요? 전쟁으로 모든 걸 잃은 사람이 살기 위해 필사적으로 발버둥치는 게 죄가 됩니까. 암상인을 단속하기 전에 암장사를 안 해도 먹고살 길을 만들어 줘야 할 게 아니에요. 이런 짓을 하고 싶어서 하는 사람은 아무도 없어요."

"할 말 있으면 본서에 가서 하라니까."

오싱과 하스코는 결국 주재소로 연행되어 갔다.

등짐장사하러 나선 오싱과 하스코가 날이 저물도록 돌아오지 않자 데이는 컴컴한 복도를 왔다갔다하며 초조하게 어머니를 기다렸다.

"데이, 고구마 찐 것이 좀 남아 있다. 먹어라."

노소미가 데이에게 고구마 한 개를 내밀었다. 그러나 데이는 어머니 걱정 때문에 건성으로 받아 든 고구마를 입으로 가져갈 생각도 안 했다.

"조금 더 기다리면 돌아오실 거야. 걱정 마."

이때 대문 밖에서 와자지껄 떠드는 소리가 들리며 요시코가 미군 병사와 함께 안으로 들어왔다.

데이가 겁먹은 눈초리로 쳐다보자 미군 병사는 싱글싱글 웃으며 그 앞으로 다가섰다. 그러고는 가지고 온 봉지에서 초콜릿과 비스킷 상자를 꺼내 데이에게 내밀었다. 데이는 엉겁결에 주춤주춤 뒷걸음질을 쳤다.

요시코는 득의만면해 하며 데이의 앞에서 으쓱거렸다.

"받아 둬. 지미는 친절한 사람이야."

이때 히토시가 방에서 뛰어나와 사납게 소리쳤다.

"받지 마!"

요시코는 입가에 냉소를 머금은 채 빈정거렸다.

"왜 그래? 지미의 호의인데 받아 두잖고?"

히토시는 더욱 큰 소리로 외쳤다.

"지미는 무슨 얼어죽을 놈의 지미야? 미군이 일본에게 무슨 짓을 했는지 알고나 있어? 무차별 공습으로 몇백만 일본 국민을 대량 살상했어! 원자폭탄까지 투하했단 말이야! 그런 미군한테 과자 부스러기나 얻어먹다니…… 말도 안돼!"

복도에서 떠드는 소리에 가쓰코가 나섰다.

"왜들 그렇게 떠드느냐? 어머나! 미스터 지미, 어서 와요.

자, 안으로 들어와요."

가쓰코의 태도에 역겨움을 참지 못하고 히토시는 마구 욕설을 퍼부어 댔다.

"쓰레기 같은 인간들! 적군에게 웃음을 팔다니."

사태가 험악해지고 금방 주먹이라도 오갈 것 같은 순간에 마침 집으로 들어오던 오싱이 이 광경을 보고 싸움을 말렸다.

씨근거리는 히토시를 데리고 들어가서 밥상 앞에 앉혔으나 히토시는 끝내 수저를 들지 않았다.

철없는 데이는 아까 그 초콜릿과 비스킷이 못내 아까웠던지,

"엄마, 미군 병사는 뭐든지 다 가져와. 지난번에는 이렇게 큰 고깃덩이와 하얀 설탕을 한 봉지 가져왔다니까."

하고 부러워했다.

벽을 사이에 둔 옆방에서는 요란한 재즈 음악이 새어 나왔다. 요시코와 지미가 춤을 추는지 쿵쾅거리는 소리까지 들렸다.

오싱은 히토시와 데이의 표정을 번갈아 살펴보다가 이윽고 굳은 결심을 세운 듯 심각한 목소리로 말했다.

"안되겠다. 우리가 이 집을 떠나기로 하자. 저런 사람들과 함께 있다간 모두들 못쓰게 되겠다."

"엄마……"

히토시를 비롯한 모든 식구들은 의외라는 듯 눈을 크게 떴다. 노소미도 의아한 표정을 지으며 물었다.

"돈 한 푼 없는데 갑자기 어디로 간단 말이에요?"
"야마가다에 가면 돈을 좀 빌릴 수 있을지 모른다."
히토시가 분연한 목소리로 말을 가로챘다.
"나 당장 학교 그만두고 엄마 일을 돕겠어요. 돈이 있어야 이런 추잡한 꼴 안 봐도 살 수 있지."
"또 그런 못난 소리! 엄마는 너희들 공부 때문에 이 집을 떠나려는 거야! 그리고 암장사도 이젠 힘들게 됐어. 뭐든 다른 장사를 연구해 봐야겠다."
하스코가 오늘 물건을 빼앗기고 조사받느라고 혼난 얘기를 비로소 털어놓았다.
"야마가다까지는 기차도 제대로 안 다닐 텐데 어떻게 다녀온다고 그러세요?"
노소미가 한사코 말렸으나 오싱은 이미 마음을 굳히고 있었다.
"요즘은 세상이 달라져서 도시보다는 농촌이 더 살기 좋아졌다더라. 밑지는 셈치고 한번 찾아가서 오빠와 의논해 보겠다."
다음 날 오싱은 기차 여행길에 올랐다. 돼지우리보다도 지저분한 화물차의 한구석에서 제대로 쪼그리고 앉지도 못할 만큼 많은 사람들 틈에 끼여 부대끼며 힘든 여행을 견뎌야 했다.
예상했던 대로 시골집은 형편이 많이 나아져 있었다. 오빠

쇼지도 올케 도라도 생활에 여유가 생긴 탓인지 예전처럼 야박하게 대하지는 않았다.

쇼지도 먼 길에 고생했다면서 목욕부터 하라고 권했다. 오싱은 목욕을 하고 나와서 거실에 앉아 기다리고 있는 쇼지에게 치사를 했다.

"목욕탕이 아주 좋군요. 모처럼 시원하게 목욕을 했더니 피로가 싹 가시는군요."

나이가 들어 의젓한 가장 티가 나는 쇼지는 류조의 죽음을 애석해 하며 오싱에게 위로의 말까지 곁들였다.

"류조상의 죽음은 정말 안됐구나. 하지만 오싱에겐 훌륭한 아이들이 있으니까 아이들 크는 재미로 살아야겠지. 우리도 비행병으로 나갔던 아들 녀석이 운 좋게 살아왔단다. 이번엔 결혼을 시키기로 했다."

"정말 잘됐군요. 하지만 우리 유는 전쟁이 끝났는데도 아직 돌아오지 않았어요."

오싱의 얼굴에 다시 쓸쓸한 그림자가 드리워졌다.

"남방에서는 복귀가 늦어지는 모양이더라. 좀 더 기다리면 돌아오겠지."

이때 도라가 찹쌀떡을 쟁반에 받쳐 들고 들어왔다.

"오랜만에 오신 손님이니까 많이 만들었어요. 실컷 들어요."

"언니, 고마워요."

"우리도 이제야 겨우 이만한 음식이라도 대접할 수 있을 만큼은 됐어요."

"정말 다행이네요."

"요즘 도회지 생활은 무척 힘들지? 맥아더 원수의 명령으로 농지개혁이 단행된다니까 농촌은 차츰 나아질 거다만."

"오빠, 정말이에요? 그럼 소작제도가 없어지겠네요?"

"그렇게 될 거야, 아마."

"정말 잘됐어요. 이제야 비로소 땀 흘려 일한 농민들이 정당한 보상을 받는 시대가 오는군요."

쇼지는 오싱이 무엇 때문에 시골에 왔는지를 훤히 알고 있는 듯 오싱이 말을 꺼내기도 전에 미리 못을 박았다.

"오싱, 섭섭하게 들릴지 모르지만 돈 얘기를 하러 왔다면 지금 실정으로는 무리니까 이해해 다오. 농지개혁을 하게 되면 소작인들이 정부로부터 토지를 분배받아야 한다. 그렇게 되면 당장 돈이 필요한데 우리도 지금 돈이 부족하여 일부 빚이라도 낼 연구를 하고 있는 중이란다."

오싱은 잠자코 오빠의 말에 귀 기울이고 있었다.

"네 형편은 짐작이 간다만 어쩔 수 없구나. 게다가 큰아이가 결혼까지 해야 하니 살림집도 지어 주어야 된다. 한 가지 기대를 갖고 있는 건 마을 산의 삼나무를 벌목하게 되었는데 우리 몫을 나누어 받게 되면 좀 형편이 나아질 것 같기도 하다만."

오싱은 삼나무라는 말에 귀가 번쩍 트였다.

"삼나무라니, 그걸 벌목해서 파는 거예요?"

"응, 40년생은 되는 것들이니까. 요즘 도회지가 폭격으로 엉망이 되었으므로 앞으로 수요는 무궁무진하다더라."

"꽤 비싸게 팔리겠네요?"

"마을에서 공동으로 관리하니까 우리 몫이 얼마나 될지 정확한 값은 아직 모르겠다."

오싱은 실로 감회가 깊었다. 벌써 40년이라는 세월이 흘렀을까. 도저히 믿어지지 않았다.

"여덟 살 때였던 것 같아요. 난 마을의 공동 작업으로 삼나무 묘목을 심으러 갔었죠. 날마다 묘목을 등에 지고 산을 올라가는데 어찌나 힘이 드는지 정말 혼났어요."

오싱은 40년 전의 그 광경이 눈에 아른거리는 듯 잠시 천장을 바라보며 추억을 더듬다가 말을 이었다.

"그때 나는 이 삼나무가 크면 내가 몽땅 사 버리겠다고 어린 마음에도 결심을 했었죠. 이렇게 힘들게 고생해서 심은 나무를 아무에게도 주기 싫다고 생각했죠."

오싱의 입언저리에 묘한 자조의 웃음이 번졌다.

"그런데 삼나무를 사기는커녕 거꾸로 빚이라도 얻어 볼까 하고 왔으니 말예요. 오빠, 지금 형편이 그렇다면 더 이상 폐끼치는 말은 하지 않을 테니 삼나무 대금이 들어오면 천 엔만 빌려 주세요. 부탁이에요."

그러자 쇼지의 반응은 냉담했다.

오싱은 태어나면서부터 가난을 저주하며 오로지 돈만을 위해 평생을 살아온 쇼지의 욕심을 원망할 생각은 추호도 없었다. 이렇게 궁지에 몰려 있을 때 한번쯤은 도와줘야 되지 않겠느냐고 자초지종을 따지고 싶은 생각도 불쑥 일었지만 오싱은 꾹 눌러 참기로 했다.

모처럼 찾아온 친정인데 예전처럼 문전박대라도 당했으면 얼마나 비참해졌을까 생각하며, 그런대로 융숭한 대접이라도 받은 것을 다행으로 여기면서 오싱은 야마가다를 떠났다.

유물

 자식들에게 보기 흉한 꼴을 보이지 않으려는 어머니의 애틋한 마음으로 오싱은 야마가다의 친정집을 찾아갔던 것이다. 그러나 쇼지는 예전에 오싱이 헌신적으로 쏟았던 성의를 외면한 채 기대를 허물어 버리고 말았다. 오싱은 자신의 철없는 생각을 부끄럽게 여기면서 오랜만에 찾았던 친정집을 등지고 돌아와야 했다. 기차 화물칸에 겨우 몸을 싣고 돌아오는 오싱의 마음은 허탈했다.
 오싱이 손발을 씻는 곁에서 하스코는 피곤한 어머니의 안색을 염려하며 수건을 들고 기다렸다.
 "엄마, 이런 때 목욕탕 물을 데우면 좋은데요."
 "괜찮다. 개운해졌어."

"힘드셨지요. 왕복 내내 화물차만 타셨으니."

"그건 아무것도 아니야. 뭣 때문에 장사를 제쳐 놓고 야마가다에 찾아갔었나 생각하니 그게 더 걸리는구나. 돈을 빌려 주지 않았다고 원망하고 싶지는 않아. 잠시나마 남에게 의지하려는 생각에 빠졌던 나 자신이 서글플 뿐이야. 무슨 일이 있어도 내 힘으로만 살아야지, 하고 늘 스스로 채찍질해 왔는데 말이다. 이 어미가 어떻게 됐던 모양이다."

오싱은 자조의 웃음을 머금은 채 말을 이었다.

"야마가다의 친정에는 내가 어렸을 때부터 벌이를 나가 힘들게 일해서 그 돈으로 친정 식구들을 도왔단다. 지금 오빠가 살고 있는 집도 내가 세운 거나 다름없어. 그러니 내가 곤경에 빠졌을 때, 조금은 도움을 받을 수 있지 않을까 했지. 내가 그런 엉뚱한 생각을 하다니…… 내가 어리석었지. 바보 같았어."

하스코는 어떤 말로도 오싱의 얼굴에 드리운 서운한 빛을 가시게 할 수는 없다고 느꼈다. 다행히도 오싱은 개의치 않는 듯한 미소를 지어 보였다.

"이런 넋두리는 아무 소용없는 거야. 하지만 다녀오기라도 했으니 그나마 마음이 편하구나. 역시 인간은 외톨이라는 걸 알았어. 자기 일은 자신이 해결해 나갈 수밖에 없는 거야."

"그럼, 당분간은 여기에 있어야겠지요?"

"일을 해야지. 닥치는 대로 일을 할 거야. 암장사를 업신

여기고 있을 때가 아니야. 단속에 걸리거나 말거나 나도 암장사를 해야지. 돈을 모아서 언젠가는 꼭 여기서 나갈 테다. 유가 돌아오면 오붓하게 살 수 있는 집을 마련해서 말이다."

"엄마, 저도 열심히 일하겠어요."

오싱과 하스코가 마루 끝에 앉아 얘기하고 있을 때, 갑자기 인기척이 느껴졌다. 오싱은 문득 얼굴을 들었다. 그러자 다 해진 군복에 수염을 깎지 않아 초췌한 얼굴의 사나이가 뜰 안을 엿보고 있었다.

"유!"

오싱은 벌떡 일어섰다. 깜짝 놀라며 하스코는 오싱을 보았지만 그녀는 이미 맨발로 허둥지둥 대문 쪽으로 달려가고 있었다. 그러나 사나이는 오싱을 보자 흠칫 놀란 시선으로 도망치듯 사라져 갔다. 정신없이 뒤따라 나가려는 오싱을 하스코가 붙잡았다.

"엄마!"

"유야. 분명 유였어. 지금 거기서 뜰 안을 들여다보고 있었어. 다 해진 군복에다 수염도 깎지 않고서. 두 눈으로 똑똑히 보았다."

"잘못 보신 거예요. 유 오빠라면 도망갈 리가 없잖아요."

"유가 아니면 누가 뜰 안을 기웃거린단 말이냐."

오싱은 하스코의 손을 뿌리치고 그 사나이가 사라진 쪽을 향해 총총걸음으로 뒤따라 나갔다. 문밖으로 나가자 축 늘어진 어깨로 힘없이 걸어가는 사나이의 뒷모습이 보였다.

"유!"

그는 흠칫 자리에 섰다. 그러나 다음 순간 사나이는 뒤도 돌아보지 않고 도망치듯 걸음을 빨리했다. 오싱은 황급히 달려가 사나이의 허리춤을 잡았다.

"유! 어딜 가는 거냐!"

오싱은 사나이의 앞을 가로막고 그의 얼굴을 들여다보았다. 이제는 어쩔 수 없다는 체념의 빛이 그의 얼굴에 스쳤다. 사나이는 다름아닌 유의 전우였던 가와무라였다. 사람을 잘못 본 것을 깨닫고 오싱은 당혹한 표정을 감추지 못했다.

어느새 곁에 온 하스코가 오싱의 팔을 살며시 붙들었다.

"미안해요. 우리 아들놈인가 하고 그만 실수를 저질렀군요."

머쓱해 하는 오싱의 앞에 그는 공손히 머리를 숙였다.

"오랜만입니다. 가와무라입니다."

오싱은 생각이 나지 않는 듯 고개를 갸웃거렸다. 그런데 하스코는 재빨리 알아챘다."

"엄마, 가와무라상이에요. 예비사관학교에서 유 오빠와 함께 계셨던 분이에요."

"아! 그래 그래…… 유의 전우였던?"

오싱은 고개를 끄덕거리며 가와무라를 반갑게 맞았다.

"면회 오셨을 때 다노쿠라 소위와 함께 경단을 배불리 먹었던 일이 있었습니다."

"그래요, 그래요. 어쨌거나 무사했군요. 언제 돌아왔지요?"

아들을 만난 것 같은 반가움으로 오싱은 두서없이 물었다.

"네, 나흘 전에 배편으로 우라가에 도착하자마자 곧장 이리로 왔습니다."

"가족들은?"

그 말에 가와무라는 고개를 힘없이 가로저으며,

"가족들은 만주에 있었기 때문에 소식을 알 길이 없습니다."

하고 시선을 떨구었다.

"아이쿠, 내 정신 좀 봐. 여기서 이러지 말고, 집으로 같이 들어가요."

오싱이 그를 안으로 안내했으나 가와무라는 괴로운 듯이 그 자리에 우두커니 서 있을 뿐이었다.

"가와무라상?"

오싱은 영문을 몰랐다. 그러나 갑자기 가와무라는 부동자세를 취하더니 거수경례를 했다.

"가와무라 소위, 다노쿠라 소위의 유품을 전해 드리려고 왔습니다."

그 말을 듣는 순간 오싱은 전신의 피가 멎는 것 같았다. 그리고 자신의 귀를 의심하면서도 가와무라에게서 시선을 돌리지 않았다.

"이미 전사통지서가 왔을 줄 압니다만, 다노쿠라 소위는 1945년 4월 28일 필리핀 루손 섬에서 명예로운 전사를……"

하고 말하는데 하스코가 무너지듯 그 자리에 쓰러졌다.

"하스코!"

오싱이 어찌할 바를 몰라할 때 이미 가와무라는 괴로운 표정을 지으며 쓰러진 하스코를 안아 일으켰다.

이 놀라운 소식 앞에서 오싱은 전신이 얼어붙는 것을 느끼며, 하스코를 안은 가와무라에게 안으로 들어가자는 눈짓만을 겨우 할 수 있었다.

방으로 옮겨진 하스코는 잠시 후에 깨어났다. 그러나 여전히 넋 나간 사람처럼 아무런 표정도 없었다.

"그럼 다노쿠라 소위의 전사통지서를 받지 못했습니까?"

"왔었어요. 종전되기 얼마 전에…… 하지만 그 따위 종이 조각 하나로 결코 믿을 수가 없었지. 반드시 살아 있다고 믿었는데, 그렇게라도 생각하지 않으면 유가 불쌍해서 난 견딜 수가 없어요. 어딘가에서 반드시 살아 돌아와 어머니, 하고 불쑥 나타날 것만 같았어요."

오싱의 눈에 핑그르르 눈물이 괴었다. 그러나 그녀는 애써 흐트러지지 않은 자세로 가와무라를 똑바로 응시했다.

"저도 유족 여러분을 만나 뵙기가 무척 괴로워서 아까도 용기가 없어 그냥 돌아갈 참이었습니다. 하지만 다노쿠라 소위의 최후를 어머니께 알려 드리는 것이 저의 의무이고 도리라 생각하니 그럴 수가 없었습니다. 또 일기장도 전해 드려야 했구요."

"유의 일기장이?"

"다른 것은 아무것도 가져올 수가 없었습니다. 이것만은 어떻게 해서라도 전해 드려야겠다고 생각했습니다."

하고 가와무라는 배낭 속에서 낡을 대로 낡아서 너절해진 노트 한 권을 조심스럽게 꺼냈다.

그것을 받아 든 오싱은 꼼짝도 하지 않은 채 노트에서 눈을 떼지 않았다.

"유는 역시 죽었군요."

그 목소리는 깊은 나락으로 떨어지듯 낮게 가라앉았다.

"그 일기는…… 차마 말씀드리기 어렵습니다만…… 다노쿠라 소위는 굶어서 죽었습니다."

"굶어 죽었다구요?"

오싱의 목소리는 떨려서 제대로 나오지 않았다.

"뻔히 지는 전쟁인 줄 알면서도 다노쿠라 소위처럼 전도유망하고 인간적으로 뛰어난 청년을 그 지옥과 같은 곳에 몰아넣은 군대를 용서할 수 없습니다. 그토록 참혹한 전쟁이 원망스럽습니다. 저는 소리치고 싶습니다. 다노쿠라 소위는 명예로운 전사를 한 게 아니라고 말입니다. 뱀을 산 채로 잡아다 고통을 안기면서 서서히 죽이듯이, 조금씩 조금씩 피를 말려 죽인 겁니다."

그 자리에 있던 사람들의 표정은 고통스럽게 일그러졌다.

"그만! 그만하세요!"

하스코는 비명처럼 소리를 지르고 자신의 귀를 두 손으로 막았다. 그러고는 믿을 수 없다는 듯이 세차게 도리질을 해 댔다.

"하스코상, 다노쿠라는 하스코상 이야기를 많이 들려 주었습니다. 다노쿠라에게는 하스코상이 목숨보다도 소중한 여성이라는 것도 알게 되었지요. 그러니 하스코상이 그의 억울한 죽음을 달래 주지 않으면 편히 눈을 감을 수가 없을 겁니다. 그를 죽게 한 전쟁이 사라지지 않는 한 다노쿠라의 영혼은 아마 이승을 떠돌아다닐 겁니다."

오싱의 마음을 지탱해 주던 한가닥 희망이 끊어져 버리고 아예 무참히 무너져 내렸다. 20여 년을 키워 온 아들을 남의 땅 뜨거운 숲에서 죽어 가게 하다니, 그보다 어머니로서 더한 고통은 없을 것이다. 가와무라가 들려준 유의 최후 소식은 말할 수 없이 비참한 것이었다.

1945년 2월 본국에서 육군 예비사관학교의 교육과정을 마치고 소위로 임관한 유는 가와무라와 함께 필리핀의 루손 섬에 파견, 배속되었다.

그러나 그해 4월에는 미군의 맹렬한 공격을 받고 유의 소속 부대는 서쪽으로, 서쪽으로 전진 후퇴를 계속했다. 말이 전진 후퇴라지만 쫓겨 밀려가는 도피행이나 다름없었다. 얼마 가지 못해서 병사들은 아메바성 이질, 말라리아, 뎅기열 등 질병에 걸려 하루에도 몇 명씩 죽어 갔다.

동료의 죽음을 눈으로 지켜보면서도 어느 누구 하나 손쓸 도리가 없었다. 자신들도 언제 똑같은 신세가 될지 모른다는 생각만이 무겁게 그들의 마음을 짓누를 뿐이었다.

유는 무성한 수풀 위에 지쳐 쓰러졌다. 그의 팔다리를 본국에서는 구경도 할 수 없을 만큼 무서운 모기떼와 독충들이 마구 물어뜯었다. 하지만 그것들을 쫓아낼 기력도 남아 있지 않았다. 그도 그럴 수밖에 없는 것이 벌써 며칠째 먹을 것이 없어 영양실조 상태였고, 게다가 극심한 더위는 극도의 쇠약을 가져왔던 것이다.

그래도 유와 가와무라는 서로를 격려하고 언젠가는 고향에 돌아갈 수 있으리란 희망을 버리지 않았다. 그것은 전쟁이나 이념을 초월한 인간으로서의 가장 진솔하고 처절한 소망이었다.

두 사람의 모습은 야윌 대로 야위고 머리카락은 절반 이상이 빠져 버려 흡사 유령과도 같았다. 살아 있다는 것이 오히려 이상할 정도였다. 잡초나 파파야의 뿌리를 씹으며 하루하루 목숨을 부지해 갔다. 싸운다는 것은 엄두도 못 냈고, 어떻게 하면 적에게 발견되지 않고 도망칠 수 있을까 하는 생각으로 속을 태웠다. 차라리 자결해 버릴까 하는 생각이 하루에도 몇 번씩 들었지만 유와 가와무라는 서로를 격려하고 부축하면서 괴로운 날들을 견뎌 나갔다. 지치고 쓰러질 때면 유는 늘 고국에 있는 어머니를 떠올리곤 했다.

"가와무라, 나는 반드시 살아 돌아온다고 어머님과 약속했어. 어머니를 위해서라도 절대로 죽을 수 없는 몸이야. 기어서라도 일본에 돌아가서 죽을 거야."

하루에도 수십 번씩 이렇게 다짐하며 정신력 하나로 버텨 나가던 유도 끝내 말라리아에 걸리고 말았다. 유는 후퇴하는 무리에서 낙오되어 뜨거운 지열이 확확 올라오는 낯선 땅에 쓰러져 뒹굴었다. 그때 운이 나쁘게도 원주민과 맞닥뜨려 유는 도망칠 수도 없는 곤궁에 빠지게 되었다.

오싱은 가슴을 에는 아픔을 겨우 지탱하며 처연히 가와무라의 말을 듣고 있었다.

"제가 업고 가겠다고 했으나, 그런 몸으로는 도망하더라도 어차피 병으로 죽을 몸인데, 또 도망다니기도 이제는 지쳤다며 이 일기장을 저에게 맡겼습니다. 어머니와의 약속을 지키지 못했지만 이제는 도리어 마음이 가벼워졌다고 그랬습니다. 그것이 다노쿠라의 마지막이었습니다."

고개를 떨군 채 단정히 앉아 있는 하스코의 무릎 위로 소리 없이 눈물이 떨어졌다.

"그 후 저는 운이 좋게도 본대와 합류했고, 다노쿠라 소위의 전사를 보고했습니다. 우리가 미군에 투항한 것은 그로부터 얼마 후였습니다. 다노쿠라 소위처럼 다른 군인들도 전투에서 전사한 사람보다 굶어서 죽은 사람이 더 많았습니다.

먹을 것만 있었다면 더 오래 지탱할 수가 있었는데."

"........."

"귀국길의 배 안에서 저는 억울하고 분통이 터져 견딜 수가 없었습니다. 무엇 때문에 우리가 이런 꼴을 당해야 하는 것인지, 필리핀으로 가는 수송선에서도 몇 척은 적 잠수함의 어뢰 공격을 받고 눈앞에서 불타며 가라앉았습니다. 이 땅의 많은 젊은이를 태운 채 말입니다. 무모하기 짝이 없는 전쟁의 희생물이 된 겁니다."

슬픔을 억누르는 오싱의 입술이 바르르 떨렸다.

"전쟁은 흉물입니다. 전쟁에서 겪은 일들이 꿈에라도 나타날까 생각하면 몸서리쳐집니다. 왜 우리가 이런 꼴이 되어야 하는 건지…… 다노쿠라가 죽어 가며 하던 말을 지금도 잊지 못하겠습니다. 어머니 얼굴을 단 한번만이라도 보기를 원하며 죽었습니다."

가와무라는 더 이상 참지 못하고 고개를 떨군 채 흑흑 흐느껴 울었다.

"가와무라상, 고마워요."

오싱은 무겁게 입을 떼었다. 여전히 슬픔에 겨워하는 가와무라를 친아들처럼 따뜻하게 마주 보았다.

"유의 이야기를 우리에게 해 주는 것이 얼마나 괴로운가를 잘 알고 있어요. 하지만, 그 이야기를 다 듣고 보니 이제 나도 겨우 마음의 매듭을 지었습니다. 정말 고마워요. 특공대로 용감하게 싸우다 죽어 간 최후보다, 굶고 병들어 죽어 간 편이 오히려 전쟁의 허망함을 뼈에 사무치게 하는군요. 유도 틀림없이 전쟁을 증오하며 죽어 갔을 거예요."

"어머니……"

가와무라는 울먹이며 감정을 추스르지 못했다. 그러나 오싱의 태도에서는 흔들림 없는 강인함이 우러나왔다.

"가와무라상, 우리는 사정이 있어서 이렇게 좁은 곳에서 살고 있지만 오늘 저녁에는 여기서 묵고 가요. 유의 동생들이 학교에서 곧 돌아오면 형의 이야기도 들려 줘요. 그 애들도 유가 꼭 돌아온다고만 믿고 있어요."

가와무라는 부르르 몸서리를 쳤다. 오싱은 그 얼굴에서 전쟁에 지친 한 젊은이의 상흔을 보고 가슴이 아팠다.

"저는, 저는 두 번 다시 생각하고 싶지 않습니다. 전쟁터란 인간의 세계가 아닙니다. 그런 와중이라서 다노쿠라의 뼈도 거두지 못하고 그냥 버려 두고 왔다고 생각하면 너무 괴롭습니다. 용서하십시오."

가와무라는 오열을 터뜨렸다.

"가와무라상 잘못이 아니에요. 유에 관한 것은 잊어 줘요. 가와무라상만이라도 살아남았으니 이제부터 유의 몫까지 착실하게 살아야지요."

가와무라는 오싱의 말에 깊이 감사하며 겨우 슬픔을 추스르고는, 부모님의 소식을 수소문해야겠다며 자리에서 일어났다.

그리고 나서 온통 비탄으로 젖어 있는 하스코를 바라보며,

"하스코상, 다노쿠라 대신 어머님을 부탁드립니다. 그것이 다노쿠라의 마지막 간절한 소원이었나 봅니다."

하고 쓸쓸한 한마디를 남겼다.

그렁그렁한 눈으로 바라보던 하스코는 가볍게 고개를 끄덕거렸다. 그러자 또다시 눈물방울이 뺨 위로 흘러내렸다.

가와무라를 배웅하며 그의 쓸쓸한 뒷모습에서 오싱은 전쟁이 남기고 간 엄청난 상처를 보았다. 자신의 아들 유도 심한 고통 속에서 엄마를 부르며 죽어 갔으리라 생각하니 그때까지 참고 참았던 슬픔이 한꺼번에 울컥 솟구쳤다. 주르르 흘러내리는 눈물 자국을 하스코가 눈치채지 않게 얼른 닦아 내고 오싱은 통곡보다도 더 깊고 쓰라린 한숨을 내쉬었다.

그날 저녁 학교에서 돌아온 히토시와 노소미가 보는 앞에 유의 일기장이 아버지 위패와 나란히 놓여졌다.

"그랬군요. 형의 유골을 찾을 길이 없었다니."

"그 일기장을 유골 대신 아버지의 유골과 함께 모셔야 한다."

"그럼 유 오빠와 아빠는 하늘나라에서 만나겠지? 지금쯤 둘이서 술 마시고 있을지도 몰라."

철없는 데이의 말은 오싱의 가슴을 더욱 미어지게 했다. 하지만 오싱은 속으로 다짐했다. 그래, 데이의 말이 맞다. 어

쩌면 부자가 하늘나라에서 아무 근심없이 행복할지도 모르지. 그러나 그런 다짐은 부질없이 허물어지고야 말았다.

문득 생각이 난 듯, 히토시는 유의 일기장을 펼치더니 한줄 한줄 읽기 시작했다.

어머니, 사람은 물만 있어도 살 수 있다는 말이 정말이군요. 요며칠은 골짜기의 개울을 따라 걷고 있으므로 물은 제대로 마시고 있습니다. 풀뿌리와 물만으로 끼니를 때우는 날이 며칠이었는지 모릅니다. 이제는 더 이상 빠질 살도 없습니다.

어머니가 만들어 주시던 카레라이스가 먹고 싶군요. 어렸을 때 어머니께서 오늘 저녁은 카레라이스다, 하고 말씀하시면 바지 혁대를 느슨하게 풀어헤치고 식탁 앞에 앉던 일이 생각납니다. 그런 것이 진정한 행복이었음을 이제야 깨달았습니다. 그와 같은 행복한 순간들은 다시는 돌아오지 않을 것만 같습니다.

그때는 대수롭지 않게 생각했던 일이 또 얼마나 행복했던지…… 그것을 알아차렸을 때는 이미 손이 닿지 않는 다른 세계의 일이 되고 말았습니다. 지금이라면 그 한 접시의 카레라이스의 고마움을 깊이 맛볼 수 있을 겁니다. 그러나 이제는 너무나 늦었습니다.

어머니, 솥 바닥에 눌어붙은 누릇누릇한 밥에 간장을 쳐서 꼭꼭 쥐어 만들어 주시던 주먹밥이 참으로 맛있었습니다. 생선, 연뿌리, 그리고 얇게 썬 우엉, 또 풋콩, 인삼 등 여러 색깔의 것을 곁들여 만들어 주셨던 어머니의 오목초밥도 정말 맛있었습니다.

어머니의 일손을 도와 삶은 팥을 짓이기며 군침을 삼키고, 어머니의 손에서 마치 요술처럼 만들어져 나오던 경단, 그 맛을 또 어디다 비기겠습니까.

저는 사내답지 못한 놈입니다. 하지만 때때로 어째서 내가 이토록 먼 이국땅에서 뜨거운 태양과 한증막 같은 열기에 지치고, 굶주림에 허덕이며 정처 없이 헤매지 않으면 안되는가, 저 자신도 모르게 됩니다. 누구를 위해서, 무엇 때문에…… 어머니, 가르쳐 주십시오.

저는 나라를 위해서보다도, 천황폐하를 위해서보다도, 어머니를 위해 살아남아야 하는데…… 어머니, 용서하세요.

말없이 솟구치는 슬픔을 억누르던 오싱은 더 이상 견딜 수 없어 밖으로 나왔다. 달빛이 쏟아져 내리는 뜰로 나오자 참고 참았던 울음이 한꺼번에 터져 버렸다. 비참하게 죽어 간 아들의 최후를 듣고 보니 굳게 마음먹었던 것이 무참하게 허물어졌다.

그날 저녁 히토시와 노소미, 데이가 자고 있는 곁에서 하스코만은 뭔가 골똘히 생각에 잠겨 잠을 이루지 못했다.

그럴 즈음, 오싱은 뒤뜰에 나와 조용히 하모니카를 불었다. 어렸을 때, 탈주병이었던 쥰사쿠 오빠로부터 얻은 하모니카에 통한의 마음을 실었다. 그것은 전쟁을 반대해야 한다는 가르침을 받았으면서도 실행하지 못했던 자신에 대한 원망이고, 전쟁 때문에 목숨을 잃은 남편과 유에 대한 진혼가이기도 했다. 쥰사쿠 오빠가 이 하모니카에 쏟은 생각들이 이제 와서 아픔이 되어 오싱의 가슴을 저미는 것이다.

유의 전우였던 가와무라가 다녀간 다음 날, 오싱은 아들의 전사를 가슴으로 받아들이고 장례를 치렀다. 가까운 절에서 가족들만이 모인 간소한 장례식이었다. 절의 본당에는 위패와 나란히 유의 일기장이 놓였다. 오싱은 아들딸과 함께 합장을 하면서 유골조차도 남기지 못하고 짧은 인생을 마친 유의 명복을 빌었다.

자식을 먼저 보내는 것은 부모로서는 견딜 수 없는 큰 고통이다. 일기장에 적힌 유의 마지막 목소리가 오싱의 귀에 생생히 울리는 것만 같았다.

> 어머니, 일본은 여기서 멀어요. 너무 멀기만 해요. 어머니와의 약속은 지킬 수가 없을 것만 같습니다. 하스코와의 약속도 깨어질 것만 같고요. 하스코가 저를 잊고 다른 행복의 길을 찾게 해 주시고 또 그렇게 전해 주세요. 만약 이 세상에 다시 태어난다면, 이번에는 전쟁이 없을 때 태어날 거예요. 그리고 역시 어머니의 아들로 태어나겠어요. 또 하스코와 장래를 함께

할 수 있었으면……

오싱은 조용히 눈을 감았다. 그 곁에서 두 손을 모으고 고개를 숙인 하스코의 얼굴에도 간절한 염원이 떠올랐다.

그들이 절에서 돌아와 집 가까이에 이르자 요란한 재즈 음악이 대문 밖까지 흘러나왔다. 집안으로 들어서니 반쯤 열린 요시코의 방문 틈으로 그녀와 미군 병사가 한데 엉겨 끌어안고 있는 모습이 비쳤다. 그것을 보던 히토시는 불끈 노여움이 치밀어 인상이 험악하게 변했다. 그러자 오싱은 그런 히토시에게 아무 말 하지 말라는 눈짓을 했다.

"저것들, 형처럼 미군에게 죽은 일본인이 몇십만 명이나 된다는 것을 잊고 있어!"

"히토시!"

"엄마, 저는 이제 참을 수가 없어요. 이 집에서 나가요. 당장 나가요, 네?"

히토시의 말은 오싱의 마음을 아프게 파고들었다. 오싱은 방으로 들어왔다. 유의 계명을 쓴 위패 앞에 단정히 서서 오싱은 향을 피웠다. 여전히 요시코의 방에서 새어 나온 재즈 음악 소리는 숨이 넘어갈 듯 요동쳐 왔다. 뒤따라 들어온 히토시는 분이 풀리지 않아 못마땅해 했다.

"아버지랑 유 형이 종일 저런 소리만 듣다가는 극락왕생도 못하실 거야."

"할 수 없지 뭐냐. 아버지도 유도 우리에게 돈이 없다는 걸 아니까…… 너희들이 참아야 해. 엄마가 열심히 일해서 돈을 벌 때까지 말이다. 아버지도 돌아가셨고, 유도 돌아오지 않는다. 엄마가 두 사람 몫을 해야지. 어쩔 수 없구나."

조용히 오싱의 곁에서 향을 피우고 합장을 하던 하스코의 표정에 조금 전까지와는 다른 굳은 결심이 얼핏 스쳤다.

"이제부터는 아무에게도 기대하지 않겠다. 이 전쟁 때문에 잃은 것을 내가 되찾고 말 테야. 이 맨주먹 하나로."

"히토시……"

"엄마, 저도 도와 드리겠어요. 저 학교는 안 다닐래요. 이따위 생활은 신물이 나요. 이놈의 세상, 돈이 없으면 평생 비참할 뿐이야. 저도 돈을 벌겠어요."

"히토시……"

진저리를 치는 히토시의 태도에 오싱은 적잖이 놀랐다.

"엄마, 그렇잖아요? 전쟁 중에는 군인이 기세등등하고, 대학을 나와야 출세할 수 있었지요. 또 존경도 받았구요. 그러나 지금은 달라요. 그런 것은 이제 통하지 않아요. 이제는 돈이나 물건을 가진 사람의 천하가 된 거예요. 그 증거로 옛날에는 업신여기던 농가에 가서 모두 굽실거리며 쌀이나 농산물을 사서 암시장에 내다 팔고 있고요. 또 암시장에서 물건들이나 거래하는 것들이 배를 내밀고 있는 세상이에요. 미군에게 웃음을 파는 것만 해도 그놈들이 돈이나 귀한 물건들을 가지고 있기 때문이에요. 엄마, 이제부터는 배불리 먹을 수 있는 사람이 큰소리치는 세상이란 걸 알았어요. 대학을 나오고서도 배를 곯는다면 학력 따위가 아무 소용이 없다는 증거가 아니겠어요?"

오싱은 아연실색하며 히토시를 바라보았다. 이제 스무 살도 안된 어린애로만 생각했던 히토시가 그런 말을 하다니, 기가 막힐 뿐이었다.

"엄마, 소년항공대에 지원해서 나라를 위하느니, 천황폐하를 위하느니 하면서 얼마나 고된 훈련을 강요당했는지 몰라요. 그런데 그것이 하루아침에 깡그리 뒤집히고 말았어요. 나는 이제 누구도, 아무것도 믿지 않겠어요. 오직 나 자신만을 믿고 살아갈 거예요. 두고 보세요."

"그 말이 맞아! 엄마! 저도 대학 입시 공부 따위는 할 기분이 나지 않아요."

노소미도 히토시의 말에 강력히 동감을 표시했다.

"노소미! 너마저……"

"이번 여름방학부터 대학 진학 희망자는 특별 보충수업이 있어요. 하지만 저는 신청하지 않겠어요."

"저두요."

오싱은 두 아들의 마음을 돌려 보려고 조심스럽고 엄한 얼굴로 차근히 설득하기 시작했다.

"수업료라면 엄마가 어떻게 해 볼게. 그만한 일로 대학에 가지 않고 일생의 대계를 망치기라도 한다면, 나중에 가서 후회해도 늦는 법이야."

"엄마, 지금까지는 자신의 장래를 스스로 선택한다는 것은 허용되지 않았어요. 하지만 지금부터는 달라요. 이제는 누구로부터 명령이나 강요를 당할 필요도 없이 자기가 가고 싶은 길을 갈 수 있게 되었어요."

"노소미……"

"엄마, 제가 생각하는 대로 가게 해 주세요."

오싱은 난감했다. 갓난아이 때부터 키워 온 노소미가 어느덧 자기 주장을 하며 품 안에서 벗어나려는 것이 서운하기도 했다.

"노소미, 너는 가가야 집안의 대를 이을 유일한 핏줄이야. 가가야를 다시 일으켜 세우는 것이 너의 의무이고, 너를 내 자식처럼 맡아 기르고 있는 나의 도리이기도 해. 함부로 네 뜻만을 내세워서는 안돼."

"저는 장사에는 소질이 없는데요."

"무슨 말을 하는 거냐. 노력도 해 보지 않았는데 소질이 있는지 없는지 알 수 없잖니. 둘 다 수험공부가 하기 싫고 따분하니까 너희들 마음대로 구실을 붙여 도망치려고 하는 거지!"

"그렇지 않아요, 엄마."

"그럼, 도대체 무엇을 하겠다는 거냐."

"지금은 아직 생각이 서질 않아요. 내년 봄 중학 5학년을 졸업할 때……"

히토시와 노소미의 표정은 진지했다. 그러나 오싱은 엄마의 마음을 그렇게도 몰라주는 자식들이 섭섭했다. 한편으로는 철딱서니가 없다는 생각도 들었다. 오싱은 위패 옆에 놓인 유의 사진을 멀거니 바라보았다.

오싱의 가슴속에는 휑하니 찬바람이 스쳐 갔다. 이미 자신의 곁을 떠난 유의 사진을 들여다보며 오싱은 나머지 두 아들들의 마음만은 꼭 자신의 곁에 붙들어 두고 싶었다. 그러나 전쟁이 일어난 날을 갈림길로 하여 모든 가치관이 하늘과 땅만큼이나 변해 있다는 것을 이제야 겨우 깨달았다.

유의 전사를 확인한 다음 다노쿠라 집안에 무엇인가 커다란 변화가 일기 시작한 것을 오싱은 피부로 느끼게 되었다. 그것이 오싱으로서는 불안하고 두렵게만 느껴졌다.

의문의 행방

 오싱에게는 또 하나 마음에 걸리는 게 있었다. 유도 없는 집에 하스코를 데리고 있으면서 이따금씩 그녀의 눈에 반짝거리는 눈물을 볼 때면 오싱의 가슴은 찢어질 듯 아팠다. 더구나 장삿길을 떠날 때는 힘겨워하면서도 부지런히 쫓아오는 하스코의 모습이 한없이 안쓰럽기만 했다.
 사들인 물건들을 등에 지고 시골길을 걸을 때면 어느새 하스코는 뒤처져 있곤 했다.
 "하스코, 좀 쉬었다 가자."
 오싱은 길가 그늘 밑에 짐을 내려놓고 피로해 보이는 하스코의 짐도 내려 주었다.
 "그래서 오늘은 쉬라고 했잖니. 밤에 잠도 제대로 못 자는 것 같고, 먹는 것도 그렇고, 무리해서까지 따라올 필요는 없었는데 그랬구나."

"엄마, 걱정을 끼쳐 드려서 죄송해요."

오싱은 물끄러미 하스코를 지켜보다가 어렵사리 말문을 열었다.

"하스코, 유와 너에 대한 이야기를 한다는 것은 너로서도 듣기가 괴로울 줄 알고 입을 다물고만 있었다."

오싱은 말하기가 무척이나 힘겨운 듯 낮은 한숨을 내쉬며 잠시 말을 끊었다.

"유가 그렇게 되었지만 나는 하스코를 친딸처럼 여기고 있단다. 네가 언제까지나 내 곁에 있어 준다면 나도 얼마나 마음 든든한지 몰라. 하지만 나와 있으면 아무래도 하스코가 이런 고생만 하게 되겠지. 야마가다에 계시는 부모님께서도 아직 건강하시고, 소작농도 이젠 자작농이 된다는구나. 네가 집으로 돌아가서 집안일을 거들게 되면 부모님도 기뻐하실 거야."

오싱은 또박또박 힘주어 말을 이었다.

"집에 있으면 싫어도 유 생각을 하게 될 거야. 그래서는 하스코도 괴로울 테니 야마가다에 돌아가서 유의 일도 잊도록 하고 좋은 사람이 있으면 시집을 가는 게 좋겠다. 유도 일기장에 그렇게 써 두었더라. 네가 그럴 수 있다면 이 엄마 마음도 놓이고 안심이 될 텐데."

하스코는 입을 다문 채 고개를 떨구었다. 그 창백한 안색을 살피던 오싱의 심정도 말할 수 없이 괴로웠다.

저녁 늦게 집에 돌아와서도 하스코는 시무룩하니 아무 말도 없었다. 근심스럽게 바라보던 오싱이 일찍 건너가서 자라고 하스코에게 일렀다.

다음 날 아침을 맞았다.

아침 햇살을 따갑게 느끼며 문득 눈을 뜬 오싱은 머리맡의 시계를 보았다. 그리고 놀란 듯 퍼뜩 일어나 앉았다. 서둘러 옷을 갈아입고 오싱은 건넌방으로 갔다. 살며시 문을 여니 하스코는 벌써 일어났는지 이부자리가 얌전히 개어져 있었다.

오싱은 부엌으로 나왔다. 그러나 역시 아무도 없었다.

오싱이 뜰을 이리저리 뒤지고 있을 때 히토시와 노소미가 마루로 나왔다.

"하스코가 안 보이는구나. 이른 아침부터 어딜 간 걸까."

놀란 어머니에게 히토시는 편지 한 통을 건네주었다.

"하스코 누나의 이불 위에 있었어요."

오싱은 급히 편지를 받아 들고 중얼거리듯 소리 내어 읽었다.

엄마, 역시 떠나기로 했습니다. 저는 하나의 인생을 살았고 또 하나의 인생을 끝마쳤습니다. 참으로 행복했습니다. 엄마와 모두의 은혜를 평생 잊지 못할 거예요. 작별 인사를 제대로 드려야 하는데 너무 괴로워서 여의치 못했습니다. 용서하세요.

오싱은 편지의 끄트머리를 힘없이 떨어뜨렸다.
"하스코 누나가 어째서 그랬을까."
"유 형의 전사로 충격을 받아서 그랬을 거야. 역시……"
"그렇다고는 하지만 집을 나가면 어디로 간다는 걸까."
히토시와 노소미는 이상하다는 듯이 주고받았다.
"야마가다의 집으로 갔을 거다. 엄마가 권했으니까."
"그렇다면 굳이 몰래 떠날 것도 없잖아요."
히토시의 말에 노소미는 하스코를 이해할 수 있다는 표정을 지었다.
"나는 그 심정을 알 것 같아. 서로 맞대고 작별 인사를 할 만큼 마음 편한 일도 아니고 지금까지 엄마와 우리랑 함께 지냈던 정이 깊기 때문에 괴로웠을 거야. 떠나는 인사말을 나누고 있노라면 결심이 꺾여 떠날 수 없게 될지도 모르겠고…… 그렇다면 차라리 말없이 떠날 수밖에."
"하지만 너무한 게 아닐까. 유 형이 돌아오지 않는다는 것을 알고 다른 마음을 먹은 게 아닐까?"
"히토시! 그게 무슨 소리냐! 하스코의 심정도 모르는 주제에 함부로 얘기하는 게 아냐."
"알고는 있어요. 하지만 아무리 괴롭더라도 엄마 혼자서 힘들다는 것을 알면, 엄마가 자기에게 베푼 정을 생각해서라도 그럴 수는 없잖아요."

"또 모르는 소리를 하는구나. 엄마는 하스코에게 뭘 바라고 데리고 온 게 아니다. 그런데도 하스짱은 지금까지 우리 집을 위해 참으로 잘해 주지 않았니. 그것으로 충분한 거야. 고향으로 돌아간다면 나도 보답해 줄 일이 많은데, 지금 형편으로 어디 그렇게 되어야지."

글썽거리는 눈물을 감추려고 오싱은 살며시 고개를 돌렸다.

"하지만 다행이다. 고향으로 돌아갈 생각을 해 주었으니 말이다. 고향에서 새 출발을 한다면 나도 마음이 놓이겠는데."

"전쟁만 아니었다면 유 형과 하스코 누나도 행복했을 텐데."

"노소미, 전쟁 넋두리는 그만두자꾸나. 넋두리를 한다고 옛날이 되돌아오는 것도 아니고…… 이 엄마는 다시는 뒤돌아보지 않을 테다. 오늘부터 곧바로 앞만 보고 가야지. 언젠가는 오늘의 고생을 웃으면서 얘기할 때가 올 거야. 반드시 오고 말고."

"엄마, 하스코 누나 대신 오늘부터 제가 엄마를 따라나설래요."

"히토시?"

"대학에 안 갈 바에는 학교 따윈 쉬어도 상관없어요. 요령

껏 하면 졸업장은 얻을 수 있을 거예요."

"그렇다면 나도 엄마를 따라갈 거예요."

노소미도 덩달아 고집스럽게 말했다.

"엄마, 우리가 날라다 드리면 지금보다 두 곱절의 장사는 할 수 있잖아요. 이 집을 나가서 전세라도 얻을 돈쯤은 금방 벌 수 있을 거예요."

오싱은 할 말을 잃었다.

그날부터 히토시와 노소미는 오싱과 함께 물건 사 모으기에 나섰다. 하스코도 떠났고, 대학 진학을 포기한 히토시와 노소미를 보면 오싱은 괴롭고 슬펐다. 자신의 아이들에게만은 꼭 공부를 시켜 훌륭하게 키우고 싶었다. 그러나 전쟁 때문에 모두 뒤틀린 것이다.

모자 셋이서 짐을 지고 걸으면서 오싱은 평생 이러다가 끝나는 것이 아닐까 하고 문득 생각했다. 거기까지 생각이 미치자 갑자기 모든 희망이 물거품처럼 사라지는 것 같았고 다리도 무거워지는 것 같았다.

히토시, 노소미와 함께 장사를 나선 지 며칠이 지난 어느 날, 저녁 늦게 그들이 터덜터덜 집에 도착했을 때 뜻밖의 손님이 기다리고 있었다. 다름아닌 히사 아주머니였다. 방으로 들어온 히사는 류조와 유의 위패가 나란히 놓인 것을 보고 적잖이 놀랐다.

히사는 전쟁이 끝나자 배를 내보낼 수 있게 되어 다시 이세로 돌아왔다는 소식을 전해 주었다. 그리고 자식들은 여전히 도시에서 지내고 고기잡는 가업을 이을 생각이 없어 할 수 없이 혼자 돌아왔다는 말도 덧붙였다.

"역시 이세는 좋은 곳이야. 바다도 좋고 이세의 집도 파괴되지 않았으니 다행이고…… 이제야 겨우 사람다운 생활을 되찾게 되었어."

"저도 아주머니의 해변가 집이 그리울 때면 더러 가 보고 싶었는데 매일 생활에 쫓기다 보니 통 그럴 틈이 없었어요."

"오싱짱, 우리 집에 와 있지 않겠어?"

"아주머니 집에요?"

"오싱네 집이 혹시 공습으로 타 없어지지 않았나 하고 걱정을 하면서 찾아왔는데, 이렇게 남아 있는 것을 보고 마음을 놓았지. 그런데 막내 이야기로는 이 집이 자네들 것이 아니라는데 그게 정말이야?"

"네, 뭔가 잘못되었나 봐요."

"나가 달라고 한다며?"

"데이가 그런 말까지 했군요."

오싱은 씁쓸하게 웃었다.

"역시 그랬었군. 그렇다면 언짢은 기분으로 이런 곳에 더 있을 필요가 없잖아. 우리 집으로 가자구. 나랑 살면 돼. 나도 외롭지 않고 잘됐어. 이렇게 기쁠 수가 있나."

오싱은 놀랍고 기뻐서 히사를 바라보았다. 그녀도 마찬가지로 무척 흐뭇해 했다.

남편과 큰아들을 잃고 하스코도 떠나 버려 우울한 생각에 잠겨 있던 오싱으로서는 히사를 만난 것만으로도 여간 위안을 받은 것이 아니었다. 그런데 생각지도 못했던 제안을 듣고 괴로웠던 종전 이후 일 년 만에야 겨우 한가닥의 광명을 찾은 듯했다. 그래도 믿기지 않은 듯 오싱은 거듭거듭 되물었다.

"정말 괜찮으시겠어요?"

"아무렴. 오히려 내가 부탁하고 있는 거야. 옛날에는 배 타는 젊은이들도 함께 살았지만 지금은 아무도 없어. 아무리 여장부라고 소문난 나지만 그 넓은 집에 혼자 있으니 역시 쓸쓸해. 오싱이 와 준다면 정말 든든할 것 같아."

"고맙습니다, 아주머니. 실은 하루빨리 이곳을 떠나고 싶었어요. 집들은 다 타 버리고 그나마 남은 집도 집세가 비싸서 엄두도 내지 못한 채 이렇게 눌러앉아 있었습니다. 암장사만 해서는 우리 네 식구 먹는 것도 빠듯하고요."

"오싱, 우리 집에 와 있으면 그런 걱정할 필요 없어. 고기잡이를 나가면 고기는 얼마든지 잡힐 테고…… 단지 애들 학교가 멀어질 텐데, 전차 통학이라도 하면 되지 않겠어?"

"네, 그만한 일쯤이야……"

하고 오싱은 기쁜 표정을 감추지 못했다.

"그럼, 내일이라도 당장 옮기자구."

"아주머니, 정말 다시 태어나는 기분입니다. 불행만 겹치기에 어디까지 굴러떨어지나 하고 조바심을 내왔습니다. 그런데 이제 겨우 빛을 찾았어요."

오싱의 얼굴에 실로 오랜만에 밝은 웃음이 떠올랐다. 그렇게도 길고 지긋지긋했던 전쟁통에 몇 번씩이나 고통을 겪고 난 후에 가져 보는 조그만 행복이었다.

데이가 문득 생각이 났던지 야마가다에서 온 것이라며 선반에 두었던 편지를 가져다 엄마에게 건넸다. 편지를 받아 들고 기쁜 얼굴로 읽어 내려가던 오싱의 안색이 점차 굳어졌다. 편지 한 장만을 달랑 남겨 두고 떠난 하스코가 열흘이 지나도록 야마가다 고향 집에도 도착하지 않았다는 소식이었다. 하스코가 떠난 직후 오싱은 그녀의 부모들에게 편지를 띄웠던 것이다. 오싱의 얼굴은 금방 불안에 휩싸였다.

"도중에 내려서 여기저기 구경이나 하는 것이 아닐까요? 별로 바삐 가야 할 길이 아닐 테니까."

노소미도 자못 걱정되는 듯했으나 어머니의 걱정을 덜고자 하는 마음에서 대수롭지 않게 말했다.

"그럴 돈이 어디 있겠니. 하스코가 고향으로 돌아갈 때는 나도 해 줄 만큼 해 줘야 도리인데 그냥 떠나 버렸으니…… 혹 무슨 일이라도 생긴 것이 아닐까."

"어린애가 아니니까 너무 걱정하지 마세요. 곧 소식이 있을 테니까요."

히토시의 말을 애써 믿으려 해도 오싱은 왠지 불안했다.

"혹시 유의 뒤를 따라 만약…… 그렇다면…… 유 때문에 정신이 없을 정도로 괴로워하고 있었는데 말이다."

"엄마도 별걱정을 다 하시네요. 그런 끔찍한 생각까지."

"그래요, 엄마. 하스코 누나는 그런 나약한 성격이 아니에요. 어쩌면 시골에 돌아가지 않고 어디선가 일자리를 구하느라고 돌아다닐지도 모르잖아요."

두 아들의 말에 고개를 끄덕여 보이긴 했으나 오싱은 여전히 불안을 감추지 못했다. 하스코의 소식이 궁금했으나 별달리 알아볼 방법도 없이 다음 날 오싱네는 오랫동안 살아온 집을 떠나 히사의 집으로 이사하게 되었다.

아침 일찍부터 히사는 몇 명의 젊은이들을 보내 이삿짐을 옮기는 것을 돕도록 했다. 짐을 다 꾸려 밖으로 내가고 히토시가 마지막 꾸러미를 들고 나가려 할 때까지도 오싱은 텅 빈 방 안에 넋 잃은 사람처럼 우두커니 서 있었다.

"너희 아버지가 사 준 이 집도 오늘로 마지막이구나."

히토시는 가라앉은 어머니의 마음에 채찍질이라도 하듯이,

"엄마!"

하고 소리쳤다.

"그래. 이만한 집쯤은 또 장만할 거다. 더 멋진 집을 장만하자."

짐짓 밝은 웃음을 보이려는 오싱의 마음을 알아채기나 한

듯 우편배달부가 들어섰다.

"다노쿠라상!"

오싱은 급히 달려가 편지를 받아 들여다보고는,

"히토시! 하스코한테서 왔구나."

하고 들뜬 목소리로 소리쳤다.

오싱이 단숨에 편지 겉봉을 뜯어 보니 그 안에서 몇 장의 지폐가 나왔다.

"뭐야, 돈이 들어 있잖아요?"

히토시가 수상쩍어하며 돈을 집어 이리저리 살피고 있을 때 오싱은 편지를 꺼내 이미 읽고 있었다.

엄마, 저는 잘 있습니다. 염려 마세요. 동봉한 돈이 조금이라도 도움이 된다면 기쁠 겁니다. 또 보내 드리겠어요.

하스코로부터.

편지를 읽던 오싱의 표정은 점점 굳어졌다. 짧게 몇 마디 쓴 사연은 둘째치고 발신인 주소도 적혀 있지 않았다. 그런 저런 사연도 없이 돈만 보내왔으니 놀라는 것도 당연했다. 그러다가 문득 오싱은 겉봉의 소인을 들여다보았다.

"히토시, 하스코는 도쿄에 있나 봐. 틀림없어. 이걸 봐라. 소인이 도쿄라고 찍혀 있잖니. 도쿄에서 일하는 모양인데 도대체 무슨 일일까. 이만한 돈을 다 보낼 수 있으니 말이다."

"도쿄라면 여러 가지 일자리가 있을 거예요. 그러니 또 소식이 오겠지요. 자, 빨리 서두르지 않으면 늦겠어요. 엄마."

히토시의 재촉에도 아랑곳하지 않고 여전히 오싱은 편지를 들여다보며 굳은 듯 서 있기만 했다.

그날 오후에 히사의 집으로 이사도 끝나고 정리도 마칠 수 있었다. 오싱은 처음 어린 유만을 데리고 이곳에 왔을 때를 생각하며 감회에 젖었다. 벌써 20년이나 지난 일이다. 그때 아무것도 없는 맨주먹이었던 것을 생각하면 지금도 두려운 것은 없었다.

그 옛날 관동대지진을 겪고, 전쟁을 겪고…… 다친 손이 말을 듣지 않아 머리도 빗지 못할 때도 있었다. 그때마다 이제는 끝장이구나 하면서도 오늘날까지 버텨온 오싱이었다. 그러니 지금이라고 좌절할 수는 없다고 생각하면 힘이 불끈 솟는 것이다.

그런 오싱을 무척 대견스러워하던 히사는 진지하게 말했다.

"오싱, 지금 돈을 벌지 못하면 기회를 영영 놓쳐. 요즘처럼 물자가 부족할 때는 생선만 있어도 얼마든지 벌 수 있어. 오싱의 머리와 솜씨라면 얼마든지 해낼 거야. 이 혼잡한 때를 틈타서 버는 데까지 벌어서 진짜 규모 있는 장사를 할 때의 자금으로 저축해 두는 거야. 누구의 눈치를 볼 것도 없어.

전쟁통에 남편과 아들을 잃은 것을 잊었어? 그뿐이 아니야. 있는 재산 없는 재산 깡그리 다 없애지 않았느냐구. 하지만 전쟁을 일으킨 원흉들은 아무것도 돌려주지 않았어. 그렇다면 잃은 놈이 스스로 되찾아야지."

잠자코 듣고만 있던 오싱이 상기된 얼굴로,

"왠지 용기가 솟아나요."

하고는 다시 환하게 미소 지었다.

"그렇다면 됐어. 오싱, 그래야 하는 거야."

서로 마주 보고 웃는 두 사람의 표정에 따스한 정이 전류처럼 흘렀다.

오싱이 새로운 기분으로 새 출발을 다짐한 순간 뜻하지 않은 사람이 눈앞에 나타났다. 오싱은 자신의 눈을 의심했다. 고우타도 마찬가지로 무척 놀라워했다. 오싱은 눈의 초점이 흐릿해진 채로 멀거니 그를 바라보았다.

"여기서 오싱상과 다시 만나다니…… 고생이 여간 아니었을 텐데. 어쨌든 반갑소."

오싱은 할 말을 잃은 채 고우타를 바라보았다.

"주인어른도 유도 다들 잘 있지요?"

고우타의 목소리가 귓전에서 맴돌며 오싱은 갑자기 무너지듯 그 자리에 웅크리고 주저앉았다. 그때까지 전신을 지탱하고 있던 긴장이 풀렸던지 오싱은 무릎에 얼굴을 파묻고는 터져 나오려는 오열을 꾹 참았다. 그러나 흐느끼는 숨소리와 함께 무거운 어깨가 이따금씩 들먹거렸다.

겨우 마음을 가다듬은 오싱은 고우타를 안으로 안내하고 뒷마루에 앉았다. 히사는 별로 놀라는 기색도 없이 반갑게 고우타를 맞았다.

"아주머니, 깜짝 놀랐습니다. 다시 이리로 돌아오셨다는 편지를 받고 어쨌든 그동안의 소식이라도 알고자 해서 뛰어왔는데, 오싱상이 여기에 와 계실 줄은 생각지도 못했어요."

"체신머리없이 부끄러운 꼴을 보여 드려 미안해요."

오싱이 울먹이며 말끝을 흐리자 히사가 말을 받았다.

"무리도 아니지. 지금까지 이를 악물고 참아 온 눈물이 고우타의 얼굴을 보자마자 한꺼번에 터져 나온 거야."

"오싱상의 일이 걱정되기도 했으나 류조상이 계시니 나설 계제가 아닐 것 같아 안부 편지 한 장 못했어요. 그런데 류조상도 유도 세상을 떠났다니 안됐습니다."

고우타는 행여 오싱의 아픈 곳을 건드릴세라 매우 조심스럽게 말했다.

"오싱상, 나도 공습으로 모든 걸 잃고 지금은 움막 같은 방에서 가게를 막 시작했습니다."

"고우타상도 역시……"

"하지만 내가 도움이 될 만한 일이 있을 때는 서슴지 말고 말씀하세요. 나는 전향해서 살아남은 사람입니다. 하다못해 오싱상 같은 분들의 도움이 되어 드리는 것이 저의 도리가 아니겠습니까."

콧날이 시큰거리는 것을 느끼며 오싱은 눈물이 가득한 시선으로 고우타를 바라보았다. 열여섯에 그를 처음 만난 이후 30년이 흐른 지금까지도 고우타는 오싱의 가슴속에 결코 사라지지 않는 존재로 남아 있음을 새삼스럽게 느끼는 것이다.

그들은 함께 바닷가로 나왔다. 막 부두에 도착한 배들마다 팔딱거리는 생선들이 가득 실려 있었다. 히사가 정신이 팔려 있는 동안 오싱은 해변가를 거닐었다. 그리고 문득 발을 멈췄을 때, 어느덧 가까이 와 있는 고우타를 느꼈다.

"고우타상, 이 바닷가 길을 유와 함께 생선 수레를 끌고 얼마나 다녔는지 몰라요. 그런 유도 이 엄마 곁을 떠났고, 또 그때와 마찬가지로 다시 행상부터 시작해야 하다니, 운명이란 참 얄궂은 것인가 봐요."

"오싱상, 살아남은 쪽이 더 괴롭군요. 그나저나 어차피 살아남았으니 열심히 살아야지요."

오싱은 먼 바다 위로 시선을 던졌다. 이때가 오싱의 인생에 있어서 몇 번째의 재출발인지 몰랐다. 전쟁에서 잃은 것을 반드시 찾아내고야 말 테다. 오싱은 마음속으로 몇 번이나 되뇌었다. 1946년의 여름, 종전 이후 만 1년째가 다가오고 있는 때 오싱의 나이 마흔여섯의 재출발이었다.

재기의 날

또다시 4년의 세월이 흘렀다. 어느덧 쉰 살의 문턱에 들어선 1950년, 오싱의 인생에 새로운 전기가 찾아들고 있었다.

낡아 빠진 삼륜 오토바이가 덜컹거리며 가다가 서고, 또 가다간 섰다. 엔진은 왈칵 내닫다 급정거를 해 꺼지기도 하고, 기어가듯 슬슬 가다가 푸르르 슬그머니 꺼지기도 했다.

핸들을 잡은 초로의 오싱은 진땀을 흘리며 긴장된 얼굴로 안간힘을 썼다. 오토바이가 빠를 때는 핸들을 당겨 세우려는 듯한 몸짓을 하는가 하면 마음대로 나가지 않을 때는 몸을 밀어 가게 하려는 듯한 몸짓이었다.

그 옆에서,

"스톱!"

"엑셀을 밟아요!"

하고 소리치며 줄곧 매달려 뛰는 청년이 있었다. 오토바이 운전을 배우려는 오싱에게 운전을 가르치는 아들 히토시의 모습이었다. 히토시가 뛰면서 악을 썼다.

"속력을 더 내요. 엑셀, 엑셀을 밟아요!"

그런데 덜컹, 하고 오토바이가 섰다.

"왜 서요?"

"스피드를 낼 작정이었는데 서 버렸다."

"아이구 맙소사! 엑셀하고 브레이크를 혼동하면 어떡해요! 큰일 나요."

"그쯤은 나도 안다. 이번에는 잘할 테니 너무 험상궂게 굴지 마라. 자아, 간다."

그러나 오싱의 의지와는 달리 오토바이가 움직이지 않았다.

"엄마, 왜 그래요?"

"이제 영영 망가졌나 보다. 덜덜이가 끝내 제 명을 다한 모양이다. 기계가 꼼짝 않는구나."

"어유, 엄마! 시동이 안 걸려 있잖아요?"

"그렇구나."

오싱이 엔진에 시동을 넣으려 하나 걸릴 듯 말 듯하며 걸리지 않았다.

"얘, 안된다. 어유! 이놈의 덜덜이!"

하고 화가 나 핸들을 탕 치자 그때야 부르릉, 하고 시동이

걸렸다. 깜짝 놀란 오싱은 쯧쯧쯧 혀를 찼다.

"이놈의 차가 사람을 놀리네."

"엄마, 그러게 그만둬요. 여자가, 그것도 할머니가 운전은 무슨 운전을 배우겠다고 그러세요. 벼르던 가게를 겨우 내게 됐는데, 왜 갑자기 운전은 배운다고 야단이세요. 가게를 하면 이제 우리가 행상을 하고 돌아다닐 필요가 없잖아요."

"얘! 그 일대의 농가는 전쟁이 있기 훨씬 전, 그러니까 네가 세상에 태어나기 전부터 단골들이다. 그렇지 않은 댁은 종전 후 발이 닳도록 찾아다녀 가까스로 만든 단골이다. 그런데 어떻게 그리 쉽게 남에게 넘겨줄 수 있겠니?"

"그럼 엄마가 가게를 보고 내가 돌아다니면 되잖아요!"

"물건을 대기만 한다고 단골이 되는 게 아니다. 그 아주머니들은 내가 가는 걸 낙으로 기다리셔. 서로 전쟁 때의 고생담, 요즘 세상 돌아가는 얘기들을 하는 게 큰 재미란다. 그런데 불쑥 선머슴이 간다면 좋아하시겠니? 가게는 너도 볼 수 있지만 마을엔 내가 꼭 가야 한다."

"아무리 가고 싶어도 운전을 못하니 어떻게 가겠어요?"

"그러게 이렇게 연습을 하고 있는 게 아니냐."

"글쎄요. 엄마가 운전할 날이 올지……"

그때 부르릉, 하고 갑자기 오토바이가 달려갔다. 화들짝 놀라 히토시가 소리쳤다.

"엄마! 조심해요!"

그러나 오토바이는 제법 빠른 속도로 잘 달렸고 히토시의 걱정과는 반대로 오싱의 신난 목소리가 들려왔다.
"달린다. 야, 잘 달리지? 해냈어."
치기 어린 오싱의 기쁨을 보고 히토시는 그만 어이가 없어 머리를 절레절레 저으며 쓴웃음을 지었다.
"좌우간 엄마의 극성에는 못 당한다니까."
날이 저물어서야 모자가 가게에 돌아오니 히사가 와서 기다리고 있었다.
"어마, 아주머니 와 계셨군요?"
"응, 가게 구경 좀 하려고 왔지. 간판도 진열대도 잘됐구만. 이제 물건 채우고 개업만 하면 되겠네."
"네, 한동안 법석을 떨었어요. 히토시의 오토바이를 타고 행상 다니는 게 오히려 편하겠어요."
"임자가 운전을 배우고 있다며?"
"왜요? 이 친절하고 자상한 선생님이 하도 알뜰하게 가르쳐 주니까 통 늘지를 않는군요."
"그만둬. 그러다 사고나 내면 어쩌려구 그래."
"아주머니, 제가 아무리 말려도 안 들으세요. 좀 말려 주세요."
"오싱, 지난 4년 동안 뼈 빠지게 일해서 이제 겨우 가게를 내게 됐잖아. 이젠 좀 편하게 지내. 사람의 힘도 한계가 있는 거야. 히토시짱도 노소미짱도 잘 배워 돕고 있잖아. 너무 아둥바둥하지 말아."

"가게를 내놓고 가만히 있다가 손님이 안 오면 어쩌겠어요? 저 애들이 열심인 걸 알지만, 가게로만 네 식구가 살아갈 수 있을지 근심이 돼서 그럽니다."

"엄마, 내가 몇백 번이나 얘기했잖아요. 이제 통제경제가 풀리고 자유경제의 시대가 된다고요. 물건도 많이 풍족해지고 사람들의 살림이 나아져 가고 있어요. 오토바이의 떠돌이 백화점 시대는 끝났어요. 행상에 쓰는 신경을 가게로 돌려야 해요. 이제부터 가게에 기반을 다져 놓아야지 계속 우물쭈물하면 남에게 뒤져요."

"내가 언제 가게 내는 걸 반대하디? 그동안에 오토바이 행상으로 단골한테 아낌도 받았고 그래서 가게를 낼 돈도 모을 수 있었던 거야. 우리가 형편이 좀 폈다고 모른 척 할 수 없단 얘기야. 그리고 가게가 생각보다 안될 때를 생각해서라도 당분간은 행상을 계속하자는 거다."

"오싱상, 너무 그렇게 걱정할 것 없어. 히토시짱도 노소미짱도 대학가는 것까지 포기하고 엄마를 돕고 있잖아? 모두들 열심이고 게다가 가만 보면 히토시는 장사에 관한 책을 많이 보고 있는 것 같던데. 어려서부터 배워 온 장사야. 거기다가 공부까지 하니 알짜 장사꾼이 될 거야."

"너무 치켜세우지 마세요. 히토시도 노소미도 이제 겨우 스물하나예요. 애송이들이 안다면 얼마나 알겠습니까. 이제부터 엎어지기도 넘어지기도 하면서 배워 가야 할 텐데. 하긴 처음부터 겁에 질려 움츠러들어서도 안되겠지만 말입니다. 내가 저 애들 믿고 느긋하기까지는 아직 먼 것 같습니다. 아 참, 나 좀 봐. 차도 한잔 안 드리고…… 어서 들어오세요."

"노소미짱이 미군부대에서 흘러나온 거라며 코코아라는 걸 끓여 주길래 마셨어. 거 서양 사람들 것이 맛있기는 맛있더구만."

오싱과 히사가 거실에 들어가니 노소미가 뭔가를 열심히 그리고 있었다. 여러 가지 상품 안내 포스터를 그리는 중이었다. '야채' '생선' 또는 '일용잡화' '문방구' '취사용구'라고 눈에 띄게 색색으로 써 놓고 한눈에 알아볼 수 있는 그림도 넣었다. '생선'엔 큼직한 도미를, '야채'엔 배추와 무 하는 식으로 간결하고 귀엽게 그리고 있었다.

"오싱상, 이걸 봐. 잘 그리지? 노소미짱 그림 솜씨가 보통이 아니야."

"그러게 말이에요. 나도 애가 이렇게 그림을 잘 그리는 줄은 몰랐네요."

"장사가 서투르니 이런 거라도 해야지요."

과자 그림을 그리던 노소미가 겸연쩍은 듯이 한마디했다.

"노소미짱, 그게 무슨 소리야. 너 엄마를 도와 4년 동안 열심히 행상을 다녔잖아."

"나는 무거운 짐이나 나르든지 잔심부름만 한걸요."

"그게 날 얼마나 도왔다구. 오토바이 살 때까지 너와 히토시가 없었으면 내가 어떻게 그처럼 행상을 크게 했겠니. 히사 아주머니에게서 생선을 받아다가 농촌에 가서 쌀과 야채, 고구마와 바꾸어서 다시 마을에서 팔고…… 짐수레를 너희들이 끌고 밀고 안 했더라면 나 혼자 어떻게 했겠어."

"난 지금도 눈에 선하구만. 히토시짱이 운전 면허를 따고 삼륜 오토바이를 사던 날, 온 식구가 좋아하던 모습이 말야. 나도 덩달아 좋아했지."

"그때는 정말 기뻤어요. 짐은 수레의 몇 배나 싣는데다가, 빠르니까 사흘에 한 바퀴 돌던 걸 하루에 다 돌아 버리지요. 그래서 이윤도 몇 배나 남았구요. 거기다 편하기까지 하니 저 오토바이가 정말 고맙고 기뻤어요."

다 완성된 과자 포스터를 보며 히사가 말했다.

"이제부터는 가게에서 별의별 것을 다 팔 모양이구만."

"오토바이에 갖고 다니던 것은 전부 취급하기로 했어요. 일껏 도매상들도 사귀었고, 단골들에게는 백화점이니 만물상이니 하며 아껴 주었거든요. 그래서 가게도 그때처럼 하려는 겁니다."

"그쪽이 생선 한 가지보다 나을지도 모르겠구만."

"장사란 참 이상한 거예요. 생선과 야채만 다루려고 했는데, 오는 길에 이걸 부탁합니다, 그걸 좀 갖고 와요, 하는 바람에 심부름을 해 주던 게 어쩌다 보니 아주 장사가 되어 버리더군요."

그때 히토시가 들어왔다.

"가게에서 생선이랑 채소를 팔려면 보건소에서도 허가를 맡아야 한답니다. 갔다 올게요."

"그래라. 그럼 엄마는 히사 아주머니와 먼저 집에 가마."

"오싱, 이제 저 애들 다 키웠구만. 그런 일까지 척척들 해내니 말이야."

"까다로운 관청 수속 같은 거 엄마는 딱 질색이에요. 그러니 제가 해야지요. 엄마, 노소미하고 둘이 오늘 여기서 자겠어요. 할 일이 좀 남았어요."

"그렇게 해라. 짐도 슬슬 옮겨야겠구나."

"허! 드디어 이사 채비를 하는군. 내가 쓸쓸해지겠는걸."

서운해 하는 히사에게 오싱은 감사의 눈길을 보낼 뿐 위로의 말을 찾지 못했다.

그날 밤 오싱은 데이와 둘이서 대충 짐을 꾸렸다.

"엄마, 이사 가면 바다를 자주 못 보게 되겠네."

"그래. 앞으로는 좁은 가게에서 고생해야 한다. 그렇지만 학교가 가까우니 네겐 잘됐지 뭐니. 고등학교도 이웃이고."

"엄마, 나 고등학교엔 안 갈 거야. 중학교 졸업하면 나도 장사를 돕겠어. 오빠들도 중학교밖에 안 나왔지 않아?"

"오빠들은 구제 5학년짜리지. 넌 중3 · 고3의 신학제 아니냐. 고등학교를 나와야 옛 중학과 맞먹는 거야. 그러니 고등학교는 나와야지. 엄마는 널 대학에도 보내고 싶단다. 오빠들은 전쟁이 끝나고 고생할 때여서 장사를 돕느라 못 보냈지만 너만은 꼭 대학까지 보내고 싶어."

"빚이 산더미처럼 있다면서 내가 어떻게 그러겠어요."

"데이…… 너?"

"히토시 오빠가 그러던데요. 빚을 내어 가게를 여는 거라고. 나보고 공돈을 쓰면 큰일이라며 장사가 안되는 날이면 집단 자살을 해야 할 판이니 단단한 각오로 알뜰하게 살림을 살아야 한다고요."

"쯧쯧쯧, 너한테까지 별소릴 다하는구나."

"그럼 그게 정말이군요."

"걱정 마라. 엄마가 있잖니. 엄마는 저녁밥 지으러 나가니, 넌 네 짐이라도 잘 꾸려 놓아라."

이렇게 당부하고 안채로 들어서던 오싱은 깜짝 놀랐다. 고우타가 와서 히사와 얘기를 하고 있었다.

"어마, 언제 오셨어요. 와 계신지 몰랐어요. 고우타상, 감사합니다. 이번에도 가게터며 돈이며 신세만 지는군요."

"원, 신세라니요. 마침 아는 사람이 비워 둔 집이 있기에 소개한 것뿐인데요 뭘. 우린 벌써 30년 이상 사귀어 온 사이인데, 도울 수 있다면 서로 도와야 하는 거 아닙니까?"

"그래도 저는 늘 신세만 지니 염치가 없습니다."

"내가 나서면 히토시나 노소미가 공연한 오해를 할까 두렵습니다. 그러니 처음부터 제 얘기는 꺼내지 않는 게 좋겠습니다."

"자식들 키우기가 그래서 어렵다는 거지. 오해나 받게 되면 고우타의 호의가 무색해지니까."

히사가 한마디 거들자 오싱은 두 사람에게 번갈아 절을 하며 말했다.

"죄송합니다. 두 분께 그런 데까지 신경을 쓰시게 해서."

"지금 오싱상에게 제일 중요한 건 자식들이에요. 다노쿠라가의 지주들이니까요. 그 애들이 어머니를 도와 열심히 일하는 걸 보고 마음 든든하게 생각하고 있습니다."

히사가 또 입에 침이 마르도록 칭찬을 했다.

"정말 셋 다 잘 키웠어요. 이제 곧 오싱짱은 편해질 거야."

"대학에도 못 보내는 주변머리없는 어미인데도 절 잘 위해 주고 있습니다. 그런데 내가 하도 말끝마다 장사 장사 하는 바람에 아이들을 돈만 아는 사람으로 키우고 있는 게 아닌가 걱정됩니다."

"좋은 일이지 뭘 그래. 저 하고픈 일만 하려는 나이인데도 한눈 한번 안 팔고 장사만 열심이니 잘됐지. 오싱상은 이제 든든해요."

"그렇지만 더 중요한 것을 못 가르치고 있는 것 같아서요."

"무슨 한가한 소리야? 오싱상, 쓸데없는 지식을 머리에 많이 넣어 주면 어떻게 된다는 표본이 바로 옆에 있잖아?"

히사가 엉뚱하게 자신을 끌어들이자 고우타는 겸연쩍어하며 얼른 화제를 바꾸려 했다.

"참 잘됐습니다. 가게가 어찌 되어 가나 궁금했는데 순조롭게 개업하시게 됐으니 말입니다."

고우타의 의도를 알아챈 히사가 말머리를 돌렸다.

"오싱상, 고우타상네도 가게를 새로 짓는다는구만."

"전후 복구가 거의 다 되었고 자꾸 집들을 짓고 있습니다. 폭격 맞은 자리에 들어섰던 판잣집들이 많이 양옥으로 바뀌고 있지요. 그래 건축 자재값이 날로 오르더군요. 더 오르기 전에 짓기로 한 것입니다."

"농촌운동이니 뭐니 하고 뛰어다닐 때와는 영 딴판이지. 이제는 정말 착실한 가장에다 장사꾼이 됐어."

"아주머니, 옛날 얘기는 이제 안 하기예요."

"호호호, 맞아 맞아. 전쟁이 끝나고 새 세상이 된 지도 벌써 5년이 되었으니 옛일은 모두 잊어버릴 때도 되었지."

그날 고우타를 배웅하고 와 보니 오싱에게 등기우편이 와 있었다. 편지를 받아 든 채 골똘히 생각에 빠져든 오싱을 보고 히사가 위로하듯 물었다.

"또 그 애에게서 온 모양이구만?"

"네."

"이번에도 발신 주소는 없고?"

"그 애가 걱정스러워요."

"이상스런 아이지. 4년 동안 매달 거르지 않고 돈을 보내면서 제가 어디서 무얼 하는지는 통 밝히지를 않으니."

"우리 걱정을 해서 고생하며 버는 돈이겠지요. 이제 안 보내도 되겠는데 주소를 알아야 그렇게 이르지요."

"오싱상이 정말 친딸 이상으로 정성을 들이더니 그 은혜를 갚는 것이겠지."

"객지에서 무얼 하고 있는 건지……"

유의 전사가 확실해진 다음 집을 나간 하스코는 거처를 알리지 않고 꼬박꼬박 편지를 보내왔다. 매달 겪는 일이었으나 오싱은 그 등기우편에서 하스코의 건재를 알게 되는 기쁨보다는 자꾸만 불안감을 느꼈다.

다음 날 오싱은 새로 내는 가게로 이사했다. 살림살이는 히토시와 짐꾼들이 먼저 실어 갔고 오싱은 오래 신세진 히사에게 작별 인사를 했다.

"아주머니, 정말 고마웠습니다. 아주머니 댁에 오지 않았더라면 네 식구가 아마 함께 살지도 못했을 겁니다. 정말 이 은혜 잊지 않겠습니다."

"은혜는 무슨 은혜야. 덕택에 나는 외롭지 않고 즐겁게 지냈으니 만족해. 꼭 딸과 손자를 데리고 있는 것 같았는데."

"전차로 30분이면 오가는 거리인데요 뭐. 자주 오세요. 또 저든 히토시든 매일 아침마다 올 텐데요."

히사는 지나간 세월을 손꼽아 세어 보며 말을 이었다.

"벌써 스무 해가 됐구만. 그때도 오싱상이 이사 나가는 게 그렇게도 섭섭했었지. 한편으로 대견하고 기쁘기도 하고. 류조상이 유에게 무등을 태우고 좋아하곤 했지. 다시 합친 부부가 얼마나 의좋게 생선가게를 하는지 온 마을에서 부러워들 했지. 그놈의 전쟁만 없었으면…… 사람 사는 게 남가일몽이라더니 벌써 간 사람도 있고, 엊그제까지 황국이 어떻고 했는데 자유니 민주주의니 하고 세상이 아주 딴판이 됐으니 말이야. 고우타가 헌병이나 형사에게 쫓겨다닌 일을 지금 생각하면 꼭 만화를 보는 것 같은 기분이야."

히사는 허탈하게 웃었지만 오싱은 정색을 하고 차분히 말했다.

"저는 가난한 소작농에서 태어나 고생이 뼈에 사무쳐, 큰 가게를 갖는 게 평생의 꿈이었습니다. 그동안 몇 차례나 실패했지요. 그러다 보니 어느새 쉰이 됐어요. 그렇지만 어릴 적의 꿈은 절대 버리지 않을 겁니다."

"잘해 봐. 이제 평화가 왔고 민주주의 세상이 됐으니까. 앞으로는 능력 있는 사람이 일어서는 시대가 될 거야. 오싱상의 시대가 분명 열리게 될 거야."

히토시와 노소미는 가게 꾸미기에 열을 올렸다. 여러 코너로 나누어 상품을 진열했다. '일용품'의 표지가 달려 있는 곳, '과자' 포스터가 달려 있는 곳…… 그러나 가게 안이 너무

좁아 마음대로 되지 않았다.

"역시 너무 욕심껏 늘어놓았나 봐. 가게가 몹시 복잡해 보이는 거 아니야? 노소미가 나보다 그런 안목이 훨씬 높으니 솔직히 말해 봐."

"됐어. 썰렁한 것보다 낫잖아. 꽉 차면 더 풍족해 보일 거야. 그리고 '과자'를 정면에 놓는 게 어떻겠어? 포장이 화려하니까 눈에 확 뜨일 거야."

"그렇겠군. 가게가 조금만 더 넓어도 좋겠어. 아직도 진열하고 싶은 게 많은데 말이야."

"우리 가게는 백화점이 아냐. 손님의 편의를 위해 구색을 갖춘다 뿐인 거지. 문방구만 해도 그렇잖아. 우리야 많이 쓰이는 봉투와 편지지, 그리고 노트에다 연필 정도만 갖췄잖아? 각 코너마다 충실히 하려 들면 그 하나하나가 이 가게 전부를 차지할걸? 욕심을 내자면 한이 없어. 생선을 사는 길에 필요한 걸 쉽게 산다, 우리는 그걸 노리는 거니까."

"그래. 시작은 이렇게 하지만 언젠 백화점을 하고 말 거야. 코너 하나가 이 가게의 몇 배나 되는 큰 것으로 말이야."

히토시는 조금 들뜬 목소리로 포부를 말했다. 그러자 노소미가 얼른 일침을 놓았다.

"꿈이 너무 커서 안될 일은 없지만 우리의 과제는 이 작은 가게를 어떻게 잘 키우느냐 하는 거야. 실패 없도록 말이지."

재수 없는 소릴 한다는 듯 히토시의 얼굴이 금방 시무룩해지고 조금은 불쾌하다는 표정이 되었다. 분위기가 어색해졌을 때 마침 오싱이 흥분된 표정으로 뛰어들었다.

"히토시, 노소미! 드디어 운전면허 시험에 합격했다."

"네? 합격이요?"

"엄마, 기어코 해내셨군요?"

"이제 생선 구입도 야채 구입도 앞으로는 내가 할 거다. 생선을 받아다 가게에서 팔 분량을 내려놓고 그 길로 행상을 나갈 거야. 그래서 농가에서 채소를 사 갖고 오는 거야. 그걸 가게에서 팔면 신선해서 손님들이 기뻐하실 거야."

그러자 히토시가 펄쩍 뛰었다.

"아니 엄마, 그럼 엄마 혼자만 바쁜 거잖아요? 생선 구입은 내가 할게요. 이른 새벽이니까."

"너에겐 아직 일러. 생선을 더 잘 알고 손님들의 식성을 알아야 해."

"그동안 4년이나 봐 왔잖아요."

히토시가 불만스럽게 말하자 노소미도 거들었다.

"그래요, 엄마. 히토시도 충분히 해낼 거예요. 이제 웬만한 일은 맡겨 주세요. 안 그러면 언제까지고 한 사람 몫을 못하잖아요."

못 들은 척하고 시침 떼며 가게 안을 살피던 오싱이 깜짝 놀라며 물었다.

"아니, 이게 어떻게 된 거냐? 생선하고 채소 팔 자리가 없지 않니?"

히토시가 쭈뼛쭈뼛 대꾸를 했다.

"이것저것 들여놓다 보니 결국 생선과 야채 자리가 줄어들었어요. 생선이나 야채는 아무래도 저녁 한때니 가게 밖의 진열대에서 한가하게 할까 해요."

"그게 무슨 엉뚱한 소리냐? 이 가게는 생선이 주요 상품이야. 그 외의 것은 손님들이 편리하시라고 곁들여 놓은 거야. 주객이 바뀌어도 유분수지! 생선으로 가게 절반을 쓸 거다. 여기 이 잡동사니들 당장 치우거라."

"엄마!"

"이도 저도 아닌 가게로 만들 생각 말아라. 다노쿠라상점 하면 누구나 생선가게로 알게 해야 해. 이게 내 생각이고 우리의 장사 방침이다. 잘 알아 둬라."

"난 생선 장사도 야채 장사도 싫어요. 모든 물건을 취급하고 싶은 거예요."

"건방진 소리 마라! 이런 작은 가게에서 어떻게 그런 장사를 하니. 생선가게는 생선을 잘 팔아야 해. 생선가게로 기반이 잡혀야 손님들이 야채도 잡화도 찾게 되는 거다. 한 가지도 제대로 못해서는 신용을 못 얻는 거야. 그렇게 부어터진 얼굴 하지 마라. 자, 빨리 여길 치워. 우리 가게는 생선가게야. 광고지에도 그렇게 써 놓았어."

오싱은 이렇게 잘라 말하고는 휑하니 안으로 들어가 버렸고, 히토시가 볼멘소리를 내질렀다.

"엄마는 나의 꿈 같은 것은 알려고도 안 해."

"할 수 없어. 이건 엄마 가게고 엄마의 뜻은 생선이 우선이니까."

"생선이나 야채는 바쁘기만 했지 이문은 없다시피 하잖아. 똑똑한 사람이 할 장사가 아니야."

"히토시!"

노소미의 제지로 히토시는 겨우 불평을 거두었다. 그러나 잔뜩 심통이 난 얼굴로 히토시는 좀 전에 정성 들여 늘어놓았던 물건들을 주섬주섬 치우기 시작했다.

드디어 오싱의 다노쿠라상점이 개업을 했다. 큰북을 메고 알록달록한 옷을 입은 노인이 둥둥 북을 치며 손님을 모았다. 가게 앞 이곳저곳에는 '금일 개업'이란 쪽지가 붙었고 제법 화려한 화환까지 서 있었다. 좁은 가게 안은 손님으로 꽉 찼고 오싱은 물론 히토시, 노소미, 데이까지 나와 손님 응대에 정신이 없었다. 오싱이 손님들에게 개업 인사를 했다.

"저희 가게의 생선은 매일 그날 새벽 고깃배에서 내린 걸 받아 오는 것입니다. 채소도 그날그날 농가에서 가져옵니다. 생선도 채소도 신선한 게 특징이지요."

"또 그날그날의 물건을 당일로 싸게 파는 게 저희 집의 자랑입니다. 오늘은 개업 기념으로 더욱 싸게 드리고 있습니다. 어서 골라들 보십시오."

"벤자리가 좋아 보이네요."

"네, 지금이 제철이니까요."

"그걸로 다섯 마리 주세요."

"네, 감사합니다. 히토시짱, 벤자리 손봐 드려요."

딴 손님은 야채를 원했다.

"무하고 시금치 좀 줘요."

"네, 알았습니다. 노소미짱, 무하고 시금치 싸 드려요."

손님은 점점 불었고 온 식구가 눈코 뜰 새 없이 바쁘게 개업 첫날을 보냈다.

수렁

 문을 닫고 나자 모든 식구가 늘어질 만큼 지쳤다. 오싱이 낮 동안에 있었던 일 중 각자의 잘잘못을 지적했다.
 "히토시짱은 좀 더 날쌔게 해 줘야겠더라. 짧은 시간에 하루 장사를 다하는 거니까, 오토바이로 다닐 때하고는 달라요. 그리고 생선 손질을 좀 더 성의껏 해라."
 "엄마, 그렇게 바쁘기만 하고 대체 얼마나 남는 거예요?"
 "남는 걸 따지지 말아라. 설혹 밑지는 일이 있어도 딴 집보다 좋은 물건을 싸게 판다는 평판을 얻으면 되는 거야. 한번 손님의 신용을 얻으면 그때부터는 가만히 있어도 손님이 찾아오는 거야."
 "오늘 생선하고 야채만 팔렸어요. 딴 물건은 거들떠보지도 않던데요."

"생선이나 야채가 잘 팔리면 됐지 뭘 그러니."

"평생 생선 장사로 지내고 싶지는 않아요."

"또 그런 꿈 같은 소릴 하는구나. 생선가게면 뭐 어때서. 장사할 수 있는 가게를 가졌다는 것만도 고맙게 여겨야지. 가게가 제대로 될 때까지 오토바이 행상도 그만둘 수 없다."

오싱의 결심은 매우 굳건했다. 그러나 새로 시작하는 가게를 궤도에 올려놓기란 여간 힘든 것이 아니었다. 몇 번이나 실패 경험이 있는 오싱으로서는 뼈저리게 아는 일이고 게다가 이번 가게는 평생의 가업으로 작정하고 시작하는 것이라 더욱 각오를 단단히 하는 것이다. 대학에도 안 가고 장사를 돕고 있는 히토시와 노소미의 장래에도 지대한 영향을 주는 일이다. 무슨 일이 있어도 실패해서는 안된다고 오싱은 다시 한번 다짐했다.

아침나절 가게에서 팔 물건의 구입이 끝나면 오싱은 오토바이를 타고 행상을 했다.

그러던 어느 날 저녁, 가게에 온 손님이 새로운 소문을 전해 주었다.

"한반도에서 전쟁이 시작됐다는군요. 남쪽하고 북쪽이 싸우는데 미국하고 유엔이 남쪽을 돕고 있대요."

"난 신문 읽을 틈도 없어 몰랐어요. 일본이 말려드는 일은 없겠지요?"

"일본엔 군대가 없어요. 전쟁하러 가는 일은 없겠지만, 바로 이웃 나라니 어찌 될 것인지……"

"전쟁만은 두 번 다시 없어야 할 텐데."

"정말이에요. 겨우 평화를 찾아 이제 살 만하게 됐는데 전쟁이 나면 큰일이지요."

손님을 보내고 얼마 있지 않아 히사가 찾아왔다.

"어서 오세요, 아주머니."

"가게가 제법 틀이 잡혔구만. 집으로 속달우편이 왔어."

"그것 때문에 일부러 와 주셨군요. 개업하고서 너무 바빠 주소가 바뀐 걸 아무 데도 알리지 못해 그리로 갔군요."

문득 받아 든 편지를 보던 오싱의 얼굴이 굳어졌다. 오싱은 봉투를 뜯고 편지를 꺼내어 읽었다. 이윽고 반갑고도 의아한, 복잡스런 표정이 되어 오싱은 집안으로 들어갔다. 그리고 다른 식구들에게 흥분을 감추지 못하며 크게 말했다.

"하스코 있는 곳을 알아냈다. 당장 도쿄에 다녀와야겠다. 이 속달 보내 준 분에게 전부터 하스짱 행방을 찾아 달라고 부탁해 놨었다."

다음 날 오싱은 20년만에 도쿄행 열차를 탔다. 가게를 비우는 게 마음에 걸리기는 했지만 한시라도 빨리 하스코의 소식을 알고 싶은 심정에서였다.

도쿄에 도착하자 오싱은 아직 폐허의 모습을 못 벗은 도쿄의 거리를 두리번거리며 걸었다. 다카의 집 근처는 와 본 지가 하도 오래 된데다, 옛 모습이 바뀌고 낯설어 물어 물어 찾았다.

다카는 20여 년만에 찾아온 오싱을 보자 눈물을 흘리며 반가워했다.

"그렇잖아도 겐상이 오싱이 올지 모른다고 해서 혹시나, 하고 기다렸지."

"마음이 급해서 기별도 못하고 불쑥 왔습니다."

다카의 집은 미용원 간판도 없는 조그만 판잣집이었다.

"간판은 왜 없나요. 이제 미용원을 안 하시는 거예요?"

"간판을 내걸 만큼 손님도 없고 또 나 혼자서는 손님이 많다 해도 못 해낼 텐데 간판까지 걸 게 뭐 있겠누. 요정 마담이나 기생들이 심심치 않을 만큼 찾아오지."

말을 마치고 둘이 집안으로 들어가자, 기다리고나 있었던 듯 겐이 얼른 다가왔다.

"겐상, 언제 왔지?"

"선생님도 안 계신데, 불쑥 들어왔습니다. 오싱상이 오늘 도착한다는 전보를 받았기에 와 본 겁니다. 기차 시간을 알려 주셨으면 역으로 마중 가는 건데 그랬습니다."

"또 겐상의 신세를 지게 됐군요. 미안합니다."

"자, 우리 현관에서 이러지 말고 안으로 들어가지."

"네, 선생님."

방으로 들어간 겐은 자세를 가다듬고 오싱에게 때늦은 문상을 했다. 얘기가 이어져 고인들의 추억담이 계속되었다. 오싱으로선 해묵은 상처를 건드리는 것 같아 조금은 괴로운 심정이었으나 내색하지 않았다. 겐이 당시의 충격을 재연하듯 사뭇 비통한 어조로 말했다.

"유짱이 전사를 하다니 정말 허무하군요. 나는 지금도 유짱을 어깨에 무등 태우고 걷던 일이 선명해요. 오싱상한테 소식 받고 얼마나 울었던지 지금도 가슴이 아프군요."

오싱은 얼른 화제를 돌렸다.

"겐상은 요즘도 예전의 노점상 일을 하고 계신가요?"

"아닙니다. 그 사업은 전쟁통에 손을 뗐습니다. 지금은 제 아랫대 친구들이 그 일을 하고 있지요. 내놓고 할 얘기는 못 되지만 저는 미군 물자를 다루고 있습니다. 그런 일을 하다 보니 하스코를 찾게 된 거지요."

"그래, 그 애는 지금 어디 있습니까? 무얼 하나요? 겐상이 직접 만나셨어요?"

오싱은 초조한 얼굴로 재촉해 물었다.

"하스코가 분명한데, 나를 알아보면 도망칠 것 같았습니다. 그래서 오싱상과 함께 가는 게 나을 것 같아서요."

"지금 만날 수 있을까요?"

"예, 그렇습니다만, 미리 알아 두어야 할 일이 있습니다. 그 애는 이제 옛날의 하스코가 아닙니다."

"그게 무슨 뜻이지요?"

"모두가 어려운 시기를 살아왔습니다. 누구의 잘못도 아닙니다. 탓하기엔 그 애가 너무 가엾으니까요. 오싱상에게 이런 얘기하기가 괴롭지만 아주 단단히 마음을 다지셔야 합니다. 저녁때에야 만날 수 있으니 내가 이따 모시러 오겠습니다. 그때까지 쉬고 계십시오."

꺼림칙한 여운을 남기고 겐이 돌아가자 오싱은 불안하고 답답해 견딜 수 없었다.

해질녘에 오싱은 겐상을 따라나섰다.

하스코를 만날 수 있다는 생각으로 한달음에 뛰어온 오싱이었으나 왠지 만난다는 기쁨보다 오히려 걱정이 앞섰다. 왜 겐상이 하스코의 직업에 관한 얘기는 저리 말하길 꺼릴까? 가요 아가씨의 비참한 최후가 전광처럼 뇌리를 스쳤다. 설마, 설마…… 두서없이 의심이 꼬리를 물고 일어났다. 또한 방학을 마치고 돌아가는 유에게 애틋한 눈길을 쏟던 하스코, 전사통지서를 받고 통곡을 하다 혼절하던 하스코의 모습이 뇌리에 간간이 떠올랐다.

퍼뜩 정신을 차린 오싱은 자신이 이국풍의 낯선 거리를 걷고 있음을 알았다.

"꽤 변두리까지 온 것 같은데 이런 번화한 거리가 있군요."

"이 근처에 미군부대가 있습니다. 미군 병사 상대의 거리지요. 나는 피엑스에서 나오는 양주를 가지러 가끔 옵니다."

"하스코가 이런 데 있는 건가요? 걔가 뭘 하지요?"

오싱의 물음을 못 들은 척 걷기만 하던 겐이 어떤 건물 앞에서 걸음을 멈췄다.

"오싱상, 여기서 잠깐만 기다리십시오. 혹시 말을 걸어오는 사람이 있을지 모르겠습니다. 못 들은 척하고 상대하지 마십시오. 무슨 큰일은 안 날 테니 너무 걱정 마시고요."

말을 마친 겐은 앞쪽의 어느 바의 문을 열고 들어갔다.

제법 널찍한 홀 안은 이른 시간이어서 그런지 한산할 뿐, 야한 차림의 여자 대여섯과 바텐더만이 보였다. 스탠드의 의자에 앉아 술을 마시거나 담배를 피우고 있던 남자들이 겐에게 일제히 눈길을 쏟았으나 겐은 이내 외면해 버렸다.

뚜벅뚜벅 스탠드에 다가선 겐은 바텐더에게 말했다.

"마이크와 만나기로 했소. 스카치 온더록으로 주시오."

바텐더의 얼굴에서 경계의 빛이 사라지고 그에게서 술잔을 받아 든 겐은 한구석 테이블에서 혼자 트럼프로 패를 뜨고 있는 여자 쪽으로 다가갔다. 말도 없이 테이블을 사이에 두고 여자의 앞에 앉았다. 그때까지도 여자는 거들떠보지도 않은 채 시들한 손놀림으로 카드를 펴 놓기만 했다.

"오랜만이구나, 하스짱."

겐의 입에서 느닷없는 말이 나왔다. 흠칫 놀란 여자는 고개를 들어 겐의 얼굴을 한동안 보다가 이내 무표정한 얼굴이 되어 다시 카드를 폈다.

"전에 이 집에서 하스짱을 봤다. 그동안 몇 차례 와서 그때마다 하스짱이 여기 드나드는 것을 확인했지."

여자에게선 아무 반응도 없었다.

"할 얘기가 많으니 밖에 좀 나가자구."

그때 미군 병사 둘이 홀에 들어왔다. 그러자 스탠드의 여자들이 일제히 아는 체를 하며 생글거리는 웃음과 간드러지는 몸짓으로 추파를 던졌다.

하스코도 발딱 일어나 미군에게 다가가려 했다. 그러나 겐의 억센 손에 붙들려서 도로 주저앉고 말았다.

하스코는 찢어질 듯 소리를 질러 댔다.

"왜 이래요!"

"나하고 나가."

"남의 장사 방해하지 말아요. 그리고 미안하지만 난 일본 남자는 안 받아요."

"하스짱!"

"하스짱이 누구예요? 난 아케미예요. 정신차리고 사람 똑똑히 보고 다녀요."

하고 겐의 손을 뿌리쳤다. 그러나 겐이 하스코의 손과 팔을 강제로 끌고 나가려 하자 그녀는 안간힘을 썼다.

"놔요! 왜 이래? 도와줘요. 이 사람 좀 봐!"

그때 미군 하나가 달려들어 날쌘 몸짓으로 겐의 얼굴을 향해 주먹을 날렸다. 그러나 가볍게 머릴 숙여 피한 겐은 미군 병사를 저만큼 내동댕이쳤다. 그러고는 재빨리 하스코를 끌어안고 가게 밖으로 나왔다.

　질질 끌다시피 하스코를 데려 나온 겐은 우두커니 서 있는 오싱 앞에 그녀를 내밀쳤다.

　둘의 눈길이 마주쳤다. 경악의 빛이 떠올랐다. 그러나 오싱의 입에서도 하스코의 입에서도 아무 말도 나오지 않았다. 놀란 눈동자는 자꾸 커지기만 할 뿐이었다.

　바의 문을 밀치고 와르르 여자와 미군이 엉겨 문밖으로 쏟아져 나왔다. 두말 없이 미군이 겐에게 주먹을 날려왔다. 이번에도 몸을 비킨 겐이 한두 발 뒤로 물러서며 다급하게 소리쳤다.

　"돈 워리. 시 이즈 허 마더 엔드 시 이즈 허 도터. 언더스탠? 마더 앤드 도터. 유 씨?"

　오싱과 하스코를 번갈아 손짓해 가며 겐은 짧은 영어로 열심히 주워댔다. 그러자 난폭하게 덤벼들던 미군의 기세가 한풀 꺾이며 아마 엄마와 딸의 비극적 해후를 대충 짐작하기 시작한 것 같았다.

　그때 갑자기 하스코가 달아나기 시작했다. 처음으로 오싱의 입에서 비통한 부르짖음이 새어 나왔다.

　"하스코······"

　겐은 숨이 턱에 차도록 한참을 쫓아가서야 겨우 하스코를 잡을 수 있었다.

　"야! 사람 좀 살려라. 이 늙은이에게 활극에다 뜀박질까지

시키니?"

"제발 부탁이에요. 날 놔주세요."

"하스짱, 그만해!"

저만치에서 안타깝게 부르짖으며 달려오는 오싱의 모습이 보였다. 흘끗 그쪽을 본 하스코는 겐에게 애원했다.

"저 좀 가게 해 주세요. 엄마를 만날 수 없어요. 난 이제 하스코가 아니에요. 옛날의 하스코는 벌써 죽었어요."

오싱이 곁에 다가와 멈출 때까지도 하스코는 몸부림치며 겐에게 놓아 달라고 버둥거렸다. 그러나 억세게 잡은 겐의 팔에서 빠져나가지 못했다.

다가온 오싱은 말없이 그런 하스코를 지켜보았다. 맥이 빠지고 체념을 한 듯 하스코는 털썩 그 자리에 주저앉아 통곡하기 시작했다. 오싱에게 등을 돌린 채 하스코는 흐느끼며 입을 열었다.

"돌아가 주세요. 엄마가 알고 있던 하스코는 유상과 함께 죽었어요. 잊어버리세요. 두 번 다시 오지 마세요!"

"하스코……"

잠시 아무 소리 없이 흐느끼던 하스코가 갑자기 얼굴을 뒤로 휙 돌리더니 포악스럽게 소리쳤다.

"날 내버려 두세요. 이 생활도 재미있어요. 상관 마세요. 공연히 방해할 생각 마세요!"

갑자기 오싱의 손이 날아와 하스코의 **뺨**에 호되게 떨어졌다. 하스코는 앙칼지게 쏘아보았다. 뺨 위에는 계속 흐르는 눈물로 얼룩져 범벅이 되어 있었다.

오싱은 말없이 손수건을 꺼내어 하스코의 눈물을 닦았다. 그 손은 입술의 루즈를 지우고, 볼연지, 눈가의 아이섀도까지 말끔히 지웠다.

처음 반항할 몸짓이던 하스코는 오싱의 다정한 눈길과 손놀림에 그만 온몸의 힘을 빼고 어머니에게 자신을 내맡겼다. 닦아 주고 아무리 닦아도 하스코의 눈물은 끝없이 흘렀다. 그리고 그 눈물을 닦고 있는 오싱의 눈에서는 더 많은 눈물이 쏟아져 내렸다.

"자아, 깨끗하게 됐구나. 이제 엄마가 제일 좋아하는 하스코의 얼굴이 됐구나. 아무것도 달라진 게 없어. 옛날 그대로의 하스코가 되었어."

하스코의 어깨가 파르르 떨리더니 와락 오싱의 품에 얼굴을 묻었다. 오싱의 옷섶은 뜨거운 눈물로 흥건히 젖어 들어갔다.

도예

커다란 더블베드가 방의 4분의 3을 차지하고 있었다. 한 구석에 앉아 있는 오싱에게 하스코가 콜라를 권하며,

"미국 거라서 엄마가 좋아할지 모르겠군요. 이것밖에 없어요. 참, 시장하지 않으세요? 콘비프 깡통이 있어요."

반가움과 어색함이 범벅된 눈물의 해후는 오래 끌었다. 당장에 가자는 오싱과 갈 뜻이 없어 보이는 하스코의 실랑이가 한동안 오고간 다음 절충안이 나왔다. 우선 하스코의 방으로 가기로 했다. 오싱은 멀쑥하게 서 있는 겐에게 먼저 다카에게 가 달라고 부탁을 한 다음 하스코를 따라온 것이다.

"하스짱……"

오싱이 무슨 말인가를 꺼내려 하자 하스코는 얼른 가로막

았다.

"아니면 중국집에 뭘 시킬까요. 제법 맛있어요."

"그런 걱정은 안 해도 된다. 난 너하고 얘기가 하고 싶어 왔다."

"이제 와서 얘기할 게 뭐가 있겠어요. 이 방을 보고 아셨 겠지요? 내가 어떻게 살고 있는지를요. 그걸 확인하시라고 모시고 온 거예요."

"지난 일은 우리 서로 덮어 두기로 하자. 듣지도 않겠다. 하스짱, 아무 소리 말고 날 따라가자. 이세로 돌아가자꾸나."

"엄마……"

"또 가게를 냈단다. 하스짱이 처음 집에 왔을 때 생선가게를 하던 게 기억나지? 다시 처음부터 시작하려는 뜻으로 생선가게를 시작했단다. 하스짱이 돌아와도 이제 먹을 것 걱정을 안 해도 될 거야. 만일 내가 밖에서 일하길 바라면 그렇게 하면 되고…… 요즘은 이세에도 회사나 공장이 많이 생겼으니 말이다."

오싱은 간절한 표정으로 말을 이었다.

"히토시는 물론 노소미랑 데이도 하스짱이 돌아오길 무척 기다리고 있단다."

"엄마, 난 이제 히토시들 앞에 나서지 못할 여자예요."

"그게 무슨 바보 같은 소리냐."

"지난 세월을 원망하지는 않아요. 유상이 전사한 것을 알고는 정말 죽을 작정이었어요. 집에서 나온 것도 어딘가 아무도 모르는 곳에서 죽으려 했기 때문이에요. 그런데 모진 목숨을 끊지 못하고 저를 구해 준 미군을 따라가고 말았어요. 그때 하스코는 죽은 거예요."

"그만, 그만! 더는 듣기 싫다."

"저도 말하고 싶지는 않아요. 그렇지만 얘기하지 않으면 엄마가 절 단념하지 못할 거 아니에요."

"이때까지의 일은 잊어라."

"한번 자기 자신을 버리면 그런대로 속은 편해지더군요. 엄마나 다른 가족들과는 다른 세계의 사람이 되어 버렸으니까요. 그러다가 이럭저럭 예까지 흘러왔어요."

오싱은 고집스런 얼굴이 되어 핸드백에서 예금통장을 꺼내 하스코 앞으로 내밀었다.

"이건 네가 그동안 부쳐온 돈이다. 한 푼도 손대지 않고 고스란히 모아 두었단다."

"엄마?"

"언제고 하스짱이 돌아오면 주려고 은행에 넣어 두었지."

"그런 게 어딨어요. 엄마에게 조금이라도 도움이 됐으면 해서 보낸 건데 그대로 모아 두었다니요? 그때 살던 집에서도 쫓겨나고 히토시짱을 학교에도 보내야 하고, 엄마 혼자서는 도저히 해 나가기 힘든 걸 알았으니까요."

"너, 우리에게 돈을 보내 주려고 이 짓을 시작한 거냐?"

하스코의 낯빛이 변했다. 그러나 곧 무표정한 얼굴이 되어 딴전을 피웠다.

"죽을 수도 없었으니 이런 생활이라도 하지 않으면 굶을 도리밖에 없었어요. 다른 일을 하려 해도 주민표도 없고 일자리를 소개해 줄 사람도 없었으니까요. 이 일은 누가 성가시게 구는 사람도 없고 한번 죽은 여자에겐 제일 알맞은 일이에요."

"하스코!"

"돈을 보낸 건 오랫동안 보살펴 주신 은혜에 조금이라도 보답하려는 뜻에서였어요. 요긴하게 쓰시길 바랐는데요."

"무슨 돈인지도 모르는데 어떻게 쓰겠니? 매달 돈이 올 때마다 얼마나 괴로웠는지 모른다. 내가 변변치 못해 하스코에게 이런 고생을 시키는구나, 하고 말이다."

하스코는 얼굴이 일그러진 채 아무 말도 하지 못했다.

"네게 좋아하는 사람이 생겼니? 온리라고 하던가?"

"비록 몸은 팔지만 전 아무도 좋아하지 못해요. 그렇지 않으면 벌써 죽었을 거예요. 이제 제게 그런 생각을 가질 자격도 없지만 옛날 생각이 날 버텨 주는 지주예요."

"잘됐다. 그럼 툭툭 털고 돌아가자. 네가 어떻게 살아왔든 옛날 그대로의 마음이면 넌 지금도 내가 알고 있는 하스코야. 난 널 내 자식으로 생각하고 있다. 함께 돌아가자. 넌 언제까지나 유의 아내고 내 며느리야. 이세에 가면 네게 호화로운 생활은 못 시킨다. 그렇지만 난 네가 이렇게 사는 게 싫어. 내 자식에게 이런 짓을 시킬 수는 없어."

"엄마, 옛날이 그립고 그때가 제일 행복했어요. 그것도 전쟁이 끝나고 무척 고생했을 때가 제일 생각이 나요. 다시는 그때처럼 행복한 날이 돌아오지 않을 것 같아요."

오싱은 핸드백에서 돈을 꺼내 하스코 앞에 내놓았다.

"하스코, 빚이 있으면 이걸로 갚아라. 신세진 사람이 있거든 인사도 하고. 곧 여길 떠날 준비를 하자. 지난 4년간의 일은 말끔히 이곳에 버리고 가자. 이제까지의 일은 아무에게도 얘기할 것도 없어. 그리고 히토시랑 아이들에게는 버젓한 직장에서 일했다고 하면 되잖니."

"엄마……"

"다시 나하고 함께 일하자. 일해 주길 바란다. 여기 물건은 다 넝마주이에게 줘 버리자. 여기가 생각날 것은 전부 없애 버려야 한다. 옷가지도 아깝게 생각 말아라. 집으로 돌아갈 때 입고 갈 것은 새로 사자꾸나."

하스코는 울먹거리는 목소리로 무슨 말인가를 하려 했으나 입 밖으로 나오지는 못했다. 단지 어머니의 손을 꼭 쥘 뿐이었다.

"자, 지금부터 치우자. 뭘 우두커니 서 있니?"

오싱을 바라보는 하스코의 얼굴에 처음으로 여린 웃음기가 피어올랐다.

그 후 닷새 동안 오싱과 하스코는 이래저래 바빴다. 그동안 세들어 있던 아파트 처리 등 해야 할 일이 많았다. 두 사람이 다카의 미용원에서 마지막 짐을 꾸리고 있는데 겐이 찾아왔다.

"오싱상, 오늘 떠나신다고요?"

"네. 이번에도 겐상의 신세를 많이 졌습니다."

"하루쯤 더 쉬었다 가시지요. 오늘 저녁에는 맛있는 요릿집에 여러분을 초대하려고 별렀는데."

"제가 대접을 해야 하는 거지요. 그런데 가게를 시작하자마자 내버려 두고 와서 걱정이 태산입니다."

"제가 무슨 대접받으려고 한 일입니까. 오싱상을 도와 드릴 수 있었다면 그것으로 나는 만족합니다. 하스짱, 참 잘 생각했어. 암, 그래야지."

"저 때문에 수고 많으셨습니다. 고맙습니다. 그리고 저를 처음 다노쿠라가에 데려다 주신 분인 걸 몰라뵈었습니다."

"그랬군. 하긴 그때 하스짱은 어렸고, 또 지금 난 이런 늙은이가 됐으니 몰라보는 게 당연하지."

그때 다카가 들어와 서운한 표정을 감추지 못하며,

"나도 하루만 더 있다 가라는데 저렇게 고집을 세우는군."

그러자 겐도 그 말에 맞장구를 쳤다.

"그럼요. 오랜만에 어렵게 오신 도쿄인데."

"언제 또 오게 될지 모르겠군. 내가 언제까지나 건강할 수도 없고…… 이제 못 만날 거야."

"별말씀을 다하십니다. 선생님, 겐상하고 같이 이세에 한 번 꼭 오세요. 기다리겠습니다. 언제나 불쑥 나타나 걱정만 끼치네요."

"허어! 내 꼭 이세신궁 구경을 감세. 겐상, 함께 갑시다."

"네. 꼭 제가 모시고 가지요."

"오싱, 내가 말 안 해도 될 일인 건 알지만 건강하고 장사 잘 하고, 그동안 고생만 했으니 이제 좋은 세상 살다 가야지."

"네, 선생님도 오래오래 사세요. 그 말씀 명심하여 저, 돈에 깔리도록 벌겠습니다."

그러자 까르르 웃음판이 벌어졌다. 모두의 얼굴에 안도와 만족의 빛이 피어올랐다.

생선가게가 있는 거리로 들어서자 하스코는 감회가 새로운 듯 두리번거렸다.

"전에 가게가 있던 그 동네군요."

"응. 그때의 단골손님이 더러 있단다. 아마 하스짱을 기억하는 분도 있을 거야. 자아, 다 왔어. 이 집이야."

그러나 두 사람 다 선뜻 들어가길 꺼리고 멈칫거렸다. 순간 오싱의 눈이 휘둥그레졌다. 사람 설자리도 없이 비좁던 가게 안이 휑하니 비어 있었기 때문이다. 물건이 하나도 남아 있지 않은 것이다. 후닥닥 가게로 뛰어든 오싱은 가게 안

구석구석을 살피며 소리쳤다.

"히토시! 히토시!"

안에서 히토시와 노소미가 달려 나왔다.

"지금 오세요?"

"어땠어요? 하스코 누나 만났어요?"

인사를 받는 둥 마는 둥 오싱은 다짜고짜 따져 물었다.

"대체 어찌 된 거냐. 가게가 왜 이 꼴이냐?"

"가져갔어요"

히토시가 풀이 죽어 대답했다.

"가져가다니? 도둑을 맞았단 말이냐?"

"아니에요. 도매상들이 와서 쓸어 갔어요. 월말인데 돈을 못 주었거든요. 하나라도 팔려야 돈이 있지요."

어이가 없다는 듯 오싱은 입을 다문 채 텅 빈 가게 안을 이리저리 돌아다녔다. 정말 깨끗이 가져가 버렸다. 한복판에 멈춰선 오싱은 느닷없이 가가대소를 터뜨렸다. 뭐가 그리 우스운지 허릴 잡고 웃는 어머니를 보다 못해 히토시가 못마땅한 얼굴로 퉁명스레 물었다.

"뭐가 그렇게 재미있어요? 웃을 일이 아니잖아요."

"그렇지만 말이다, 호호홋……"

"엄마가 안 당해서 그래요. 얼마나 매정하고 인정머리 없었는지 말도 못해요. 엄마가 오면 꼭 준다고 사정을 하는데도 들은 척도 않고 트럭으로 몇 명이나 와서 눈 깜짝할 사이에 싹 쓸어가 버렸어요."

"하스짱의 일로 마음이 급한 바람에 내가 깜빡했구나. 참, 하스짱, 어서 들어와라."

겸연쩍은 얼굴로 들어서는 하스코를 보자 히토시도 노소미도 반색을 하며 맞았다.

"하스코 누나."

"히토시, 노소미짱 잘 있었어? 엄마, 미안해요. 저 때문에 가게가 낭패를 봤군요."

히토시가 얼른 나선다.

"누나가 미안해 할 것 없어. 엄마가 느긋하게 굴다 당한 거니까."

"그게 무슨 소리냐? 잡화나 일용품을 놓자고 우긴 건 이 엄마가 아니고 너 히토시란 말이다. 자기가 우겼으면 자기가 책임질 줄 알아야지."

갑자기 자기에게 돌려지는 화살에 히토시는 움찔하였다.

"도매상들에게도 사정은 있는 거다. 이곳 저곳의 대금 결제를 늦춰 주다간 자금이 막히고 외상이 커져 결국은 위기를 맞게 되는 거지. 자꾸 가게 수가 늘고 있는데 셈이 흐린 집과 거래를 할 게 뭐 있겠니? 안 준 우리가 나쁜 거지."

"아무리 그렇지만 그동안 4년 가까이 거래를 해 왔다구요. 오래 봐 달라고 한 것도 아니고 엄마가 올 때까지만 기다려 달라는데 그렇게 박정하게 굴 수가 있어요?"

"오늘 괜찮다가도 내일 어떻게 될지 모르는 게 장사야. 소매점이 많아진 만큼 도매상도 늘었어. 철저히 안 하면 발목을 잡힐 테니까."

"대체 엄마는 누구 편이에요?"

"전후의 혼란도 이제 많이 가라앉았어. 이제부터는 착실한 장사만 살아남게 돼. 우리도 그런 식으로 해 나가야 한다."

"아무튼 엄마가 도매상에 가 보세요. 난 상대도 안 해 주니."

"히토시, 우리 잡화는 그만두자."

"엄마!"

"오토바이 행상이라면 잡화가 꽤 나가지. 촌에서야 시내까지 나오기가 힘드니까 우리가 갖고 가는 걸 반기지만, 여긴 아니야. 제과점, 문방구, 철물점이 바로 이웃인데 물건 많은 그런 전문점을 제쳐 놓고 어중간한 우리 가게로 사러 올리가 없잖아?"

"그러니까 우리가 딴 집보다 좀 싸게 팔지 않아요."

"몇 푼 싼 것보다 마음에 드는 물건을 사길 원한단 말이다. 역시 우리는 생선하고 야채로 손님을 끌어야 해."

"엄마……"

"사실대로 얘기하면 말이다, 도매상 지불을 어떻게 할까 꽤 고심했단다. 들여놓은 것의 절반이라도 나간다면 변통을 해서라도 지불하려 했었다. 그런데 하나도 안 팔렸지 않니? 그런데도 무리를 해서 지불하는 것은 잔뜩 늘어놓은 상품에

먼지나 앉히고 귀중한 돈을 낮잠 재우는 거야. 잘된 거다. 불감청인데 고소원이라더니 자기들이 가져가 줬으니 얼마나 고마운 일이냐. 물건을 가져가지 않고 돈을 달라고 우겨 댔으면 어쩔 뻔했니. 우리가 생선과 야채만을 할 수 있도록 도와준 거다."

히토시가 볼멘소리로 투덜거렸다.

"그래서 그렇게 웃은 거예요?"

"너도 이래서 네 고집을 꺾게 되지 않았니? 생선하고 야채만으로도 얼마든지 크게 장사할 수 있단다. 너희 아버지 계실 때처럼 주문 배달을 시작해도 되고, 말리거나 절여서도 팔 수 있고 말이다."

히토시에게 잔소리를 늘어놓던 오싱은 문득 겸연쩍은 얼굴로 머쓱해 하는 하스코를 생각해 냈다.

"미안하구나. 돌아오자마자 이상스런 걸 보게 하고."

"언제나 엄만 편할 날이 없군요. 그런데 저까지 심려를 끼쳤으니 면목이 없습니다."

"장사를 하면 마음 편할 때가 없지. 그게 또 장사의 재미고 장사하는 보람 아니냐. 이런 곳으로 돌아온 하스짱은 재난을 만나는 것이겠지만 엄마는 말이다, 네가 돌아와 줘서 정말 고맙단다. 좋은 말상대가 생겼고 무척 기쁘단다."

"엄마……"

"그래요. 우리들만으로는 엄마가 아무래도 마음 든든치

못한가 봐. 정말 잘 돌아왔어, 누나."

노소미가 오랜만에 입을 열었다.

"유가 우리를 만나게 인도했을 거다."

오싱의 말에 하스코는 머리를 떨군 채 아무 말도 하지 않았다. 그때 데이가 학교에서 돌아와 집안으로 뛰어들다가 하스코를 보고 깜짝 놀라 반겼다.

"어마, 하스코 언니 아니야?"

"데이짱, 몰라보게 컸구나."

"언니도…… 예뻐졌어. 아주 어른 같아."

어색해 하는 하스코 대신 오싱이 말했다.

"당연하지. 하스짱은 이제 스물넷이야."

"스물넷? 그럼 결혼했어?"

"무슨 소리냐? 아직 미혼이다."

"지금까지 어디 있었어?"

"도쿄에서 직장에 다니는 걸 엄마가 데려왔단다."

"하스 언니, 여기 오면 부려 먹히게나 돼. 일껏 도쿄에 있었는데 왜 왔어? 아깝다."

그제야 하스코는 고개를 들며 데이에게 엷은 웃음을 보였다.

"4년간이나 도쿄에 혼자 있으니까 식구들이 그리워지더라. 아무리 도쿄가 좋다지만 난 이렇게 우리가 함께 모여 재미있게 사는 게 좋은 것 같아."

"하스 언니가 와 줘서 내가 살았다. 이젠 부엌일 안 해도 되니까 말이야."

"데이! 하스코는 여기 일하러 온 게 아니야. 너희들의 언니, 누나로 온 거야. 그러니 그리들 알아라."

"아니에요, 엄마. 데이짱, 이제 염려 마. 내가 다 할 테니까. 데이짱은 공부만 열심히 하면 돼. 참 엄마, 슬슬 저녁 준비를 해야겠지요."

"아니다. 그 전에 아버지하고 유에게 분향을 하거라. 두 사람 다 좋아할 거다."

하고 말하며 하스코를 불단이 있는 거실로 데려갔다. 자그마한 불단엔 류조와 유의 사진이 나란히 놓여 있었다. 머뭇거리는 하스코에게 오싱이 차분하고 다정하게 말했다.

"하스짱, 아버지도 유도 너를 이해해 주실 거다. 넌 수치스러울 게 하나도 없어. 자, 향을 피워라."

조심스레 향을 피우고 하스코는 두 사람의 사진을 넋 빠진 듯 바라보았다.

"여보, 유, 하스코가 이렇게 돌아와 주었습니다."

"엄마, 아버지도 유상도 이젠 나이를 안 먹는군요. 나도 그때 죽었더라면 깨끗한 채 언제까지나 유상의 곁에 머무를 수 있는 건데……"

하스코는 울음을 삼키느라 안간힘을 썼다. 그러나 두 눈에선 끝없이 눈물이 흘러나왔다. 그런 하스코가 안쓰러워서 오싱은 가만가만 하스코의 어깨를 토닥거려 주었다.

저녁 장사 시간이 되자 손님이 모여들기 시작했다. 잡화가 없어져 한결 넓어진 매장을 한쪽은 생선파트, 다른 쪽은 야채파트로 나누어 쓰기로 했다.
"튀김감으로 보리멸 열 마리만 주세요."
"예, 고맙습니다."
"고등어가 싱싱해 보이는군요."
"소금간을 하셔서 초조림으로 쓰시면 좋습니다."
"그럼 손질해 주시겠어요?"
"네, 해 드리고 말고요. 히토시, 고등어 좀 손질해 드려요."
그러나 히토시는 내키지 않는 얼굴로 뻣뻣하게 서 있다. 그러자 오싱이 잔소리를 했다.
"히토시, 멍하게 서 있으면 어떡해?"
그때 안에서 하스코가 나왔다.
"저녁 준비 해 놨습니다. 저도 거들까요?"
"어유, 살았다. 하스코 누나, 칼질할 줄 알지? 이 고등어 좀 해 줄래?"
히토시는 제 앞에 있던 고등어를 얼른 하스코에게 밀어 넘겼다.
하스코가 가게에 나오자 훨씬 분위기가 활기 있고 밝아졌다. 좀 손님이 뜸해져 하스코가 다시 부엌으로 가 보니 데이가 저녁상을 차리고 있었다.

데이를 도와 하스코는 얼른 일손을 거들었다. 그런 하스코와 데이를 지켜보는 오싱의 얼굴엔 흐뭇한 마음이 여실히 드러났다.

잠시 후 저녁 식사를 마치고 그날 매상을 계산하던 오싱이 부엌에서 저녁 설거지를 하고 있는 하스코에게 소리쳤다.

"하스짱, 빨리 치우고 우리 목욕탕에 가자. 깨끗한 목욕탕이 생겼단다."

"정말 이세도 많이 변화해졌네요."

"일본이 전쟁에서 졌을 때는 세상이 어떻게 되기라도 할 듯했는데 그 후 5년이 지나니 전쟁 전보다 더 활기 있어졌지 뭐니."

하스코는 차를 끓여 들어왔다.

"고맙구나. 남이 끓여 준 차를 마셔 보는 게 몇 년만인지 모르겠구나. 6월에 한국에서 전쟁이 일어나고 나서 어느 공장이나 회사도 바빠진 것 같더라. 네가 직업을 갖고 싶다면 그래도 좋다. 일할 곳은 많은 모양이더라."

"전 엄마를 돕고 있는 게 좋아요. 그런데 히토시짱이나 노소미짱이 있으니 손이 남아돌고 있잖아요. 제가 직장을 구하는 게 나을지도 모르겠어요."

"그 애들이 있고 없고보다 난 하스짱의 장래 때문에 하는 소리야. 우선 여기선 월급을 못 주지 않니?"

"돈 문제만 아니라면 전 집에 있고 싶어요. 그런데 제가 월급을 받으면 생활에 보탬이 될 테니까 역시 나가는 게 낫겠어요."

"그게 무슨 소리냐. 하스코의 도움이 필요할 만큼 곤란하진 않아. 내가 월급을 못 주니 그게 마음에 걸려서 그렇지."

"그렇다면 전 집에서 일하면서 으스대고 지내겠어요."

"그래. 우리 모두가 열심히 하면 곧 하스짱의 결혼 준비도 할 수 있을 거야."

그 말에 하스코의 얼굴이 갑자기 어두워졌다. 그런 하스코의 기분을 바꾸려는 듯 오싱은 밝은 목소리로 데이를 불렀다.

"데이, 목욕 가자."

오싱은 거실에 앉아 있는 노소미에게도 목욕 갈 것을 권했다. 그러나 노소미는 머뭇거리며 어렵게 입을 열었다.

"엄마, 할 얘기가 좀 있어요. 저 그동안 줄곧 생각해 온 일인데요…… 도예 공부를 하고 싶습니다."

항상 조용하며 좀처럼 어머니의 뜻을 거스르지 않고 자라 왔던 노소미이기에 오싱은 몹시 당황했다.

"뭐라고?"

"오래 전부터 한 선생님께 제자로 받아들여 주십사 하고 여러 번 편지를 올렸더니 얼마 전에 한번 와 보라는 답장이 왔어요."

"선생님이고 제자라니, 그게 무슨 소리냐?"

"도공이 되고 싶은 겁니다. 제가 바라는 모양의 물건을 만들어 내고 싶어요. 그게 제 꿈입니다."

오싱은 노소미의 엉뚱한 얘기에 어이가 없어 말도 못했다.

"그동안 엄마의 장사를 도와야겠기에 얘기도 못 꺼낸 겁니다. 하스코 누나가 돌아왔으니 이제 걸리는 것은 없다고 생각했습니다. 사실, 저는 있어도 그만 없어도 그만 아니었습니까?"

"바보 같은 소리 하지 마라. 엄마가 너희들에게 지난 4년간 장사를 돕게 한 것은 사람이 없어 너희들을 써먹은 것이 아니다. 그쯤은 너희들도 알고 있지 않느냐."

"저는……"

오싱은 강경한 어조로 노소미의 말을 가로챘다.

"노소미, 넌 사카다 가가야 집안의 오직 하나 남은 후손이다. 네겐 그 가가야를 도로 일으켜 세울 책임이 있어. 나도 그럴 작정으로 널 맡아 길러 왔다. 너를 가가야의 주인으로 만드는 것이 내가 가요 아가씨나 큰방마님께 입은 은혜에 보답하는 거다. 그게 나의 할 일이야."

"그렇지만……"

"난 네가 대학에 가길 원했다. 어떻게 하든 너만은 대학을 나오게 하고 싶었다. 그런데 너도 히토시도 엄마의 소망을 저버렸어. 그렇지만 그것도 괜찮으리라 자위했다. 왜냐하면 뭐니 뭐니 해도 장사는 몸으로 배워야 하기 때문이야. 그래서 날 돕게 했으며, 장사의 어려움을 체험하게 했던 거다. 가게를 시작한 것도 가게 하나를 궤도에 올리기가 얼마나 어려운 것인가를 알게 하기 위해서였다. 이 가게가 잘되면 새로 하나를 내어 네게 맡겨 그걸 크게 키우게 하고 싶었던 것이다."

"전 장사와는 거리가 멀어요."

"제대로 해 보지도 않고 그걸 어찌 안단 말이냐."

"4년 동안 해 왔어요. 제 나름대로 열심히 해 봤어요. 그래서 알게 된 거예요. 전 장사가 싫어요."

"노소미!"

"제가 하고 싶은 일을 하다 죽고 싶어요. 손님에게 머리를 숙이며 평생을 살고 싶지는 않아요. 전 어렸을 때 화가가 되고 싶었어요. 그런데 커 가면서 그림보다, 또 조각보다도 이 손으로 빚어 만들 수 있는 도예에 끌렸어요. 제가 해낼지 어떨지는 모르겠어요. 그렇지만 하다가 소질이 없는 걸 알고 단념하는 것과 아예 해 보지도 못한 채 일생 후회하며 살아야 하는 것과는 달라요. 제가 납득하고 단념할 수 있게 하기 위해서라도 한번 시켜 주세요. 부탁입니다."

오싱의 얼굴에 미미한 경련이 일었다.

"수십 번 편지를 보낸 끝에 겨우 선생님이 와 보라고 하신 거예요. 전 그 선생님의 작품이 좋아요. 포근하고 소박하며 그리고 어딘가 힘찬 데가 있어요. 저도 그런 작품을 만들고 싶어요. 그렇게 하게 해 주세요."

대답도 없이 일어선 오싱이 하스코와 데이를 재촉했다.

"하스짱, 데이, 빨리 목욕 가자."

"엄마……"

노소미가 애원하듯 불렀으나 오싱은 냉담한 반응을 보였다.

"네겐 그렇게 딴 길로 빠질 시간이 없어. 도자기라니, 그게 무슨 꿈 같은 소리냐? 해 보고 자질이 없는 걸 알고 나서 다시 장사를 배우겠다니, 그땐 이미 늦고 만다."

말을 마친 오싱은 뒤도 돌아보지 않고 휑하니 나가 버렸다.

오싱은 갑작스런 충격에 정신이 아찔했다. 아이들 가운데 제일 온순하고 말 잘 듣던 노소미였다. 그런 노소미이기에 오싱은 더 큰 충격을 받았다.

겨우 하스코를 찾아와 예전처럼 가족이 하나로 뭉쳐진 것을 다행으로 여기고, 가게의 전도도 밝게만 생각되던 오싱에게 그야말로 청천벽력이었다. 노소미가 무슨 떼를 쓰건 오싱은 떠나보낼 마음이 눈곱만큼도 없었다.

어머니와 하스코가 목욕을 가고 나자 덩그러니 남은 히토시와 노소미는 말없이 멀뚱하게 앉아 있기만 했다. 오랜 침묵 끝에 노소미가 입을 뗐다.

"난 어떤 집에서 태어났는지, 부모가 어떤 사람인지 전혀 몰라. 뭔가 알 만한 때는 여기 아버지와 어머니를 친부모로 알고 자라고 있었어. 이제 와서 가가야의 후손이니, 도로 일으켜 세워야 하느니 해도 실감 있게 들리지도 않아. 내가 듣지도 보지도 못한 집은 나하고는 인연이 없는 집 아냐?"

"그렇지만 엄마가 큰 은혜를 입은 집이라 하고, 또 엄마가 섬겼다는 너희 친어머니에 대한 의리 때문에 너를 장사꾼으로 키우겠다잖아. 저 고집쟁이 엄마가 한번 마음을 먹은 일이니까 절대 널 가게 내버려 두지 않을 거야."

"글쎄, 아무리 그래도 내 인생은 내 것이야. 엄마 것도 가가야의 것도 아니야. 안 그래?"

"그렇긴 하지만……"

"난 엄마라면 알아주실 줄 알았어. 나로선 엄마를 울리는 일이 제일 괴로워. 자기가 낳은 자식을 키우는 건 모친으로서 당연한 일이겠지. 그렇지만 남의 아이를 키우는 것은 보통 어려운 게 아니야. 난 히토시의 몇십 배의 은혜를 입고 있는 거지. 그걸 배반한다는 것은 괴로운 일이야.

그때 목욕에서 돌아오는 오싱과 하스코의 목소리가 들려왔다. 노소미는 속삭이듯 작은 소리로 빠르게 말을 마쳤다.

"이 일은 두 번 다시 엄마 앞에선 벙긋도 안 할 거야."

말을 마치자 노소미는 두말없이 안으로 들어가 버렸다.

둥지를 떠나서

 다음 날 오싱은 히토시가 받아 온 생선의 일부를 떼어 오토바이에 싣고 하스코를 태우고 촌마을 행상에 떠났다. 떠나기 전 히토시에게 데이네 학교의 학부형회에 갈 것을 명했고 노소미에겐 전날 밤 얘기한 도공 지망이 얼마나 허황한 꿈인가를, 또 가가야 부흥의 책임이 얼마나 무거운 것인가를 주입시키는 장황한 설교를 했다.
 오싱과 하스코가 떠난 다음, 우울한 얼굴로 드러누워 있던 히토시는 한참 동안 깊은 생각에 잠겨 있다가 노소미에게 불쑥 말했다.
 "노소미, 너 그 선생의 제자가 꼭 되고 싶거든 그리로 가. 이 따위 가게에 매달려 바동거려야 별 수 없어. 아무리 엄마가 가가야, 가가야 떠들어도 이 가게 하나 꾸려 가기도 벅찬데 어느 천년에 너에게 가게를 차리게 하겠니?"

노소미는 눈을 동그랗게 뜨고 히토시를 바라보았다. 마치 히토시가 자신의 마음을 꿰뚫어 보는 것 같기도 했다.

"넌 네 생각대로 살아 봐. 나도 생선가게 주인이나 채소 장수로 썩긴 싫어. 내게도 꿈이 있었어. 언젠가는 가게를 갖게 될 것이라는 기대로 그동안 엄마를 따라다니며 일했어. 그런데 막상 가게를 열고 나서 실망했어. 내가 바라는 건 이런 게 아니야. 네가 실망해서 여길 떠나겠다는 거 충분히 이해해."

"히토시, 난 실망해서가 아니야. 우선 생선가게라도 제대로 토대를 잡아야 한다는 엄마의 말이 옳다고 생각해. 다만 난 장사의 방침과 관계없이 장사 자체가 싫은 거야."

"어쨌든 이 집에 있고 싶지 않은 건 마찬가지 아니야? 엄마는 걱정할 것 없어. 네가 가 버린다고 어떻게 될 분이 아니야. 누가 뭐라고 해도 갈 작정이 아니었어? 어젯밤에 몰래 봇짐을 쌌잖아?"

"제길! 난 자고 있는 줄 알았지."

히토시의 말에 잘못을 들켜 버린 아이처럼 노소미는 머쓱한 표정으로 어깨를 움찔했다.

"가는 곳 주소는 남겨 둬. 엄마한테는 내가 잘 말할게. 노소미, 네가 부럽다. 성공하고 안 하고는 둘째 문제야. 자기가 하고 싶은 일에 몰두할 패기가 있다니 말야."

"히토시, 네게도 꿈이 있잖아. 언젠가 그 꿈대로 가게를 갖게 될 거야."

"난 괜찮아. 노소미, 만일 잘 안되면 돌아와야 한다. 무언가 창조한다는 것은 어렵고 괴로운 거야. 그럴 때라도 자학할 필요없어. 등산할 때 정상이 바로 눈앞에 있더라도 위험하다고 느끼면 곧 돌아설 수 있는 게 진정한 용기야. 노소미, 절대 무리는 하지 마. 엄마는 사내가 스물하나가 되어서도, 하고 말하지만 스물하나이기 때문에 스스로 알아서 할 수 있는 거야. 스물하나이기 때문에 포기할 수도 있는 거야."

어설프건 무모하건 움츠러들지 못하는 젊음의 도약이 안주의 틀에서 헤어나려 몸부림치고 있었다. 모처럼 진정으로 우정 어린 히토시의 얘기에 노소미는 감사와 공감의 눈길을 쏟았다. 그러고는 시큰해 오는 콧등을 문지르면서 먼 곳을 바라보았다.

저녁때가 다 되어서야 오싱과 하스코가 돌아왔다. 오토바이 소리에 히토시가 뛰어나와 야채를 내려 주었다.

"히토시, 학부형 모임에선 어땠니?"

"데이의 성적이면 현립(공립)을 갈 수 있대요."

"그래? 잘됐구나. 수고했다. 그런데 노소미는?"

못 들은 척하고 야채 바구니를 안으로 들여가던 히토시가 한참만에야 오싱에게 조그만 종이쪽지를 내밀었다.

"노소미가 간 도예 선생의 주소예요."

"왜 말리지 않았니?"

"노소미의 인생은 가가야의 것도 엄마의 것도 아니에요. 후회 없는 삶을 살게 해야 해요."

"그곳에서 정말 노소미를 받아 줄까?"

"어떻게 말이 됐는지는 몰라도 노소미는 대단한 결심으로 간 거예요. 자리가 잡히면 소식 전한다며 떠났어요."

"기어코……"

"노소미는 이제 어린애가 아니에요. 몇 번씩이나 생각한 끝에 결심한 거예요. 아무 소리 마시고 용서해 줘요, 엄마."

오싱은 그저 장승처럼 뻣뻣이 서 있었다. 안에 들어가 있던 하스코가 밖을 향해 소리쳤다.

"엄마, 손님들 올 시간이에요."

"알았다! 참 히토시, 내일은 네가 하스코를 태우고 한 바퀴 돌아라. 하스코가 손님 응대는 잘할 테니까."

"엄마, 노소미를 데려올 생각은 마세요. 어려운 결단을 내리고 간 거예요."

오싱은 히토시의 말이 안 들린다는 듯 모른 척 들어가 버렸다. 그 모습에서 누구도 꺾을 수 없는 고집이 느껴졌다.

이튿날 아침 오싱은 아무에게도 알리지 않고 노소미가 갔다는 시골 마을의 도자기 가마를 찾아 나섰다. 가마는 꽤 후

미진 곳에 있었다. 제법 높은 언덕을 몇 개나 넘어 여러 사람들에게 물어서야 겨우 찾을 수 있었다.

노소미는 4, 5명의 젊은이들 틈에 끼여 일을 하고 있었다. 몇은 초벌구이를 거둬 늘어놓고 있었으며 노소미는 태토로 쓸 흙을 그릇에 퍼 담아 나르고 있었다.

오싱은 그런 노소미를 물끄러미 지켜보았다. 따가운 시선을 느낀 노소미는 문득 고개를 돌렸다. 그러자 흠칫하며 노소미의 얼굴에 복잡한 표정이 일더니 일손을 멈추고 오싱에게 다가갔다.

"아무 소리 없이 나온 거 죄송합니다. 그렇지만 엄마, 그 길밖에 없었어요. 돌아갈 생각 없습니다. 선생님께서도 당분간 있어 보라고 하셨어요. 엄마, 그냥 돌아가세요."

말을 듣고 있던 오싱이 두말없이 몸을 돌리더니 건물 쪽으로 갔다. 당황해서 붙잡으려던 노소미는 오싱의 등에 내비치는 억센 고집을 느끼고 그만 맥이 빠졌다.

건물로 들어간 오싱이 주인과 만나기를 청하고 한참을 기다리고 있으려니까 가마의 선생이라는 사람이 들어왔다.

반백의 머리를 단정하게 빗었고 한눈에도 온화하고 조용한 성품의 사람임이 느껴졌다. 그런데 그의 눈은 나이에 걸맞지 않는 윤기와 날카로움이 번뜩였다.

"바쁘신데 느닷없이 찾아와 송구스럽습니다. 처음 뵙습니다. 댁에 와 있는 노소미의 어미 오싱이란 사람입니다."

"아, 노소미군의 모친이시군요. 안녕하십니까? 저는 에이조라 합니다."

"진작에 찾아뵈어야 하는 건데 노소미가 제게 통 말을 안 하는 바람에 이렇게 인사가 늦었습니다."

"그랬습니까? 집에 얘기를 안 했군요."

"제가 반대를 할 것 같아 그랬겠지요."

"저도 확실한 보증인이 없는 사람은 제자로 두지 않습니다. 그런데 노소미군이 하도 열성으로 편지를 보내오기에 한 번 만나 보기로 했던 겁니다. 편지엔 그 사람의 인품이 드러나기 마련 아닙니까? 제가 노소미군의 열성에 진 셈이지요. 그런데 어제는 아예 짐을 싸 들고 와선 다시 집으로 갈 수는 없다고 하는 게 아닙니까? 쫓아 보낼 수도 없고."

"심려를 끼쳐 드렸습니다."

"노소미군의 편지로 댁의 형편은 대강 알고 있습니다. 데려가시려는 심정도 이해할 수 있습니다. 그러나 젊은 사람의 정열을 짓밟기가 안됐군요. 직접 만나 보니 호감이 가는 청년이군요."

"그럼 선생님께서 거두어 주시는 겁니까?"

"아직 재능은 미지수입니다만 모친께서 허락만 해 주신다면 제가 맡아 보고 싶습니다."

"감사합니다. 말씀 듣고 이제 한시름 덜었습니다. 선생님의 허락도 없이 제멋대로 밀고 들어와 폐가 되는 게 걱정이

둥지를 떠나서 289

돼서 찾아뵌 것입니다. 잘 부탁드리겠습니다. 그렇지만 장래가 안 보인다고 생각하시면 언제고 되돌려보내십시오."

"네, 알고 있습니다. 이 길은 노력과 정열만으론 되지 않습니다. 타고난 재질이 없으면 빨리 본인에게 알려 스스로 딴 길을 찾게 하는 것이 스승의 도리입니다."

노소미를 데려가려고 왔던 오싱이었지만 오히려 노소미의 제자 입문을 굳건히 하는 결과가 되고 말았다.

밖으로 나오니 노소미가 불안한 얼굴로 기다리고 서 있었다. 노소미는 무언가 말하려 했으나 오싱이 먼저 얘기를 꺼냈다.

"제대로 도공 소리를 들으려면 10년은 걸린다고 하더라. 그때는 엄마가 예순이 되는구나. 살아 있다면 환갑 기념으로 노소미가 구운 찻잔으로 차를 마시겠구나."

"엄마……"

"넌 역시 가요 아가씨의 아들이야. 아가씨도 그림을 잘 그리셨지. 화가가 되고 싶어 하셨단다. 그분이 이루지 못한 꿈을 네가 잇게 됐구나. 어쩌면 잘된 일일지도 모르겠다. 부디 선생님한테 인정받는 제자가 되거라."

"고맙습니다. 엄마, 이 흙으로 빚어 굽는 거예요. 제 생명을 불어넣어 정말 좋은 작품을 만들어 보이겠어요."

끝내 노소미는 오싱의 둥지를 떠나가 버렸다. 이게 잘된 거다, 잘된 거야, 하고 자위를 하면서도 오싱은 가슴에 커다란 구멍이 뚫린 듯 허전함을 주체할 수 없었다. 그러고는 쓸쓸한 발길을 집으로 돌릴 수밖에 없었다.

저녁 무렵 오싱이 가게에 들어서자 청소를 하고 있던 히토시와 하스코가 반갑게 맞았다.

"벌써 끝났나? 오늘은 빠르구나."

"엄마, 다 팔렸어요."

"노소미한테 갔었지요?"

히토시의 물음에 쓰다 달단 대꾸도 없이 오싱은 안으로 들어가 버렸다. 머쓱해 있던 히토시가 궁금했던지 따라 들어가 이것저것 캐물었다.

오싱이 입을 연 것은 저녁을 먹고 난 후였다. 자초지종을 다 듣고 난 히토시는 자못 감탄한 듯했다.

"용케 엄마가 단념하고 혼자 돌아올 마음이 생겼네요."

"제자 되기가 퍽 힘든 것인가 봐. 노소미는 그걸 누구의 소개나 보증도 없이 저 혼자의 열성으로 해냈어. 우리가 몰라서 그렇지, 노소미는 죽기살기로 덤빈 모양이더라."

"그 친구 다시 봐야겠어. 엄마까지 납득시키고 말았으니."

"아직 될 싹이 있는 건지 없는 건지는 몰라. 다시 집에 오게 될지도 모른다."

"그럼요. 그런 일이 어디 본인의 열의나 노력만 가지고 되는 건가요. 타고난 재주도 필요한 거예요."

"노소미는 안 올지도 몰라. 아마 다시는 안 올 거다. 노소미는 그런 재주를 타고났어. 노소미의 엄마도 그림 그리길 좋아했어. 화가가 소원이었지. 중간에 그만두셨지만 계속했으면 아마…… 난 그림을 잘 몰라서 당시 아가씨의 그림이 좋은 건지 어떤지 몰랐지만, 아가씨의 그림을 칭찬하는 사람이 많았으니까."

"그랬군요. 노소미 녀석, 친엄마를 닮은 거구나."

"가가야를 다시 일으키지는 못하게 됐지만 노소미가 훌륭한 도공이 된다면 가요 아가씨도 좋아하실 거야. 자신의 꿈을 아들이 잇는 거니까."

"그래요. 그림이나 도예나 다 훌륭한 예술이에요. 노소미에게 어울리는 일이에요."

"내일 가요 아가씨의 산소에 들러 잘 말씀드려야지."

잠시 감상에 젖어 있던 오싱은 이내 현실로 돌아온 듯 극히 사무적인 투로 아들에게 물었다.

"오늘 매상은 어땠니? 장부는?"

"대략 맞춰 봤는데, 난 도무지 마음에 안 들어요. 오토바이로 돌고 가게에서 부대끼고 정신없이 해 대는데도 별 게 아니에요. 집세, 휘발유값, 잡비를 떼면 겨우 우리 먹는 게 남을까 말까 하니 언제 가게가 커질지 모르겠어요."

"네 식구가 먹고 지낼 수 있으면 됐지 뭘 그러냐. 가게 시작한 게 며칠이나 된다구. 밑지지 않는 것만도 다행으로 생각해야지."

"생선, 야채만 해서는 아무리 바쁘게 뛰어도 뻔해요. 무슨 수를 써서 이익이 좋은 장사를 해야지, 안 그러면 언제까지고 이 타령일 거예요."

오싱은 들은 척도 하지 않고 장부만 뒤적거렸다.

"엄마, 한국동란이 나서 다시 물건이 동나는 게 아닌가 하고 사재기가 한창이래요. 도매상이 우리 집에서 두말없이 물건을 가져간 것도 딴 데다 비싸게 팔 수가 있었기 때문이에요. 놔뒀으면 버는 걸 그랬어요. 소매값이 자꾸 뛰고 있잖아요?"

"지난 일을 자꾸 말해 봐야 소용없지 않니?"

"내 말은 생선이나 야채만으로는 안된다는 거예요. 경쟁이 심하니까 싸야 하고, 하룻밤 지나면 상하니까 원가 이하에라도 팔아야 하고…… 게다가 중노동이죠, 이렇게 비효율적인 장사가 또 어디 있겠어요. 뭔가 다른 방도를 취해야 해요."

"그럼 뭘 했으면 좋겠다는 거냐?"

"그러니까 지금 그 궁리를 하자는 거 아니에요?"

"장사의 어려움은 어느 것이나 마찬가지야. 쉬운 돈벌이란 없어. 식용품, 그 중에도 생선과 야채는 매일 필요한 거야. 자금 회전도 빠르고 제일 확실한 장사란 말이야."

"그렇지만……"

"딴생각 말고 한 우물을 파야 해. 생선, 야채 장사도 제대로 못한다면 무슨 장사인들 잘하겠니? 난 우리 품목을 바꿀 생각은 눈곱만큼도 없다. 눈앞의 이익만을 보고 갈팡질팡하다간 아무것도 안돼. 끈기 있고 정성스럽게 하다 보면 손님의 신용을 얻는 거다. 우선 탄탄한 기반을 닦아 놓은 다음 딴 것을 생각해야 한다."

히토시는 더는 아무 말도 없었다. 얼핏 보기에는 어머니에게 설득된 것으로 보였다.

그날 저녁 손금고에서 돈을 꺼내던 오싱은 금고 속의 돈이 많이 없어진 것을 알아챘다. 오싱은 그 길로 매장에서 손님을 배웅하고 있는 히토시에게로 다가가 말을 꺼내려 했는데 히토시가 먼저 입을 열었다.

"엄마, 금고에서 돈 좀 썼어요. 도쿄행 기차표를 사 왔어요."

놀라서 아무 말도 못하는 오싱을 곁눈으로 보며 히토시는 새로 오는 손님과 연신 흥정을 했다. 할 수 없이 오싱도 손님의 주문을 받기 시작했다. 그러나 오싱의 손은 바들바들 떨리며 건성으로 오갈 뿐이었다. 손님이 뜸해져서야 오싱은 얼른 히토시를 데리고 안으로 들어갔다.

"도쿄행 차표를 샀다니 그게 대체 무슨 소리냐? 거기다 내게 허락도 없이 금고에 손을 대다니?"

"나중에 말하려고 했어요."

"그래, 그건 그렇고, 가게가 이렇게 바쁜데 한가하게 도쿄에 가서 놀 틈이 어디 있니?"

"놀러 가는 게 아니에요. 도쿄에서 취직할 거예요."

"뭐? 취직?"

"군대 있을 때 사귄 친구의 아버지가 큰 백화점의 사장을 하고 있어요. 거기에 말해 뒀어요."

"너 백화점의 점원이 되겠다는 거니?"

"이런 시골구석의 생선 장수로 끝나긴 싫어요. 지난 4년, 오로지 가게를 갖겠다는 일념으로 엄마를 쫓아다녔어요. 그렇지만 생선가게나 채소가게를 하고 싶어 그런 건 아니었어요. 내가 해 보고 싶은 건 따로 있었어요."

"네가 늘 얘기하는 잡화가게 말이냐? 조그만 가게, 적은 자본으로는 안된다는 걸 알잖니?"

"알아요. 알았으니까 가게를 갖는 건 단념했어요."

걱정스러워 안으로 들어온 하스코가 나서서 말했다.

"히토시짱, 그게 무슨 소리야. 엄마가 왜 몸을 아끼지 않고 이 가게를 일으키려고 하는 건데? 히토시짱을 위해 하루라도 빨리 버젓한 가게로 만들려고 그러시는 거잖아."

"아무리 엄마가 동동 굴러도 이대로는 별 수 없어. 생선가게, 야채가게로 뭐가 돼? 눈코 뜰 새 없이 바쁘면서 평생 가야 그날 먹는 날품 정도로 끝날 거야. 그런데도 엄마는 그걸로 만족하지. 그렇지만 난 그럴 수 없어."

"엄마가 이 가게의 기반이 잡히면 딴것도 생각해 보자고 말씀하셨지 않아?"

"이렇게 시시한 장사로 언제 큰일을 할 자금을 모으겠어? 집세 내기가 고작인데."

"차차 매상이 늘어 갈 거야."

"난 앞날이 뻔하게 보여. 여기서 아무리 고생해 봐야 아무 보람이 없어. 자본이 많은 큰 가게에서 내 능력을 시험해 보고 싶어."

"다른 사람 밑에서 뭘 할 수 있겠어? 기껏해야 실컷 이용이나 당하지."

"그래도 괜찮아. 백화점은 앞으로 얼마든지 뻗을 수 있는 기업이야. 내 꿈이었어. 도저히 내 손이 미치지 못하는 꿈인 걸 안 이상, 종업원으로라도 일해 보고 싶은 거야. 노소미도 제가 좋아하는 일을 시작했어. 그런데 난 왜 안된단 말이야?"

"바보 같은 소리 그만해. 노소미짱이 집을 나간 게 엊그젠데 히토시짱이 또 나가겠다니 너무하단 생각 안 들어? 조금은 엄마의 마음을 생각해야지."

가만히 듣고 있던 오싱이 냉정한 투로 입을 열었다.

"하스짱, 그만해라. 아무리 얘기해 봐야 소용없겠구나. 그래. 그렇게 이 가게가 싫다면 할 수 없는 노릇이지. 어디든제 가고 싶은 데로 가야지."

"하지만, 엄마……"

"하스코, 히토시도 이제 어린애가 아니다. 저 애는 나름대로 깊이 생각하고 하는 말이겠지. 나하고 의견이 안 맞는데 어떻게 함께 장사를 하겠니? 나갈 수밖에 없겠구나."

"히토시짱, 한번 더 천천히 생각해 봐."

"히토시, 그리고 하스코, 나는 내 생각대로 장사를 해 갈 거다. 누가 뭐라고 하든 그걸 바꿀 마음은 없다."

오싱의 말은 단호했고 히토시는 잘됐다는 듯이 힘주어 말했다.

"하스코 누나, 이제 더 할 말이 없지? 엄마와 내 얘기는 끝났어. 후련해. 내일 개운한 마음으로 떠날 수 있게 돼서 다행이야."

"히토시짱……"

"내 걱정은 말아요. 그보다 엄마를 잘 부탁해. 데이도 잘 돌봐 주고…… 거듭 부탁할게."

말을 마치자 히토시는 야멸치게 제 방으로 들어가 버렸다. 붙잡으려고 일어서려는 하스코를 오싱이 말렸다.

"하스짱, 그냥 둬라."

"그렇지만 엄마, 그냥 두면 정말 떠나가 버릴 거예요."

"어쩔 수 없는 일이다. 모자간이라 하더라도 생각이 다르면 각자의 생활을 해야 할 때도 있어."

오싱은 조금도 흔들림 없는 담담한 얼굴로 이번에는 히토시가 들어간 방에다 대고 소리쳤다.

"네가 네 뜻으로 가는 거니까 더 말리지 않겠다. 단 네 자신을 책임져야 한다. 엄마의 원조는 앞으로 기대하지 말아라. 한번 나간 이상 다시는 올 생각 마라. 그걸 각오하고 나가거라."

히토시 대신 하스코가 말했다.

"엄마, 그런 심한 말씀을 어떻게 하세요. 그러다 실패라도 하면 정말 집에 못 올 게 아니에요."

"당연하지. 이 가게가 싫어서 나가는데 일이 잘 안된다고 올 수 있겠니. 나도 오늘로 히토시를 단념할 거다. 내겐 하스코 네가 있지 않니?"

하스코는 더 이상 할 말을 찾지 못했다.

가게 개업, 하스코의 귀가 등으로 이세의 다노쿠라는 모처럼 단란한 가정이 이루어지는 듯싶었다. 하지만 그것도 단이틀뿐이었다. 노소미와 히토시가 앞을 다투듯 집을 떠난 후, 이로 인한 오싱의 심적 타격은 대단했다. 그러나 오싱에겐 고통받을 여유조차 없었다.

다음 날 새벽, 오싱은 히토시가 맡아 하던 생선 구입을 위해 포구로 가려고 채비를 했다. 그때 하스코가 일어나 쫓아 나오더니 오싱을 만류했다.

"엄마, 오늘 다시 얘기해 보세요. 마음이 달라졌을지도 모르잖아요."

"내가 말려서 주저앉을 아이면 집에 있어도 될 싹이 없는 거야. 난 머리를 숙여 가며 잡을 생각 없다. 도쿄에 못 간 걸 평생 아쉬워하며 마지못해 있는다면 본인이나 붙잡은 나도 편할 수가 없어. 당분간 쓸 돈을 하스코가 주는 거라고 하며 그 애에게 줘라."

"엄마……"

"하스짱하고 둘이서도 너끈하게 해낼 자신이 있어."

오싱을 태운 오토바이는 부르릉, 시동 소리도 요란하게 신나게 달려가 버렸다.

히토시가 떠나간 날 오싱은 아무 일도 없었다는 듯 생선을 받아 왔고 여느 날과 다름없이 장사 준비에만 몰두했다.

"하스짱, 한국전의 특수 붐이 일어나 일손이 딸리는 바람에 공장에 나가는 부녀자들이 부쩍 늘었다더라. 공장 일이 끝나고 장을 보려면 가게가 모두 닫혀 곤란을 겪는다고 해. 이제부터 우리 가게는 좀 늦게까지 열어 두어야 할까 보다."

"엄마, 히토시짱이 집을 나갔는데 여전히 장사만 생각하세요?"

"그럼, 장사꾼이 장사 일이나 생각해야지 무슨 생각을 한단 말이냐."

"엄마가 꼭 붙드실 마음이 있었으면 히토시짱은 도쿄행을 포기했을 거예요."

"엄마는 말이다, 히토시가 한번 세상에 나가 보는 것도 괜찮다고 생각해. 이대로 영 안 돌아온다면 그건 온 힘을 쏟아 할 일을 드디어 찾은 게 되니 히토시에게 다행스런 일이다. 또, 만일 좌절을 맛보게 된다면 그때는 집의 일이 작으니 시시하니 하는 생각을 버리고 열심히 일하게 될 것 아니냐. 어찌 됐든 모자가 따로 살 때가 왔다는 것은 히토시가 성장을 했다는 뜻 아니겠니? 아주 나쁘기만 한 것은 아니야. 하스코 하고 나 단둘이 남았지만 마음 맞는 여자들끼리 오순도순 사는 것도 좋을 거야. 오토바이로는 나 혼자 다녀도 충분할 테니 하스짱은 앞으로 가게를 맡아 줘."

깊은 생각에 빠져 있던 하스코가 불쑥 엉뚱한 말을 꺼냈다.

"엄마, 아까 말씀하시던 건데요, 한 가지 묘안이 떠올랐어요. 가게를 늦게까지 열 것이 아니라 공장이 파할 때를 맞춰 공장지대로 우리가 가는 게 어떻겠어요? 우리 가게를 닫을 시간이니까 안성맞춤일 것 같아요. 몸은 좀 고되겠지만 기다리고 있기보다 찾아가는 게 아무래도 많이 팔리지 않겠어요?"

"하스짱, 너 대단한 각오를 했구나?"

"엄마, 우리 벌 수 있을 때 잔뜩 벌어요. 히토시짱이 우리 가게를 우습게 봤지만 그렇지 않다는 걸, 얼마든지 클 수 있다는 걸 보여 줘야죠. 그렇게 되면 히토시짱도 돌아와 생선장사를 할 마음이 생길 거예요."

"호호호, 극성으로 소문난 나도 미처 거기까지는 생각 못했구나. 당연하지, 우리가 가는 게 백번 낫지. 하스짱이 나보다 탁월한 장사꾼이구나."

"전 갈 곳이 없잖아요. 죽으나 사나 여기 있어야 하니, 없는 머리라도 짜낼 수 밖에요."

하스코의 애교 있는 대답에 두 사람 다 오랜만에 활짝 웃었다.

노소미를 도자기 가마로, 히토시를 백화점으로 보낸 오싱은 믿던 아들 둘을 동시에 잃은 꼴이 되고 말았다.

그러나 오싱은 그 일로 속상해 하지 않기로 마음먹었다. 이제 겨우 푸드덕거릴 수 있는 날개로 그들은 제 갈 길로 떠난 것이다.

그것은 숱한 어려움을 헤치고 걸어온 오싱 자신의 길이기도 했다. 그래서 더욱 안쓰럽고 근심스러운 것인지도 모른다.

저녁을 먹고 나서 그야말로 여자들만의 한때를 보냈다. 얘기 끝에 오싱은 정색을 하고 데이에게 당부했다.

"내일부터 엄마하고 하스짱 단둘이 가게를 꾸려 나가야 한다. 네 뒷바라지를 할 시간이 도무지 없겠으니 안됐지만 네 일은 네가 해 줘야겠다."

"네, 알았어요."

"그리고 내일부터 가게를 닫고 난 다음 오토바이로 공장지대에 가기로 했다. 외롭겠지만 참고 시험공부를 열심히 해라."

"엄마, 나도 빨래랑 청소, 밥짓기는 할 수 있어요. 엄마를 돕겠어요. 오빠들은 이제 없는 걸로 생각해야 하잖아요. 엄마가 뼛골이 빠지게 키워 놨더니 오빠들은 훌쩍 가 버렸어요. 허망하게요."

데이는 제법 어른스런 말로 오빠들을 책망했다.

"그런 생각 말아라. 성장하면 독립을 해야 하는 거야. 너도 대학을 졸업하고 나면 네가 원하는 대로 살면 되는 거야. 엄마는 혼자 살 각오를 벌써부터 하고 있었단다. 그러기에 어떻게 해서든 가게를 탄탄하게 만들어 젊은 사람들의 짐이 안되려고 하는 거란다."

데이는 아리송한 표정을 지었으나 어머니의 의도를 짐작할 수 있었다. 옹골차고 고집스런 오싱의 평소 행동으로 충분히 느낄 수 있는 일이었기 때문이다.

다음 날 오싱은 생선도 야채도 평소보다 많이 들여놓았다. 그리고 저녁이 되어 가게 문을 닫자마자 공장지대를 향해 오토바이를 몰았다. 물건들은 생각보다 잘 팔려 나갔다. 물건 사는 사람들도 바로 공장 앞에서 손쉽게 찬거리를 살 수 있게 된 걸 기뻐했다.

오싱이 장사를 마치고 집으로 돌아오자 데이가 제법 어른스럽게 걱정을 했다.

"엄마, 지금 오세요?"

"그래, 야근을 하는 사람들까지 기다리다가 늦었구나."

"엄마, 너무 욕심부리지 말아요. 새벽 4시에 일어나 하루 종일 뛰고 또 밤 10시까지 장사를 하다간 몸이 배겨 나질 못해요."

"이 정도는 아무것도 아니다. 지난날의 고생에 비하면 식은 죽 먹기지."

"엄마, 언니, 밤참으로 드시라고 국수를 삶아 놓았어요."

"어유, 우리 아가씨 재빠르기도 하지."

"히토시 오빠한테서 편지가 왔어요. 공부도 중하지만 엄마랑 하스 언니를 도와 집안일은 나더라 하래요. 집을 뛰쳐나가긴 했어도 역시 집안일이 걱정이 되나 봐."

"너한테만 왔어?"

"호호, 엄마가 그럴 줄 알았어. 자아, 여기 엄마 것도 언니 것도 있어요."

두 사람에게 편지를 꺼내 주며 데이는 수선을 떨었다.

"생전 처음 조끼까지 갖춘 정장 양복과 와이셔츠, 그리고 넥타이를 샀대요. 백화점에선 말쑥한 신사복이 아니면 안된대요. 넥타이를 양복에 맞춰 고르느라 혼이 났대요."

"그래, 그러고 보니 밤낮 작업복 차림이었지. 제대로 양복을 입은 일이 없구나."

"하얗고 깨끗한 와이셔츠, 그게 젊은 남자 직장인의 이미지 아니에요? 히토시짱도 은근히 그게 부러웠을 거예요. 그런데다 키도 훤칠하고 하니 양복 입으면 잘 어울릴 거예요."

"그래, 언니. 오빠가 그랬을 거야. 여기서는 비린내 물씬 나는 작업복만 입고 있었으니 여자들한테 인기도 없었을 거야."

"히토시짱이 저 하고픈 일을 하려고 집을 나가 엄마의 속을 상하게 했지만 얼마나 효자예요. 가자마자 이렇게 모든 식구에게 일일이 편지도 보내고요."
 겉으로는 내색하지 않았지만 오싱의 가슴속은 하스코의 말처럼 훈훈한 기분으로 가득 찼다.

 히토시는 새 양복을 말쑥하게 차려입고 인사과장 앞에 섰다. 잔뜩 긴장된 자신을 안경 너머로 훑어보는 인사과장의 시선이 왠지 껄끄럽게만 느껴졌다.
 "사장님께서 추천을 하셨는데 어떻게 아는 사이요?"
 "네, 그 어른 아드님하고 소년비행대의 동기입니다."
 이렇게 간단한 면접을 끝내고 다음 날부터 히토시는 그 백화점에 출근했다.
 그로부터 며칠 후 히토시는 취직을 알선해 준 그 동기생과 다방에서 만났다.
 "자네 덕으로 취직이 되었네. 내가 투정을 할 처지는 못되지만 좀 더 보람있는 일을 해 보고 싶군. 배송이란 직책은 고객이 사 놓은 걸 각 매장에서 모아 송달하는 거야. 어린애도 할 수 있는 일이야. 무릴 해서 일껏 산 양복은 입지도 못하네. 작업복을 입어야 하는 막노동이니까. 그렇다면 백화점에서 일하는 것이라 말할 수 없지. 내가 자네에게 떼를 쓰다시피 한 것은 백화점에서 장사를 배우고, 일하고 싶기 때문이었어. 이것저것 도와준 자네에게 불평하는 것 같아서 정말 미안하네. 하지만 지금 있는 자리는 내 꿈과는 동떨어져 있다는 말일세. 물론 참고 견디면 언젠가는 인정받아 좋은 자리로 옮겨질 날이 있으리라고 믿긴 하네만……"

"다노쿠라, 나도 몰랐는데 자네 중학교도 졸업을 하지 않았더군."

"종전 후 어쩌다 보니 복학을 못했네. 그러고는 줄곧 집에서 하는 가게에서 일했으니까."

"개인사업을 한다면 학력 같은 게 문제 아니겠으나 요즘은 다들 그걸 따지고 있다네. 대학 졸업이 아니면 좋은 직장에 못 가는 세상이야. 자네가 구제 중학만이라도 졸업을 했으면 아버지도 좀 더 좋은 자리에 보냈을 것이라고 하더군."

히토시는 할 말이 없었다.

"아무리 사장이라지만 채용 기준을 완전히 무시할 수는 없다고 하셨어. 미안하이. 기왕에 힘쓰는 일인데 맘에 드는 자리를 못해 줘서."

묵묵히 얘기를 듣고 있던 히토시는 굳은 얼굴로 한참만에야 무거운 입을 떼었다.

"아니야. 분수를 몰랐던 내가 잘못이지."

히토시는 점점 비참해지려는 자신의 마음을 드러내지 않으려는 듯 애써 담담한 표정을 지었다.

"다노쿠라, 정 마음에 안 들면 그만두고 집으로 가게나. 혼자서 자기 장사하는 게 속은 편하다네."

"큰소리치고 나온 지 며칠도 안되었는데 어떻게 들어가겠나? 또 내가 얼마나 바라던 백화점인가? 다시 열심히 해 보지. 학력은 보잘것없지만 남의 몇 배씩 노력하면 인정받을 날이 올 거야. 내 그걸 목표로 열심히 하지."

"다노쿠라, 그 말을 듣고 마음이 놓이네. 꼭 자네 뜻대로 될 걸세."

"고마워. 내 다시는 자네를 걱정시키지 않겠네."

히토시는 담담하게 말했으나 그 표정 뒤에는 좌절의 빛이 역력했다.

히토시가 집을 나간 지 석 달이 지나는 동안 오싱의 장사는 날로 번성해 갔다. 그 재미로 오싱은 더 열심히 뛰었다. 머리를 짜내어 궁리해 내는 것마다 손님에게 인기가 있었다. 재강절임도 된장절임도, 말린 것들도 잘 팔렸다. 오싱은 주문에 따라 만드는 건 지방으로 발송까지 대행해 준다고 가게 정문에 안내문을 써 붙여 두기도 했다.

이렇게 장사에 여념이 없던 어느 날 이른 새벽, 오싱은 포구에 갔다가 히사가 붙잡는 바람에 오토바이를 끌고 히사의 집으로 이끌려 갔다. 대문을 들어서자 툇마루에 앉아 있던 고우타가 일어나 맞았다.

"어머, 안녕하셨어요?"

"예, 안녕하십니까. 오싱상은 여전히 바쁘군요."

두 사람이 선 채 인사를 나누는 사이에 히사가 끼어들었다.

"추운 데서 이러지 말고 안으로 들어가. 내 따끈한 차를 끓일게."

"아니에요, 아주머니. 전 바로 가야 해요."

"나도 데리고 온 점원이 기다리고 있습니다. 오싱상이 왔다기에 잠깐이라도 만날까 해서 들렸지요."

"그런데 무슨 일로 이런 새벽에 오셨어요?"

히사가 냉큼 말을 받았다.

"응, 오늘이 장인어른 칠순 잔칫날이래. 그래서 예까지 일부러 생선을 팔아 주러 온 거지. 참, 고우타, 얘기한 거 다 챙겨 놨어."

"어이구, 이거 여러 가지로 고맙습니다."

"생각을 잘했어. 장인어른께서 퍽 좋아하실 거야."

"평소에 별로 잘해 드리지도 못하니 이런 때에 효도 비슷한 거라도 해야지요."

"난 볼 때마다 기특하다니까. 나미키식료품의 주인 나리로 새 건물 지었겠다, 장사 잘되겠다, 어디 내놓아도 꿀리지 않는 의젓한 장사꾼이지. 왜 진작에 못 그랬누."

"이거 환갑이 다 되어 가도 아주머니한테 걸리면 어른 대접 못 받습니다, 오싱상."

"호호, 고우타상께서 원만하게 잘 사시니까 매우 좋아서 그러시는 거지요 뭐."

"참, 히토시군은 도쿄의 백화점에 취직했다구요? 오싱상

혼자서는 벅차겠습니다."

"아이들은 언젠가는 독립하는 거 아니에요? 언제까지나 엄마 품 안에 있겠다고 해도 걱정이지요."

"글쎄, 아들놈이란 건 아무짝에도 소용이 없어. 날 보라고. 셋씩이나 있지만 한 놈이나 들여다보나. 히토시도 도회지 물을 먹고 나면 끝장일 게야."

"본인이 원한다면 그것도 좋은 거지요. 싫은 걸 억지로 함께 있느니 따로 사는 게 속 편합니다. 결국은 나 혼자겠거니 하고 각오를 하고 있습니다."

"허허, 오싱상다운 생각이십니다."

"그이가 죽고 나서 아내의 역할이 끝났습니다. 이제 자식도 다 키웠어요. 그런데다 세상도 바뀌어 만사가 자유스럽게 됐습니다. 이제부터 맘껏 제가 하고 싶던 일을 해 보겠습니다."

"오싱상, 난 오싱상을 30년 넘도록 보아 왔습니다. 견디기 힘든 고비도 많았지만 용케 약한 소리 한번 없이 넘겨 왔어요. 그동안 나도 오싱상도 노력해 봐야 그 대가를 못 받는 시대를 살아왔습니다. 그런데 이제 능력껏 잘 살 수 있는 세월을 맞았습니다. 힘껏 뛰어 보십시오. 제가 낙으로 삼고 지켜보면서 힘이 닿는 데까지 도와 드리겠습니다."

고우타의 격려는 오싱의 가슴을 뜨겁게 했다. 평생 죽도록 일만 하고서도 흰밥 한번 배불리 먹지 못하고 세상을 뜬 할머니의 장례식 때, 오싱은 무슨 일이 있어도 할머니처럼 비참한 삶을 살지 않으리라 결심했었다. 지금에 와서 왠지 문득 그 생각이 떠올랐다.

그때의 꿈을 아직도 이루지 못했다. 그러나 지금도 늦지 않았다고 새롭게 다지며 오싱은 겨울 새벽길을 오토바이로 달렸다. 뺨을 때리는 맞바람이 오히려 그녀의 가슴을 확 트이게 했다.

집에 다다랐을 때, 이날따라 유난히 명랑해 보이는 오싱을 맞는 하스코의 얼굴은 사뭇 근심스러웠다.

"너무 늦어서 무슨 일인가 걱정했어요. 엄마, 왜 이렇게 늦으셨어요?"

"미안, 미안. 히사 아주머니에게 붙들렸어. 이 얘기 저 얘기 하다 보니 그리 됐구나. 하스코! 엄마는 말이다. 이제 곧 이런 집을 나가, 버젓한 가게를 짓고 말겠다. 거기서 하스짱을 시집보내게 말이야. 이런 데 있다간 껄렁한 혼처밖에 안 나설 거다."

"엄마!"

"하스짱, 빨리 밥 먹고 떠나야겠다. 설날 대목 장사할 물건들을 미리 사 둬야지."

식탁에 앉던 오싱은 상 위에 놓인 편지를 보고 의아한 얼굴이 되었다. 그것은 얼마 전에 히토시에게 부친 편지였다.

"이상해요. 엄마 편지도 제 것도 되돌아왔어요. 수취인 불명이래요. 히토시짱이 하숙을 옮긴 걸까요?"

오싱은 굳은 얼굴로 유심히 편지를 살피다가 갑자기 자리에서 벌떡 일어났다.

"우편국에 잠깐 다녀오마."

"우편국에요?"

"도쿄의 백화점에 전화를 걸어 보겠다."

"엄마, 하숙을 옮기고 미처 경황이 없어 알려 오지 못한 걸 텐데 뭘 그러세요."

"응, 모처럼 목소리도 들어 보고 싶구나."

오싱은 바람처럼 부리나케 집을 나갔다. 그렇게 나간 오싱이 잠시 후 근심스런 얼굴이 되어 돌아왔다. 궁금해서 캐묻는 하스코에게 대답도 없이 오싱은 털썩 주저앉으며 힘없이 말했다.

"열흘 전에 그만뒀다는 구나."

"백화점을요?"

"백화점 무슨 부서에 있는지를 몰라. 한참을 실랑이를 하고야 알아냈더니 배송부에 있다가 사직서를 쓰고 안 나온다는구나."

"왜요?"

"나도 무슨 이유냐고 물었지. 그런데 본인의 의사라고만 하며 자기네들도 모른다더라."

"그럴 리가 없어요. 해고됐다면 또 모르지만, 그렇게 좋아서 간 백화점을 히토시짱이 그만둘 리가 있겠어요?"

"그만두지 않을 수 없는 사정이라도 생겼나 보지. 그러니 전화로 더 길게 얘기할 수도 없었다."

"엄마가 도쿄에 다녀오세요. 무슨 일이 있을 거예요."

"간들 뭐하겠니? 어디 있는지도 모르는데."

"그 군대 동기생은 알고 있을 거예요."

"히토시도 이제 어린애가 아니야. 그만둘 때는 그만둘 만한 이유가 있었을 거다. 우리들이 걱정한다고 어떻게 될 일이 아니잖니. 언젠가는 소식을 보내오겠지."

"그렇지만 엄마, 그만둔 지 열흘이 되었다고 하잖아요. 뭘 하고 있는지 걱정이 돼요."

"도쿄에서라면 뭘 하건 밥이야 안 굶겠지."

"엄마……"

"저도 무슨 계획이 있어서 그만두었겠지. 설마 굶고 앉아 있을라고? 제 인생을 스스로 찾는다며 큰소리치고 나간 아이야. 근성이 있으니까 굶고 있진 않을 거다."

"아마, 설날에 올 생각인가 봐요. 설날엔 꼭 올 거예요."

하스코는 어머니의 마음을 놓이게 하려고 애를 썼으나 그때 이미 오싱은 좀 전의 근심을 말끔히 떨쳐 버린 얼굴로 천연덕스럽게 밥을 퍼 넣고 있었다.

며칠 후 눈코 뜰 새 없이 바쁜 그믐날을 맞았다. 새벽부터 분주하기 시작해 밤이 늦어서야 겨우 가게를 끝마칠 수 있었다.

다음 날 설날 아침, 오싱과 하스코와 데이 그리고 전날 밤 돌아온 노소미가 모처럼 함께 모여 앉아 떡국을 먹었다.

오싱이 새로 가게를 차리고 어느새 반년이 지나 1951년의 새날을 맞은 것이다. 화제는 자연히 그 자리에 있어야 하는, 그런데 아직 소식이 없는 히토시에게로 모아졌다.

"그럼, 노소미짱한테도 아무 소식 없어?"

하스코는 이상하다는 듯이 히토시의 소식을 물었다.

"나는 아직 한번도 히토시한테서 편지를 받은 일이 없어. 설날엔 만나게 되겠지 하고 왔지."

"정말 아주 돌아오지 않을 작정일까, 오빠?"

"히토시답지 않아. 엄마가 걱정하실 걸 뻔히 알면서 아무 연락이 없다니."

"어디 병이나 난 게 아닌지 모르겠어. 그렇지 않다면 편지라도 했을 텐데 말이야."

가만히 듣고 있던 오싱이 흥미 없다는 듯 그들의 근심스런 말들을 흐트려 놓았다.

"그만들 둬라. 도쿄로 갈 때 다시는 안 돌아올 아이로 생각하고 보냈다. 생선이나 야채 장사는 죽어도 안 하겠다는 아인데 여기 오면 뭘 하겠니. 어디서건 하고 싶은 일을 하고 있다면 된 거지."

"엄마, 오빠가 오후에라도 올지 알아?"

데이의 얘기가 끝나기를 기다렸다는 듯이 밖에서 문을 두

드리는 소리가 났다. 그러자 데이는 좋아라 소리 지르며 뛰쳐나갔다.

"오빠야? 오빠가 왔어?"

한달음에 달려간 데이는 단숨에 문을 열어제쳤다. 그러나 그 얼굴엔 이내 실망의 기색이 가득찼다.

문밖엔 히토시가 아닌 말끔한 젊은 신사가 서 있기 때문이었다. 히토시를 기대하고 뛰어나온 하스코와 데이는 맥 풀린 표정을 지었으나 그 낯선 남자는 벙글벙글 웃으며 말했다.

"안녕하십니까. 이렇게 갑자기 찾아뵙게 됐습니다."

여전히 고개를 갸웃거리는 하스코에게 그는 손가락으로 자기 얼굴을 가리키며 다시 물었다.

"하스코상, 절 기억 못하겠습니까? 유군과 같이 있었던 기와무랍니다."

"아, 네! 기와무라상."

"오랫동안 못 찾아뵈었습니다. 여기 사시는 걸 겨우 알아냈으니까요. 어머님도 안녕하시지요."

"네, 네……"

궁금해서 뒤따라 나오던 오싱은 그를 알아보고 사뭇 놀라워하면서도 반가움을 감추지 못했다.

"어마, 기와무라상!"

"어머님, 절 알아보시는군요."

설날 아침 찾아온 손님은 뜻밖에도 유의 마지막을 전해 주러 왔던 전우 기와무라였다. 4년 전, 초라한 귀환병으로 다녀간 후 소식이 없던 그가 갑자기 몰라볼 만큼 깔끔한 차림으로 찾아온 것이다. 오싱도 하스코도 그가 왜 돌연 나타난 것인지 알 수 없었다.

집안으로 안내된 기와무라는 먼저 불단 앞으로 갔다. 유의 위패 앞에 아주 경건한 태도로 향을 사르고 고개를 숙였다.

"잊지 않고 찾아와 줘서 유도 반가워할 겁니다."

"온다 온다 하면서도 오랫동안 찾아뵙지 못했습니다."

"만약 유가 살아 돌아왔으면 기와무라상처럼 오늘로 스물여덟이 되겠군요."

"세상 참 고르지 못합니다. 기다리는 사람이 아무도 없는 나 같은 건 살아왔고, 어머님이나 하스코상이 기다리는 다노쿠라는 영영 돌아오지 못했으니 말입니다."

"그럼, 기와무라상의 부모님께선 어떻게 되셨나요?"

"끝내 만주에서 돌아오시지 못했습니다."

"지난번에 왔을 때 양친 소식이 궁금하다며 황망히 돌아가지 않았어요? 그런 다음 아무 연락이 없기에 가족들을 만난 줄 알았는데요. 그 어려운 시절에 전우의 마지막을 알려 주러 일부러 찾아와 준 것이 매우 고마워 인사를 하고 싶어도 연락할 곳을 몰라서 이러고만 있었어요."

"죄송합니다. 저도 마음에 걸리면서도 편지를 올릴 형편이 못되어서요. 겨우 찾아뵐 만한 입장이 되고 나니 이번에는 이 댁을 알 수 없었습니다. 전에 계시던 곳에 찾아갔더니 이미 오래 전에 이사를 가셨다고 해서 알려 드릴 길이 없었습니다."

"그동안 우여곡절이 많았지요?"

"네, 겨우 이사 가신 곳을 더듬어 포구의 가미야마 히사상 댁을 찾았더니 여길 가르쳐 주시더군요."

"어이구, 정말 고생 많았네요. 뜻밖에 찾아와 주어 정말 고맙습니다."

하스코가 들어와 조용히 그들의 곁에 앉았다.

"엄마, 술상 봐 놨습니다."

"그래. 가와무라상, 아무것도 차린 것은 없지만 저쪽으로 가죠."

가와무라는 앞서 나가는 하스코의 뒷모습을 유심히 지켜보며 오싱에게 말을 건넸다.

"하스코상은 아직 혼자 계십니까?"

"네, 아주 우리 집 딸 노릇을 하고 있어요."

무심코 내뱉은 오싱의 대답을 가와무라는 흘려 넘기지 않는 듯했다.

식당으로 건너간 가와무라는 조촐한 술상을 가운데 두고 노소미와 마주 앉아 술을 마셨다.

"허허, 이거 설 음식을 먹는 게 얼마만인지 모르겠습니다. 10년은 된 것 같습니다. 전시에도, 전후에도 외톨이인 전 항

둥지를 떠나서 315

상 집안 식구와 헤어져 있었으니까요. 집이란 역시 좋은 거군요."

"그럼, 지금 독신입니까?"

노소미가 놀란 듯 물었다.

"어디 결혼할 여유가 있어야지요. 먹고살기에 급급했으니까요."

"그럼 친척도 한 사람 없습니까?"

"외롭지만 더러는 그게 편할 때도 있긴 하더군요. 무엇을 하건 화내는 사람도 슬퍼하는 사람도 없으니까 자유롭게 살았지요. 퍽 위태로운 짓도 예사로 했지요. 혼자니까 죽든 살든 내 맘대로이니까요."

오싱은 말없이 가와무라의 입만 바라보았다. 그는 여전히 푸념처럼 말을 늘어놓았다.

"사람이 앞뒤를 안 가리면 무서운 것이 없더군요. 페니실린, 술 등 돈이 되는 것이면 뭐든지 취급했지요. 양심 같은 것은 아예 빼놓고 다녔지요. 필리핀에서 그런 비참한 꼴을 당하고 나니 도무지 양심이란 걸 믿지 못하게 되더군요."

오싱은 가만히 듣고만 있었다.

"그렇게 해서 번 돈을 증권에 털어 넣었지요. 만일 홀딱 다 잃어도 지저분하게 번 돈이니 아까울 것도 없다고 배짱을 부린 게 의외로 크게 터지더군요. 겨우 하늘이나 가릴 집칸을 마련하고 어머닐 찾아뵙는 겁니다."

"맨주먹으로 용하게 일어섰군. 만주에서 부모님이 나오시면 퍽 좋아하시겠어요."

"가족들은 이제 단념했습니다. 전쟁이 끝나고 5년이나 지났습니다. 무사했다면 벌써 돌아오셨을 겁니다."

"아직 만주에 남아 있는 사람들도 많다고 하던데……"

"아닙니다. 혼자 살아가야 할 것으로 각오하고 있습니다. 지금은 조그만 무역회사를 하고 있지요. 전후의 혼란이 차차 잡혀 가고 있으니 이제 착실히 살아가야 할 겁니다."

"가와무라상, 참 용해요. 아직 젊은데."

"젊으니까 무모한 짓도 할 수 있었던 겁니다. 전지에서 지옥을 겪고 나니 무엇도 두려울 게 없습니다. 계속되던 고생 끝에 겨우 여유를 찾고 나니 다노쿠라가 함께 돌아오지 못한 게 정말 가슴에 걸립니다."

아들의 전우로부터 유의 이름을 듣고 오싱은 서늘해지는 가슴을 겨우 추스렸다.

"이제 유의 얘기는 그만하지요."

"미안합니다. 제가 어머님의 상처를 건드렸군요."

"아니에요. 가와무라상을 만나니 우리 유가 돌아와 준 것 같아서 반가워요."

"저는 다노쿠라 대신 살아남은 겁니다. 제가 힘이 되어 드릴 수 있다면 기꺼이 할 수 있는 데까지 다하겠습니다. 무엇이든 말씀만 하십시오."

오싱은 멀거니 그를 지켜볼 뿐이었다. 그러자 잠시 어색하게 머뭇거리던 가와무라가 조심스럽게 말을 이었다.
"저어, 오늘 찾아뵌 것은 꼭 말씀드릴 게 있어서입니다."
가와무라는 갑자기 자세를 바로 하더니 놀랄 말을 꺼냈다.
"하스코상을 제게 주십시오."
너무나 뜻밖의 말에 오싱과 하스코는 입이 얼어붙었다.
"물론 당장 대답을 주십사 하는 것은 아닙니다. 오늘은 제 뜻을 말씀드리는 겁니다."
느닷없이 불쑥 꺼낸 말이라고 하기에는 가와무라의 표정이 매우 진지했다.
"하스코상이 다노쿠라와 장래를 약속했다는 것은 물론 알고 있습니다. 예비사관학교에서도, 전지에서도 다노쿠라는 자주 하스코상의 얘기를 들려주었습니다. 전 학교 다닐 때도 연애 비슷한 것도 못해 보고 군에 들어갔습니다. 그래서 다노쿠라의 얘기는 저에게 퍽 신선하고 아름답게 들렸습니다. 무척 부럽기도 하고요. 다노쿠라가 얘기하는 하스코상은 이 세상에 둘도 없는 멋진 여성이었습니다. 그때 저는 이 친구가 자기 멋대로 이상형의 여성을 만들어 내어 떠벌리는구나, 그렇게 훌륭한 여자가 세상에 있을 수 있나 하고 시큰둥하게 생각했습니다. 그런데 듣고 또 듣고 하다 보니 언제부터인가 하스코상이라는 여성이 저의 마음속에 이상형으로 남게 되었습니다. 싸움터라는 특수한 환경 때문이기도 했겠으나 하스코상을 생각하는 것으로도 전 마음의 평온을 얻을 수 있었습니다."

가와무라가 말하는 동안 방 안은 조용했다. 하스코만이 샐쭉해서 눈을 흘기고 있을 뿐 남은 식구는 숨을 죽여 듣고 있었다.

"엉뚱한 소릴 한다고 웃으실지 모르지만, 어느 겨를 저도 하스코상을 잊을 수 없게 되어 버렸습니다. 물론 나 혼자만의 비밀스런 꿈이었습니다. 하지만 막상 귀환하여 어머님과 하스코상을 직접 뵙고 나서 그것이 현실성 있는 꿈으로 변했습니다. 그때부터 제 가슴은 마구 뛰기 시작했습니다. 하스코상은 다노쿠라에게 듣던 그대로였습니다. 그건 만나자마자 첫눈에 느낀 사실입니다. 그날부터 오늘까지 저는 한시도 하스코상을 잊은 적이 없습니다."

하스코의 찢어지는 듯한 외침으로 얘기는 중단됐다.

"가와무라상! 그만 하세요!"

오싱은 당황하여 하스코를 말렸다.

"하스코!"

"엄마도 그렇지요, 왜 가만히 앉아 이 사람의 얼빠진 얘기를 듣고 계세요?"

"하스코상에겐 엉터리 같고 시시한 얘기로 들리십니까?"

가와무라의 언성도 조금은 높아졌다.

"나는 가와무라상을 알지 못해요. 알지도 못하는 사람에게서 그런 소릴 듣는다는 것은 불쾌해요."

하스코의 태도는 얼음처럼 차가웠다.

"그러니까 나에 관해서도, 내 마음도 알아주십사 하고 찾아뵌 것입니다. 이제부터라도 내 얘기를 진지하게 받아들여 주셨으면 해서입니다."

"난 어느 누구와도 결혼할 생각이 없습니다."

"다노쿠라는 죽음에 임박한 것을 알고 내게 하스코상을 부탁한다고 했습니다. 만일 내가 살아서 일본에 돌아가게 되면 하스코상을 행복하게 해 드리라고 말입니다. 이건 정말입니다."

"모처럼의 호의지만 전 거절하겠습니다."

그렇게 말하고 하스코는 찬바람을 일으키며 휑하니 나갔다.

"어머님, 저는 단념할 수 없습니다. 제가 이제까지 몸을 내던져 가며 악착같이 돈을 번 것도 언젠가 하스코상에게 청혼을 하리라 결심했기 때문입니다. 하스코상이 제 마음을 알아줄 때까지 천천히 기다리겠습니다. 염치없는 말씀이지만 댁에도 자주 찾아뵙고 싶습니다. 앞으로 부탁드리겠습니다."

말을 마치고 이마가 바닥에 닿을 만큼 깊이 절하는 그의 모습에 오싱과 노소미는 할 말을 잃고 서로 쓴웃음을 지었다.

가와무라는 오싱과 하스코, 그리고 데이에게 선물과 함께 앞으로도 자주 들르겠단 말을 남기고 돌아갔다. 선물은 오싱과 하스코에겐 쇼올, 데이에게는 스카프였다. 보통 사람들은 구경하기도 힘든 외제 고급품이었다. 데이는 좋아라 입이 벌어져 깡총거렸으나 하스코는 받을 이유가 없으니 돌려줘야겠다며 찬서리가 냉랭했다.

고리대금업자

 가와무라가 다녀간 그날 밤이었다. 여전히 분이 풀리지 않은 듯 잔뜩 굳은 얼굴로 문단속을 하는 하스코에게 오싱이 다가섰다.
 "하스짱, 가와무라상 얘긴데 말이다……"
 조심스럽게 안색을 살피는 어머니의 말을 들은 척도 하지 않고 하스코는 화난 투로 엉뚱하게 말머리를 돌렸다.
 "히토시짱은 끝내 오지 않는군요."
 "내가 보기엔 괜찮은 것 같더라."
 두 사람은 동문서답을 했다. 하스코가 급히 안으로 들어가려는데 오싱은 막무가내로 말을 붙였다.
 "하스코, 이 기회에 내 분명히 얘기해 두지만 너도 이제 스물넷이야. 서둘러 네 장래를 생각해야 할 때란 말이다. 평생 혼자 늙어 죽을 수는 없는 것이니까."

"엄마?"

"나도 널 한정 없이 붙잡아 둘 생각은 없다. 너를 딸로 맡고 있는 이상 착실한 자리에 시집보내는 것이 내 도리야."

"엄마, 저는……"

"가만히 들어 봐. 가와무라상이 정 싫다면 할 수 없는 일이지. 무리하게 꼭 가라곤 말하지 않겠다. 하지만 결혼은 언젠가는 해야 돼. 그렇지 않으면 내가 하스코의 부모님한테 면목이 안 서."

"엄마, 저는 유상과 결혼을 약속했고 엄마도 승낙해 주셨어요. 그러니까 다노쿠라가에 시집을 온 것이라고 생각합니다. 다른 곳에 시집갈 생각은 없어요."

"하스코……"

"전 유상을 사랑합니다. 평생 유상만을 생각하며 다노쿠라가에서 지내고 싶습니다. 절 여기 있게 해 주세요."

"그 마음은 고맙다. 그러나 하스짱, 지금은 괜찮아도 언제까지나 혼자 외톨이로 살 수는 없는 거란다. 그때 가서 후회해도 이미 늦은 거야. 유로 인해서 네가 불행해진다면 이 엄마의 가슴속에 씻을 수 없는 한을 남기게 되는 거야. 여자 혼자 살아가기가 얼마나 어려운데."

"알고 있어요. 그렇지만 유상이 날 보살펴 줄 거예요."

"그런 꿈 같은 소릴…… 유도 하스코의 행복을 바랐으니까 가와무라에게 네 장래를 부탁한 거야."

"엄마, 엄마는 내가 시집 못 갈 몸이란 걸 아시잖아요."

"하스코!"

"숨기고 시집을 가란 말입니까? 전 그럴 수가 없어요."

"다 지난 일이야. 마음만 깨끗하다면 몸도 깨끗한 거야."

하스코는 고개를 떨구었다. 이젠 돌이킬 수 없는 지난날들을 되새기며 그녀는 다시금 아픈 상처를 달래야 했다.

"만일 결혼해도 좋겠다는 사람이 생기면 이제까지의 일은 잊고 그 사람에게 성심성의껏 잘하면 돼. 몸이 겪은 과거는 사그라지는 거야. 그보다 중요한 것은 착하고 깨끗한 마음이야. 하스코, 그동안 내가 널 너무 의지해 왔구나. 네가 언젠가는 내 곁을 떠날 것을 전제로 장사도 해 나가야 할까 보다."

하스코의 눈에 언뜻 내비치는 눈물을 보며 오싱의 가슴은 말로 형용할 수 없이 착잡하게 가라앉았다.

정초 사흘을 쉬고 초나흗날 아침, 오싱이 새벽에 포구를 갔다 오니 하스코가 가게의 안팎을 말끔히 치워 놓고 있었다.

"오늘은 낙지가 좋고 싸더라. 젓갈을 담그려고 많이 사 왔다. 나가기 전에 손질해서 담가야겠다. 물 좋을 때 해야 맛있어. 데이에게 나와서 도우라고 해라."

"네."

그때 가와무라가 불쑥 나타났다.

"생선가게가 힘든 장사군요."

"가와무라상?"

"설 연휴를 정말 오랜만에 해변가 여관에서 푹 쉬었습니다."

"난 도쿄로 돌아간 걸로 생각했었다우."

"이세 지방을 좀 자세히 알아보느라구요. 역전에 꽤 쓸 만한 땅이 있더군요. 아직까지 시 중심부가 번화가라 장사들도 그곳에 몰려 있지만 미구에 역전으로 옮기게 될 겁니다. 어머님, 장사는 몰려서 해야 합니다. 게다가 큰 가게가 이웃에 있으면 그곳에 온 손님이 왔던 길에 생선도 사가게 되는 겁니다. 그때 물건이 좋고 싸다면 금방 신용과 평판을 얻게 되지요."

"그쯤은 나도 알고 있어요. 하지만 이 가게를 빌리는 것이 고작이었다오. 목이 좋은 곳에 가게를 낸다는 것은 우리 형편에 엄두도 못 내는 일이지."

"제가 그 땅을 사기로 했습니다. 일 년만 있어도 값이 배는 뛸 겁니다. 아주 마음에 드는 걸 샀습니다."

"땅 장사도 해요?"

"아닙니다. 만일 어머님께서 거기다 가게를 내실 의향이 있으시면 빌려 드리려고요."

오싱은 도무지 영문을 몰라했다.

"기왕 장사를 하시려면 여기보다 역전 쪽이 낫겠지요. 지금 잡아 두지 않으면 금방 팔릴 거니까요."

"우린 여기로 만족하고 있어요. 여자들 손으로 하는 장산데 크면 얼마나 크겠어요. 그저 이 정도면 알맞지요."

"그럼, 잠시 놀려 두지요. 그냥 둬도 값이 뛸 테니까요."

말없이 한곁에서 듣고 있던 하스코가 어이가 없다는 표정을 지었다.

"어머님, 하스코상, 또 오겠습니다. 만일 역전의 땅을 쓸 마음이 생기시면 언제든지 말씀만 하십시오. 그럼 또 찾아뵙겠습니다."

웃는 얼굴로 인사한 뒤 가와무라는 훌쩍 가 버렸다. 그런 가와무라의 뒷모습을 오싱과 하스코는 얼떨떨하게 바라볼 뿐이었다. 그러다가 문득 하스코가 먼저 입을 열었다.

"역 앞에 있는 땅을 정말 산 것일까요? 가와무라상이 어떻게 그처럼 많은 돈을 갖고 있을까요. 비싼 땅을 망설임도 없이 선뜻 살만큼 말이에요."

"그만한 나이에도 제 능력으로 큰 장사를 얼마든지 크게 할 수 있는 세상이 온 거야. 전쟁에 진 덕분이지. 자유다, 민주주의다 하는 바람에 가능해진 거니까."

오싱에게는 가와무라가 도무지 영문을 알 수 없는 사람으로 비쳐졌다. 그러나 그의 배포와 대범하고 활기찬 삶이 부럽기도 했다. 또 그런 가와무라와 히토시가 자꾸 비교되는 것은 어쩔 수 없었다.

도쿄의 백화점을 그만둔 히토시에게서는 그해 봄이 다 지나도록 소식이 오지 않았다. 오싱과 하스코의 분발로 장사는 날로 번창했으나 히토시에 대한 걱정이 집안에 그늘을 드리우게 했다.

그날 밤도 근래 자주 있어 온 화제가 오싱과 하스코, 두 사람 사이에 오고 갔다.

"이제 오토바이 행상은 그만두고 가게 일만 하고 싶은데, 가게만의 수입으로는 너무 보잘것없으니 탈이구나. 이 가게에서 매상을 더 올리기는 틀렸어."

"엄마, 우리는 원래 행상으로 시작했고 단골도 그쪽이 많잖아요. 그냥 할 수 있을 때까지 그대로 해요."

"그런데 이렇게만 하다간 어느 세월에 너를 편하게 하겠니. 밤낮 너만 부려 먹어서야 말이 되니?"

"엄마, 전 괜찮아요."

"괜찮긴 뭐가 괜찮아? 이러다간 널 영영 시집도 못 보낸다."

"엄마, 난 여기서 늙어 죽을 거예요."

"그런 끔찍한 소리 마라. 이건 너만을 위해서 하는 소리가 아니야. 생선, 야채 장사는 바쁘기만 하고 이윤이 박한 건 사실이야. 히토시가 앞길이 뻔하다고 집을 나가는 것도 무리가 아니지. 아무리 머리를 짜내 봐도 자리도 안 좋고 좁아터진 이 가게론 별 수 없어. 나 혼자라면 그저 먹고 지낼 만큼만 벌면 되는데…… 데이가 학교를 다 마치면 돈이 뭐 그리 든다고 아등바등하겠니?"

"엄마, 엄마에겐 더 큰 꿈이 있었잖아요? 이런 셋집이 아니고 버젓한 내 가게를 지어 큰 장사를 해 보겠다는 꿈이요."

"그야 그런 때가 있었지."

"아무리 마음에 있어도 하지 못하던 시절은 지났다. 마음껏 나를 키우고 장사를 키우겠다고 말씀하셨지요? 그래서 저도 엄마를 도와 그런 꿈을 이루겠다고 정말 열심히 하고 있는데 그런 약한 소리를 하시면 어떻게 해요?"

"네가 알다시피 히토시도 노소미도 떠나가 버렸지 않니. 내가 무슨 재미로 가게를 키우겠니. 나 먹고살면서 하스짱 시집이나 보낼 수 있으면 되는 거야. 그렇게 마음먹으니까 속이 편해지더라. 이제 때를 봐서 행상도 그만두련다."

"만일 히토시짱이 돌아오면 어떡하시겠어요?"

"아니야, 히토시는 안돼. 제가 죽을 각오로 기를 쓰고 간 곳에서 미처 해 보지도 않고 그만둬 버리는 그런 끈기, 그런 배포로 무언들 되겠니. 지금 어디서 뭘 하고 있는지 모르지만 혼자서 고생도 하고 서러움도 겪어 보는 게 그 애에게 득이 될 거다."

하스코는 아무 말도 못했다.

"하스코, 네 시집갈 준비는 해 놓았다. 그리 많은 돈은 아니지만, 창피하지 않을 정도는 된다. 그동안 네가 얼마나 애를 썼니. 그런 너에게 기를 못 펴게 하지는 않을 거다."

하스코는 고개를 떨구었다. 그녀는 결혼할 생각이 추호도 없었다. 유와의 사랑과 그 추억, 그리고 고마운 어머니를 도와 언제까지나 함께 살아야겠다는 마음, 그 어느 것 하나도 버릴 수 없는 소중한 것들이었다. 또한 험난한 과거를 생각하면 쓰라린 가슴은 더욱 굳게 닫히곤 했다.

며칠이 지난 이른 아침이었다. 가게 청소를 마치고 밖을 쓸고 있던 하스코는 쓸어 가던 빗자루 끝에 멈춰서는 구두와 바지 차림의 하반신을 보고 후딱 놀라 고개를 들었다. 가와무라였다.

싱글싱글 웃으며 그가 인사를 건네 왔다.

"또 왔습니다."

"어머닌 안 계신데요. 포구에 가셨습니다."

"오늘은 하스코상을 보러 왔습니다. 이쪽에 볼일이 생겨서 어젯밤은 이세의 여관에서 잤습니다."

"무슨 일이시죠?"

쌀쌀한 하스코의 말투도 아랑곳하지 않고 가와무라는 몇 개의 꾸러미를 내밀었다.

"이건 어머니, 이건 데이짱, 그리고 이건 하스코상에게 드리는 겁니다."

"이러지 마세요. 제가 가와무라상에게서 이런 걸 받을 이유가 없습니다."

"다노쿠라의 친구로서 그 대신 드리는 겁니다."

"그렇다면 어머니와 데이짱 것은 받아 두겠습니다."

하스코는 자신의 몫이라는 꾸러미를 가와무라에게 도로 주며 차갑게 잘라 말했다.

"제겐 유상을 대신할 사람이란 있을 수 없습니다."

하스코는 잠시 머뭇거리다가 큰 결심이라도 한 듯이 이내 결연한 어조로 말했다.

"가와무라상, 나를 잊으세요. 나는 누구에게도 시집을 갈 수 없는 몸입니다."

"하스코상……"

"나는 전쟁이 끝난 다음 이 집을 나갔습니다. 도쿄의 미군 부대 주변에서 미군 상대로 장사를 했습니다. 몸을 팔았어요. 양색시지요. 양갈보였단 말이에요."

순간 가와무라상의 표정이 싸늘하게 변했다. 그러나 곧 그 얼굴은 평정을 되찾았다.

"두 번 다시 여기 오지 마세요."

하스코는 앙칼지게 소리쳤다.

"그런 일은 아무 흉도 안됩니다. 난 하스코상의 사람 됨됨이에 반한 겁니다. 지난 일이 어쨌다는 겁니까. 옛일로 따지자면 나야말로 얼굴을 못 들 겁니다. 종전 후의 그 혼란 속에서 살기 위해 무슨 짓이든 안 하면 굶어 죽을 판이었으니까요."

하스코는 내심 크게 놀랐다. 자신의 어두운 과거를 낱낱이 쏟아 놓았지만 조금도 개의치 않는 듯한 가와무라의 태도가 의외였기 때문이다.

"이유가 충분히 있어서 하스코상이 어떤 일을 했다면 그건 아무 잘못도 아닙니다. 모두가 지옥을 겪었습니다. 몸도 영혼도 팔았습니다. 누구의 죄도 아니에요. 전쟁입니다. 우리는 전쟁이란 몹쓸 것을 겪어야 했던 불운한 세대였다는 이유로 억울하게 당한 것입니다."

가와무라는 격앙된 어조로 힘주어 말을 이었다.

"싸움터에서 굶어 죽은 다노쿠라도 그렇지만 살아남은 사람들이 더 깊은 상처를 입었습니다. 하스코상, 우리 그런 일로 기가 죽고 움츠러들지 말아요. 전쟁의 흉한 꼬리는 얼른 잘라 내어 미련 없이 버립시다. 당분간 나고야에 일이 있어 머물게 됩니다. 시간을 내어 자주 들르겠습니다. 그래도 되겠지요?"

하스코는 대답 대신 고개를 돌렸다. 전쟁이 가져다준 상처는 느닷없이 불쑥불쑥 하스코의 가슴을 아프게 할퀴곤 하는 것이었다.

봄볕이 따사로운 언덕배기에 오토바이를 세우고 오싱과 하스코는 갖고 온 도시락을 풀었다. 20여 년 전에도 오싱이 어린 유를 데리고 늘 함께 오곤 하던 아늑한 자리였다.

밥을 먹고 난 후에도 한참을 망설이던 하스코는 오싱에게 가와무라와의 얘기를 털어놓았다.

"그래, 그러니까 뭐라던?"

"전 그 말을 하면 단념할 거라 생각했던 거예요. 그런데 그 사람은 멀뚱하게 저는 손톱 씹는 나쁜 버릇이 있어요, 하는 시덥지 않은 고백이나 들은 것처럼 담담하게 말하는 거예요. 나에게도 상처는 많소, 모두 전쟁을 만난 게 불운이오, 라고 말이에요."

"그 사람도 고생을 정말 많이 했구나. 그리고 널 진심으로 사랑하고 있어. 서로 따뜻하게 감싸 주는 다정한 부부가 될 수 있겠다. 말한 게 잘한 일인 것 같구나."

"엄마……"

"나는 정말 괜찮다. 내 곁에 있는 것보다 시집가서 행복하게 사는 하스코의 모습을 보는 게 정말 소원이다."

하스코는 아무 말이 없었다. 깊은 생각에 빠져 있는 그녀에게 오싱이 문득 재촉하듯 말했다.

"얘, 얘길 하다 보니 가게가 늦었구나. 서둘러 가야겠다."

"네."

둘은 부지런히 가게로 갔다. 하스코가 문을 열고 들어서려고 할 때, 집 모퉁이에서 첫눈에도 여염집 여자가 아닌 듯한 차림의 여자가 다가왔다.

"댁이 이 집 사람이에요?"

"누구신데 그러죠?"

"히토시의 어머니를 만나고 싶은데."

예의도 없이 다짜고짜 건네는 여자의 수작에 말문이 막혀 버린 하스코 대신, 오싱이 얼른 대답했다.

"내가 히토시의 어미오만."

"그래요, 댁이? 집을 못 찾아 쩔쩔매질 않나, 기껏 찾아오니 집은 비어 있지 않나, 이거 원……"

"댁에서 히토시를 아십니까?"

"알다뿐이에요? 그 사람한테 터무니없게 당하고 있어요. 나가라고 해도 나가지도 않고…… 제발 그 인간 좀 데려가 줘요."

"지금 그 애가 어디 있습니까?"

"나고야의 아파트에 있어요. 같이 갈 거예요? 브로커니 뭐니 하고 큰소릴 치더니 아주 내 기둥서방 노릇을 하려 들지 않아요. 정말 정떨어졌어. 그래도 여전히 입은 살아서 금세 큰일이 터진다 어쩐다 하면서 내 금쪽 같은 돈을 갉아먹었어요. 한 5만 엔쯤 빌려 갔으니 그 돈은 돌려줘요."

"히토시가 뭘 했는지 모르겠지만 그건 히토시와 댁의 문제요. 나하고는 관계없는 일이오."

"당신은 히토시의 어머니라면서요? 그렇다면 책임을 지셔야 하잖아요."

"무슨 소릴 해도 소용없소. 나는 히토시를 데리러 갈 생각도 없고 또 그 애가 돌아오길 바라지도 않아요. 댁에서 정이 떨어졌으면 구워 먹든 삶아 먹든 마음대로 해요."

그러고는 뒤도 돌아보지 않고 안으로 들어가 버렸다.

"이봐요!"

뒤쫓아 들어가려는 여자를 하스코가 급히 붙잡았다.

"히토시짱이 정말 댁에 있어요?"

"그 인간 짐을 뒤졌더니 그 안에 어머니의 편지가 무슨 보물이나 되는 것처럼 소중하게 접혀져 있습디다. 엄마가 나타나면 집에 갈 생각이 들겠지, 하고 힘들게 찾아왔는데 이 꼴이니…… 정말 지긋지긋해요. 더는 그 사람의 뒷바라지를 하기 싫어요. 댁에서 그치 엄마한테 부탁 좀 해 줘요. 내 입장을 좀 생각해 봐요. 부탁이에요. 내 말은 귓등으로도 듣지 않으니 어쩌지요."

오싱이 다시 나왔으나 여자는 안중에 두지도 않았다.

"하스코, 서둘러 가게를 열어야지."

"이봐요. 당신, 그래도 엄마예요? 그렇게 차고 쌀쌀맞으니 아들이라는 게 그 꼴이 되어 버렸지."

금방이라도 덤빌 듯이 펄쩍 뛰는 여자를 거들떠보지도 않고 오싱은 묵묵히 생선 상자를 진열했다.

"엄마, 제가 다녀오겠습니다."

"쓸데없는 짓 말아라."

오싱의 단호한 말에 하스코는 움찔하였다.

"돌아오고 싶으면 제 스스로 오겠지. 올 마음이 없는 걸 억지로 데려올 건 없다."

"데리러 가는 게 아니에요. 금고에서 여비를 꺼내겠습니다. 오늘은 혼자 가게를 보시게 됐군요."

그 말에 오싱은 대답도 없이 생선 상자를 이리저리 챙겨 놓았다. 그 태도는 부정도 긍정도 아니었다. 하스코는 여자를 따라 나고야로 가기로 했다.

비좁고 더러운 목조 아파트였다. 그 여자는 하스코를 어느 방문 앞에 세우더니 문을 열어 하스코를 안으로 밀어 넣고는 자기는 어디론가 사라졌다.

하스코는 잠시 숨을 돌리고 안으로 들어갔다. 히토시가 수염도 깎지 않아 텁수룩한 얼굴로 자고 있었다. 어딘지 모르게 초췌하고 야윈 모습이었다.

측은하다는 눈으로 한동안 내려다보던 하스코는 살그머니 히토시를 흔들어 깨웠다.

히토시가 눈앞에 서 있는 게 하스코임을 알기까지 꽤 오랜 시간이 걸렸다. 그는 도무지 믿어지지 않는 모양이었다.

"그 여자는 딴 데로 갔어. 에이, 수염이나 깎지 그게 뭐야. 얼른 서둘러. 전차가 끊어지기 전에 가야지."

멀뚱히 바라보던 히토시는 대뜸 짜증스런 표정을 지었다.

"그 가게에서 또 생선 장사를 하라는 거야? 흙강아지가 되어 야채를 팔라는 거야? 나더러 덜덜이 오토바이를 타고 몇 푼 벌어 보겠다고 부산을 떨란 말이야?"

"그 외에 뭘 할 수 있어? 집에서 나와 반년이 넘도록 뭘 했는데? 제대로 한 게 하나라도 있어?"

하스코는 안타까운 심정이었으나 날카롭게 다그쳤다.

"있다면 돌아가자는 말을 안 하겠어. 왜 백화점을 그만두었는가 하는 것은 묻지 않겠어. 히토시짱 혼자서는 아무것도 한 게 없잖아? 세상살이가 그리 쉽지 않다는 것을 알게 된 것만으로도 집을 나온 게 헛되지 않았다고 생각해."

히토시는 초췌한 안색으로 눈을 감았다.

"장사라는 건 생선 한 마리, 무 한 개를 파는 것부터 시작해야 하는 거야. 이제 그걸 알 때가 됐잖아?"

히토시는 여전히 입을 다문 채로 있고 하스코는 내친김에 설득을 계속했다.

"히토시짱은 이제 스물 둘이야. 초조해 하거나 서두를 것 없어. 오늘 생선 한 마리를 팔면 다음 날은 두 마리, 또 그 다음 날은 세 마리…… 조금씩이라도 그렇게 매상이 늘어 가면 언젠가는 큰 장사를 하게 되는 거야. 단숨에 계단을 뛰어오를 생각을 말고 한층 한층씩 천천히 오르는 것, 그게 장사의 특성이고 재미인 것이야."

초췌하고 움푹 패인 히토시의 눈이 떠지지 않았다.

"나하고 함께 갈 마음이 없으면 혼자서 돌아와. 히토시짱, 돌아와서 다시 시작하는 거야. 이거 전차 삯이야. 그 여자한테 빌렸다는 돈은 가게에 와서 벌어서 갚아."

히토시는 시종 말도 없고 꼼짝하지도 않았다. 처음부터 끝까지 시종일관 침묵을 지켜온 히토시의 얼굴을 들여다보며 하스코는 그가 집을 떠날 때와는 달라져 있음을 느꼈다.

하스코가 돌아왔을 때는 이미 밤늦은 시각이었는데 그때까지 오싱은 저녁상 앞에서 기다리고 있었다. 두 사람은 모래를 씹듯 맛없는 저녁을 먹었다.

어색하고 무거운 분위기에 답답함을 느끼며 겨우 하스코가 먼저 입을 열었다.

"억지로 끌고 올 수는 있었어요. 그렇지만 그건 히토시짱에게도 어머니에게도 바람직한 일이 못되는 것 같아서요. 자기의 의사로 왔으면 했지요. 만일 오지 않으면 우리 그땐 아주 단념해요."

오싱은 한마디 반응도 보이지 않은 채 그냥 밥을 퍼 넣기만 했다.

아무 일도 없었다는 듯이 다음 날도 아침 식사를 마친 오싱과 하스코는 팔 생선을 오토바이에 싣는 등 부산하게 움직였다.

조수석에 올라타려던 하스코는 갑자기 장승처럼 굳어져 버렸다. 하스코의 시선을 쫓던 오싱도 흠칫 놀랐다. 건너편 전신주 아래에 분명 히토시가 우뚝 서 있었기 때문이었다. 잠시 망설이는 듯하던 히토시가 그들에게 다가왔다.

"엄마, 보세요. 히토시짱이 제 발로 돌아왔어요."

걸어오는 히토시에게 시선을 못박은 채, 하스코의 목소리는 기쁨으로 떨렸다.

"엄마, 운전은 내가 할게. 누나는 집 지키고 있어."

히토시는 마치 뒤따라 나오다 다시 들어가 물을 먹고 나오는 사람처럼 시침을 떼고는 운전대에 올라 시동을 걸었다.

오토바이는 경쾌한 시동 음을 내며 모자를 태우고 순식간에 골목길을 빠져나갔다.

반년만에 돌아온 히토시였다. 180일간의 행적이 어렴풋이 짐작은 가나 그 자세한 것은 알 수 없었다. 그러나 조금은 야위고 날카로워진 아들의 얼굴에서 오싱은 하나의 고비를 넘긴 히토시의 정신적 편력을 읽었다. 다시 한번 히토시와 시작할 수 있을지도 모른다. 아니 반드시 시작해야 한다. 이렇듯 오싱의 가슴속에는 밝은 희망이 샘솟았다.

행상이 다 끝나도록 모자는 서로 말이 없었다. 그러나 오싱은 히토시가 집을 나갈 때와는 다른 사람이 되어 왔음을 알 수 있었다. 그것으로 된 것이다.

아무것도 묻지 않으리라. 오싱은 오랜만에 찾아온 마음의 평온을 음미나 하듯 지긋이 눈을 감고 아들이 운전하는 삼륜 오토바이 좌석에 몸을 기댔다.

그날 저녁 학교에서 돌아와 히토시의 귀가 소식을 들은 데이는 뛸 듯이 기뻐했다.

데이는 그동안 오빠의 도쿄 생활을 궁금해 했다. 오빠가 돌아온 것은 좋으나 화려하게 생각되는 도쿄의 직장을 버렸다는 것이 납득이 안되고 아깝기도 한 모양이었다.

"오빠, 어렵게 취직을 했는데 뭣하러 가게에 돌아왔어? 여기선 아무리 버텨 봐야 앞이 뻔하잖아?"

그 말에 히토시가 처음으로 입을 열었다.

"데이, 네가 그렇게 생각하거든 열심히 공부를 해서 대학을 나와야 한다. 난 구제 중학도 다 마치질 못했잖니? 아무 데서도 상대를 안 해 주더라. 어머니는 전부터 나보고 무슨 일이 있어도 대학은 나와야 한다고 말씀하셨어. 종전 후 이제부터는 학력이 말하는 시대라고 혀가 닳도록 날 설득했어. 그런데 난 실력만 있으면 무엇이든 되는 걸로 믿고 있었다. 일껏 백화점에 취직을 해도 학력이 딸리니까 하고 싶던 일 근처에도 못 가고 막노동과 다름없는 배송계로 떨어졌다. 나와 비슷한 또래가 대학을 나왔다는 그것 하나로 양복 입고 큰소리치며 일하는 걸 보니 더는 못 있겠더라. 백년을 배송계에서 썩어도 햇빛 보긴 틀렸고 말이야."

"오빠, 그래서 백화점을 그만뒀어?"

"개인사업이라면 학력이 소용없어. 제 수완 여하로 성공할 수도 있어. 자주 가던 술집에서 아는 사람의 권유로 브로커라는 걸 했는데 물건을 이리저리 넘겨 이윤을 남겨 먹는 거지. 그게 잘될 때는 제법 벌이가 됐어. 그런데 싸다고 사면

장물이거나 사기를 당하기도 하고 해서 그것도 뜻대로 안되더라. 돈을 번다는 게 이렇게 힘든 거구나 하고 절실하게 느꼈다. 결국 브로커처럼 구름을 잡겠다는 것, 쉽게 돈을 벌겠다는 생각이 얼마나 허황한 것인가를 알았다."

저만큼에서 귀를 세워 듣고 있던 오싱이 못마땅하다는 듯이 한마디 던졌다.

"그래, 오갈 데가 없어 할 수 없이 돌아온 거냐?"

"그렇게 생각해도 할 수 없어요. 그렇지만 난 밥이나 얻어먹으려고 싫은데 억지로 들어온 것은 아니에요. 우직스럽게 생각되기만 했던 다노쿠라상점의 장사가 옳다는 생각이 들었기 때문이에요. 하나부터 다시 시작할 수 있다면 해 보고 싶어서예요. 다시 시작해서 학력 같은 게 없어도 훌륭히 해낸다는 것을 증명하고 싶어요. 남에게 보이려는 게 아니에요. 제 자신이 납득하고 싶은 거예요. 그렇지 못하면 학교 안 간 것을 평생 후회하며 살아갈 거예요. 학교에 안 간 것은 내 책임이에요. 누구의 탓도 아니고 누구를 원망할 수도 없어요. 그러니 내가 어떻게 하든 스스로 결말을 내야 하는 거니까요."

히토시는 자조의 모습을 감추지 못한 채 말을 이었다.

"먹고 잘 데가 없어 기어 들어왔다. 주변머리가 없다는 소리를 들어도 할 말이 없습니다. 이 가게를 발판으로 나 자신을 시험해 보고 싶어요. 엄마, 내게 기회를 주세요. 인간의 가치가 돈으로 저울질된다면 어떻게 해서라도 돈을 벌겠어요. 장작 위에서 자고 쓸개를 핥아서라도 벌겠어요."

오싱은 그런 아들의 눈빛에서 새롭게 변한 히토시를 발견하고 비로소 마음을 놓았다.

며칠 후 하스코는 나고야의 어느 호텔 커피숍에서 누군가를 기다리는 듯 홀로 단정히 앉아 있었다. 잠시 후에 가와무라가 반색을 하며 다가왔다.

"놀랐는데요. 하스코상이 여길 찾아와 주시다니요. 그래, 무슨 일이십니까?"

"언젠가 이세의 역전에 있는 땅을 샀다고 하셨지요?"

"네, 덕택에 많이 올랐습니다."

"그걸 빌려 주실 수 없을까요?"

하스코는 대뜸 땅 얘기부터 꺼냈다.

"히토시가 돌아왔어요. 지금의 가게에선 히토시가 아무리 애를 써도 그 보람이 없어요. 그렇지만 역전에서 장사를 한다면 다르겠지요. 빌려 주신다면 물론 임대료는 내야겠지요. 건물 지을 돈이 넉넉하지 못하니 우선 텐트라도 치고 시작해야겠어요."

이렇게 말을 한 뒤 하스코는 잠시 가벼운 한숨을 내쉬었다. 그러자 가와무라는 선선하게 웃으며 말했다.

"히토시짱도 왔고 하니 저는 이제 아무 때고 다노쿠라가를 떠날 수 있습니다. 저 같은 사람이라도 받아 주시겠다면……
그 말씀도 드릴 겸 왔습니다."

"허허, 그 땅은 다노쿠라의 어머님께 드리지요. 그럴 작정으로 산 거니까요. 유군 대신 뭔가 해 드리고 싶었습니다. 역전으로 나가실 의향이 있는지 없는지 몰라서 말을 꺼낼 기회가 없었지만 그렇다면 기꺼이 드려야지요."

"가와무라상!"

"이 일은 하스코상과 나의 일과는 관계없는 일입니다. 내가 남에게 깨끗한 삶을 산다고 큰소리칠 처지는 못됩니다만, 하스코상을 돈으로 어쨌다는 소리는 듣고 싶지 않으니까요."

"아니에요, 난 그런 뜻이 아닙니다. 히토시짱이 돌아와 내가 꼭 있어야 할 존재가 못됩니다. 히토시짱이 맘먹고 장사를 잘하는 것만 보게 되면 안심하고 아무 데고 갈 수 있습니다. 내 일을 생각할 수 있게 된 거지요."

"하스코상은 아직도 다노쿠라를 사랑하고 있군요. 그러니까 그 댁을 위해 무슨 일이든 하려 덤비시지요."

"가와무라상……"

"어떻든 어머님을 만나 뵙고 그 땅의 양도 수속을 하지요. 그것으로 내 마음도 편해집니다. 그 친구를 죽게 하고 나만 살아남아서 지난 5년 동안 얼마나 괴로웠는지 몰라요. 이제야 겨우 조금이나마 미안한 마음을 풀게 됐습니다."

하스코는 가와무라로부터 뜻하지 않았던 말을 듣고 보니

머릿속이 온갖 생각들로 혼미스러웠다.

그 길로 두 사람은 이세로 갔지만 가와무라의 갑작스런 말에 오싱은 어리둥절했다.

"여기에 서명만 하시면 등기를 마치겠습니다."

"글쎄 뭐가 뭔지 모르겠군요. 내가 가와무라상한테서 땅을 받아야 할 이유가 없는데 말이에요."

"이건 유군과 저와의 약속입니다. 살아남은 친구가 먼저 간 친구를 도와주는 건 아주 당연한 일입니다. 입장이 바뀌었으면 유군도 이렇게 했을 겁니다."

"그렇지만……"

"부디 유군의 유산이라고 생각하시고 받으십시오."

"그렇게까지 말하니 기꺼이 받겠습니다. 그런데 분명히 말하지만 거저 받지는 못합니다. 매달 형편대로 땅값의 일부씩이라도 꼭 보내겠습니다. 5년이고 10년이고 꼭 다 갚겠습니다."

"어머님이 그렇게 하셔야 마음이 편하시다면 저도 사양하지 않겠습니다. 어떻든 어머님 명의로 바꿔 두겠습니다. 이제 유군에게 조금은 떳떳하게 되었습니다."

가와무라는 비로소 만족한 표정이 되었다. 무거운 짐을 벗은 듯한 홀가분한 목소리로 그는 말을 이었다.

"히토시군이 돌아왔다지요. 그 땅에서라면 한번 해 볼 만할 겁니다. 모처럼 좋은 장사를 하시는데 제가 조금이라도 도움이 되어서 정말 기쁩니다."

"뭐라고 고마움을 표시해야 할지 모르겠군요."

"제게는 부모 형제도 없습니다. 귀환했을 때의 고생과 천대가 뼈에 사무쳐 그저 원수 갚듯 돈을 벌어 왔지만, 돈이 아무리 많아도 아무도 기쁘게 해 줄 사람이 없었습니다. 어머님이 기뻐하시는 걸 보니 보람을 느끼겠습니다. 나처럼 돈만 아는 삐뚤어진 놈에게 처음으로 사람 노릇을 시켜 주셨습니다. 어머님, 앞으로 잘 부탁합니다."

"우리 식구들도 가와무라상을 남이라고 생각하지 않습니다. 그러니 자주 들러 주세요."

"고맙습니다. 하스코상의 가슴에서 영영 유군이 사라지지 않을지도 모르겠지만, 그런 날이 오기만을 서두르지 않고 묵묵히 기다리겠습니다."

그로부터 며칠이 지난 어느 날 아침이었다. 가게를 치우던 하스코는 등기로 된 두툼한 봉투를 받았다. 발신인은 가와무라였다. 무엇인가를 짐작한 듯 하스코는 서둘러 이 기쁜 소식을 안으로 갖고 들어갔다. 그러나 오싱과 히토시는 아침상을 받아 놓고도 먹을 생각을 않고 넋 나간 표정으로 신문을 보고 있었다.

"엄마, 가와무라상한테서 등기우편이 왔어요."

"하스코, 신문 봤니?"

"아니요, 아직……"

오싱은 말없이 신문을 내밀었다. 신문을 받아 보던 하스코의 눈이 휘둥그레지고 얼굴에는 핏기가 가셨다.
"가와무라상이 죽다니…… 뭐가 잘못된 게 아닐까요?"
"사진도 가와무라상이 확실하구나."
"하스코 누나, 그 사람 돈놀이를 했대. 아마 고리대금을 지독하게 했나 봐. 견디다 못한 채권자가 죽였다는군. 그러니까 그렇게 돈이 많지."
히토시는 그럴 줄 알았다는 듯이 퉁명스레 내뱉었다.
"네? 가와무라상이 고리대금을요?"
하스코의 얼굴에 연민의 정이 가득했다. 비록 그의 청혼을 냉정하게 거절하기는 했지만 그의 인간성 자체를 나쁘게 생각하지 않고 있던 터였다. 오싱도 마찬가지였다. 죽은 유의 친한 친구로서, 비록 돈 버는 방법이 너무 악착스럽다고 생각했지만 뭔가 뜻있게 쓰려고 애쓴 그의 진심을 이해하기 때문이었다.
"그토록 천신만고 끝에 살아 돌아왔는데 이렇게 죽다니, 정말 허무하구나. 부모도 안 계셨고 친척에겐 냉대를 받아 이를 갈고 벌다 보니 결국 고리대금까지 손을 대게 됐구나. 따지고 보면 이게 모두 전쟁 때문이다."
"이제 역전의 땅이고 뭐고 다 허사로군. 어쩐지 처음부터 이상하더라 했지."
히토시가 동그라지듯 누우며 이죽거렸다.

죽은 사람에게 안됐다는 생각은커녕 빈정거리는 히토시를 못마땅한 눈으로 보던 오싱은 아무 말 없이 봉투를 뜯어 두툼한 뭉치를 꺼내어 보다가 소스라치게 놀랐다. 옆에서 지켜보던 하스코도 놀라 외쳤다.
"엄마, 그거 등기 서류잖아요?"
오싱이 말없이 머리를 끄덕였다.
가와무라가 피살됐다는 내용의 신문을 보던 바로 그 자리에서 오싱은 가와무라가 보내준 땅문서를 받았다. 오싱 명의로 된 그 땅은 2백 평이 넘는 것이었다.
이튿날 오싱은 친척 친지가 아무도 없는 가와무라의 시신을 유의 묘지 옆에 나란히 묻어 주고 명복을 빌었다.

회오리바람

 가와무라가 죽고 4년이라는 세월이 흘렀다. 1955년 일본 천지는 진무천황 이래 최고의 호경기로 들끓었다.
 이미 다카도 히사도 그리고 데키야 겐도 세상을 떠났다. 그런데 오싱에겐 여전히 어려운 일들이 줄을 이었다. 그 중에서도 히토시와의 의견 대립이 가장 큰 걱정거리였다.
 히토시는 자신의 학력에 대한 콤플렉스를 돈을 버는 것으로 보상받으려고 했다. 그의 오기는 대단했다. 거의 피도 눈물도 없는 장사꾼으로 변해 갔다.
 말끝마다 '셀프서비스의 슈퍼마켓을 하고 만다.' '이따위 생선가게로 일생을 마치지 않겠다.'며 투지를 불태웠다.
 가와무라가 남긴 대지 위에 가게를 짓고 견실한 장사를 해 나가려는 오싱과 뜻이 맞을 리 없었다. 사사건건 모자의 생각은 대립되었고 그래서 거의 매일처럼 티격태격했다.

그러던 어느 날 오싱은 아무에게도 알리지 않고 손자병법에 관한 경영 세미나에 참가했다.

셀프서비스에 거의 넋이 나가 있는 히토시를 위험한 꿈에서 일깨우기 위해서는 논리적으로 그를 설득시켜야 했고, 그러기 위해서는 경영에 대해 공부하지 않으면 안되었다.

오싱은 확실히 그런 점에서 범용을 넘은 여자였다. 쉰이 넘었으면서도 20대 못지 않은 열성에 합리적인 성격인 그녀는 경영 세미나 참가가 후일 유용한 경험과 지식이 되어 크나큰 발전의 토대가 되리라 믿었다.

그런 어느 날 오싱은 하스코로부터 놀라운 말을 들었다. 히토시와 집안 심부름을 하는 유리와의 사이가 보통이 아니라는 것이다.

유리는 불우한 가정에서 태어났지만 성품이 온화하고 다정한 처녀였다. 그래서 늘 오싱도 마음이 끌리던 아이였다.

한동안 이들을 눈여겨보던 오싱이 둘을 결혼시키기로 마음먹었을 때였다. 히토시가 유리를 버리고 딴 여자와 사귀기 시작했다. 나고야에서 의류 도매상을 크게 하는 가와베 센조라는 사람의 딸인 미치코와 결혼을 하겠다고 했다. 센조는 히토시에게 슈퍼마켓을 할 수 있는 경제적 지원을 보장했다는 것이다.

오싱은 기가 막혔다. 어쩌다 아들을 저리도 몰염치하고 이기적인 사람으로 키웠을까. 오싱은 분노와 수치로 몸을 떨었다. 게다가 결혼의 가장 큰 원인이 센조의 원조 제의였음을 알았을 때 오싱은 그만 할 말을 잃었다. 피를 나눈 자식 히토시가 언제부터인가 자신의 생각과 동떨어진 삶을 살기 시작했음을 알고 오싱은 큰 충격을 받았다.

어디서부터 잘못된 것일까. 잘못 가르친 것일까…… 자기 욕심을 위해 아무렇지 않은 표정으로 유리의 순정을 짓밟는 히토시의 비정함에 오싱은 온몸에 소름이 돋는 것 같았다.

히토시에게 버림받은 유리는 결국 집을 나가 노소미의 주선으로 도자기 가마에서 일을 하게 됐다.

그 후로 오싱은 미치코와의 결혼을 더욱 단호하게 반대했으나 히토시는 끈질기게 계획을 밀고 나갔다.

그날도 결혼 문제로 오싱과 히토시는 옥신각신했다. 둘의 언성이 높아졌고 곁에 있는 노소미와 하스코는 아슬아슬 몸 둘 바를 몰랐다.

"너하고 미치코라는 처녀하고 어떤 사이인지 몰라도 엄마는 일체 상관하지 않겠다. 유리를 그렇게 해 놓고 내가 어떻게 딴 며느리를 본단 말이냐. 꼭 그 여자하고 결혼하겠다면 집을 나가 맘대로 하려무나. 언제든지 너완 인연을 끊어 주마."

"엄마, 너무 극단적인 말씀은 하지 마세요."

하스코는 노기등등한 어머니를 말렸으나 오싱의 기세는

조금도 수그러들지 않았다.
"네 결혼을 승낙하면 너나 나나 비열한 인간이 돼. 무슨 낯으로 유리를 대하고 세상 사람들에게 얼굴을 들겠니?"
"그럼 어머닌, 일요일에 미치코상의 아버지가 집으로 오는데 안 만나시겠단 말이에요?"
"만나 달라면 만나 주지. 딱 부러지게 결혼을 반대한다고 말해 둬야 하니까."
"어머니!"
"위자료를 내라면 내면 되는 거고, 또 네가 다노쿠라 집안을 버리고 그쪽 말대로 하겠다면 그 또한 할 수 없는 일이 아니겠느냐? 너도 이제 철부지 어린아이가 아니니까 네 맘대로 하려무나."
"어머니는 내 마음을 알지 못해요!"
"그래, 모른다. 너 같은 망나니가 무슨 생각을 하고 있는지 내가 알게 뭐냐. 더 이상 어떤 소릴 해도 소용없다."
강경한 어머니의 태도에 어찌해 볼 도리가 없는지 히토시는 체념한 듯 자기 방으로 들어가 버렸다. 노소미가 거칠게 일어나 자리를 박차듯 나갔다. 오싱이 그런 노소미를 불렀으나 그는 그대로 나가 버렸다.
"엄마, 노소미짱은 히토시짱하고 유리짱의 일을 몰랐어요."
"아 참, 이를 어쩌나. 내가 그만 화가 나는 바람에 노소미 앞에서 안 할 소리를 해 버렸구나. 유리짱은 이런 일을 되도록 숨기려고 할 텐데."

 방으로 들어온 히토시는 벌렁 누워서 땅이 꺼질 듯 깊은 한숨을 내쉬었다. 따라 들어온 노소미가 곁에 앉으며 얘기를 꺼냈다.

 "히토시, 유리짱하고 그런 일이 있었다는 게 사실이야?"

 노소미는 흥분을 가라앉히지 못해 언성을 높였다.

 "그래서 유리가 집을 나간 건가?"

 "유리가 네게 아무 말 않던? 유리에겐 정말 미안하게 생각해. 내가 할 수 있는 한 그 보상을 할 작정이야."

 "그럼 왜 결혼을 안 한다는 거야. 두 사람이 서로 사랑했을 게 아닌가. 어머니가 반대를 하시는 것도 아니고 결혼 안 할 이유가 없잖아."

 히토시는 침묵으로 대답을 대신했다.

 "따로 여자가 생겼기 때문인가? 그렇지만 그건 이유가 안돼."

 "이제 와서 그런 소릴 해도 늦었어. 유리는 내게 정나미가 떨어져 집을 나가 버렸잖아? 나는 유리를 배반하고 딴 여자와 결혼하려는 사내야. 날 이해하고 기다려 주는 것보다 비열한 인간이라고 욕을 하는 편이 훨씬 더 빨리 잊게 될 테니까."

 "어떻게 그렇게 자기 좋을 대로만 생각해?"

 "노소미, 난 내가 어떤 지독한 짓을 하고 있는지 잘 알아. 그렇지만 내겐 나름대로의 꿈이 있어. 미치코라는 여자와 결혼하면 그 꿈을 이룰 수 있을지도 몰라."

회오리바람 351

"히토시, 너 돈에 끌려서 그러는구나. 결혼을 뭘로 생각하는 거야?"

"그래, 난 돈에 미쳤어. 결혼을 해서 내 꿈을 이룰 수만 있다면 몇백 번이라도 결혼하겠어. 나는 확실히 유리를 사랑했어. 만일 미치코를 안 만났더라면 유리와 결혼했을 거야. 미치코를 처음 만났을 때도 결혼은 물론 사귈 생각도 없었어."

"그런데 부잣집 딸이라는 걸 알고 생각이 변했나?"

"다노쿠라상점이 이런 장사를 계속하면 생선가게로 끝나. 어떻게든 탈바꿈을 해야지 하고 초조해 하고 있었으니까."

노소미는 기가 막히다는 듯 할 말을 찾지 못했다.

"난 미치코의 아버지로부터 새로운 경영 방법을 배웠어. 그런데 그 경영 방법이라는 게 내 오랜 꿈과 일치하더군. 그분이 시설 자금을 대 준다고 했어. 이 기회를 놓칠 수 없어."

"히토시, 그런 목적으로 하는 결혼이 원만할 리가 없어. 길고 긴 일생을 사업과 맞바꾸는 것을 어머니가 달갑게 여길 것 같아? 어머니의 강직한 성품을 나보다 더 잘 알잖아."

"여자는 결국 그게 그거야. 미치코도 날 사랑하고 있어. 내가 꼭 희생을 한다고는 생각하지 말아 줘."

"히토시……"

"잠깐, 노소미도 결국은 어머니의 기대를 저버리고 네가 좋아하는 길로 갔잖아. 그렇게 따지고 보면 너도 내게 설교할 처지가 못돼. 난 다노쿠라를 이어가야 하고 또 키울 의무가 있어. 매사를 우아하게 처신할 수만은 없어."

아픈 데를 찔리자 노소미는 입을 다물었다. 유리처럼 착한 아이를 불행에 빠뜨린 히토시를 원망하는 마음에 앞서 노소미는 어머니의 뜻을 저버린 자신의 처지가 더 마음에 걸렸던 것이다.

이른 새벽 노소미가 가마에 돌아오자 마당을 쓸고 있던 유리가 반색을 하며 맞았다.

"노소미상, 어떻게 이렇게 일찍 오세요?"

"며칠이고 쉴 수는 없잖아?"

"공연히 나 때문에 번거로우셨지요. 미안합니다."

"이따 다시 얘기하겠지만, 어머니가 유리를 무척 걱정하시더군. 유리짱이 돌아와 줬으면 하시고 있어. 유리짱이 아직 포기하지 않고만 있다면 히토시와의 일도 어떻게든 성사시키고 싶으신가 봐."

유리는 고개를 숙인 채 굳게 입을 다물었다. 노소미는 그런 유리를 연민이 가득 담긴 시선으로 내려다보며 조심스럽게 말을 이었다.

"히토시와의 일, 어제야 얘기 들었어. 정말 안됐어. 뭐라고 위로의 말을 해야 할지……"

"죄송해요. 말씀드리지 않아서요. 하지만 이미 지난 일이에요. 다시 생각하기도 싫습니다. 여기 있게 해 주셔서 정말 고맙게 생각하고 있어요. 모든 걸 잊기로 했어요. 그렇지만 원망하지 않을래요. 히토시상은 다노쿠라상점을 이어갈 사람이에요. 히토시상한테는 그분의 장래를 위해서 나보다 더 어울리는 사람이 있다는 걸 알았습니다. 여기 계신 분들과 잘 지내게 됐으니 오히려 잘된 일이지요."

"그게 정말이야, 유리짱?"

"노소미상에게 왜 거짓말하겠어요. 어쩌다 그렇게 됐는지 지금 생각하면 어이가 없어요. 너무 어려서 뭘 몰랐나 봐요."

"유리짱……"

"아침 드셔야지요. 아마 지금쯤 식당에들 모이셨을 거예요. 가서 함께 드세요."

의외로 빨리 명랑함을 되찾은 유리를 보고 노소미는 안도의 한숨을 쉬면서도 내내 그녀가 안쓰럽기만 했다.

그로부터 며칠 후 오싱이 노소미로부터 받은 편지는 의외의 내용이었다. 유리는 히토시를 완전히 단념했고 거기 생활에 만족하고 있다는 것이었다.

가게가 한창 바쁠 때인데도 오싱은 궁금증을 못 견뎌 손님을 응대하는 틈틈이 편지를 펴 보곤 했다. 그런 어머니를 곁눈으로 흘끗거리던 히토시는 참다 못해 편지의 내용을 물었다. 그러나 오싱은 들은 척도 하지 않았다.

저녁상을 받은 자리에서 히토시는 다시 장사 일로 투덜거리며 불평을 늘어놓았다.

"어머니가 뭐라 하든 이제는 주문받으러 돌아다니는 짓은 그만두겠어요. 그 시간을 장사에만 몰두하면 그만큼 매상도 오를 거고요. 모두 셀프서비스 시스템으로 바꾸려는 판에, 우리만 에도 시대니 원…… 시대착오도 이만저만이 아니에요."

"날마다 지칠 줄 모르고 잘도 투덜댄다."

오싱은 냉소를 머금으며 일침을 놓았다.

"투덜거리지 않고 견디겠어요? 가게 일만도 바쁜 판에."

"다노쿠라상점은 그렇게 시작했어. 그게 다노쿠라의 방식이야."

"알아요. 귀에 못이 박히도록 들어왔어요."

"알면 가만 있지 무슨 불만이 그리도 많으냐."

더는 말하기도 귀찮다는 듯 외면해 버리는 오싱에게 히토시는 넉살 좋게 그날 온종일 궁금했던 일을 넌지시 물었다.

"노소미가 보낸 편지에 뭐라고 쓰여 있어요?"

오싱은 눈을 흘기며 빈정거리듯 내쏘았다.

"유리가 너 같은 건 벌써 잊었다고 한다더라."

"그래요?"

"똑똑한 거지. 유리짱이 네 인간됨을 알아본 거야. 정나미가 뚝 떨어졌겠지."

오싱은 밉살스럽다는 얼굴로 아들을 쏘아보았다.

"유리짱은 네가 누구와 결혼하건 상관도 않는다는구나."

"그래요? 그거 잘됐네."

회오리바람

히토시는 천연덕스럽게 이죽거렸다.

"참, 기가 막히구나. 여자한테 정나미가 떨어졌다는 소리를 듣고도 저리도 태평하다니."

갑자기 히토시가 꿇어앉더니 바닥에 이마가 닿을 만큼 넙죽 절을 하며 애원했다.

"부탁이에요, 어머니. 미치코와 결혼하게 해 주세요. 부탁이에요. 이렇게 빌게요."

오싱은 그런 아들의 모습이 보기도 싫다는 듯 외면해 버렸다.

"오는 일요일에 미치코의 아버지가 집에 찾아와요. 그 안에 어떻게 하든 어머니의 승낙을 받아야겠어요. 부탁이에요."

오싱은 들은 척도 않고 일만 계속했다.

"난 이 결혼에 내 인생을 걸고 있어요. 결코 어머닐 실망시키지 않을 거예요. 다노쿠라가를 위해 돌아가신 아버지나 유 형에게도 떳떳한 결혼이 되도록 할게요. 약속해요."

그날 밤, 나란히 잠자리에 누운 오싱과 하스코는 히토시의 결혼 문제를 얘기하며 밤이 깊어 가는 것도 잊고 있었다. 하스코는 막 읽고 난 노소미의 편지를 오싱에게 돌려주며 히토시에게 동정적인 얘기를 했다.

"히토시짱이 그럴 생각이었군요. 그렇게까지 해서 셀프서비스가 하고 싶을까요?"

"누가 아니라니. 히토시의 생각을 모르는 건 아니지만, 하필 처갓집에 기대려 할 게 뭐냐."

"어머니를 편안하게 해 드리고 싶어 그런다지 않아요. 우리한테는 꿈에도 그런 티를 안 내더니."

어느새인가 오싱의 마음속에 히토시에 대한 감정이 서서히 녹기 시작한 것 같았다.

"어머니가 고생하시는 게 안쓰러워 그러는 거예요. 얼마나 착한 생각이에요?"

"따지고 보면 내가 히토시를 그렇게 키운 거지. 장사, 장사하고 평생을 줄달음쳐와 놓고 이제 와서 새삼스럽게 돈벌이가 인생의 전부가 아니라고 얘기해 봐야 히토시에게 통하지 않을 테지. 답답한 노릇이야. 끝까지 반대를 하면 평생 날 원망할거고."

"아마 히토시짱 생각대로 가게를 내려면 엄청난 돈이 들겠지요."

"지금의 다노쿠라로서는 무리한 구상이야."

1955년에 셀프서비스 시스템을 채택한다는 것은 큰 도박이었다. 그러나 옹골차기로 이름난 오싱도 자식 앞에서만은 약한 어머니임을 어쩔 수 없었다. 그렇게도 완강하게 반대하던 새로운 장사 방법과 아들의 결혼을 어느 결엔가 진지하게 생각하고 있는 자신을 발견하고는 오싱 스스로도 깜짝 놀랐다.

일요일이 되었다. 그러나 오싱은 평소와 조금도 다름없는 일과를 보내고 있었다.

그때 헐레벌떡 들어오던 히토시가 작업복 차림의 오싱을 보고 당혹스러워했다.

"어머니, 아직도 우물대면 어떡해요? 곧 올텐데."

"언제 와도 괜찮다. 시간 맞춰 야채 구입도 끝내고 이렇게 기다리고 있잖니?"

"옷도 안 갈아입었잖아요?"

"뭘 입으란 말이냐. 네 엄마는 생선가게 여편네다. 잔뜩 모양을 내고 비릿한 생선들 틈에 서 있어 봐야 흉밖에 더 잡히겠니?"

"어머니?"

"있는 그대로를 보여 주는 게 낫다. 그래서 마음에 안 든다면 그런 사람을 며느리, 사돈을 삼아 봐야 이 집에서 살아 나갈 수 없어. 하스짱, 그렇게 부지런 떨고 청소할 필요 없다. 들여온 야채를 다듬고 나면 도로 치우나마나가 될 텐데."

히토시는 어머니의 성격을 잘 아는 터라 더 이상 고집도 부리지 못하고 부어터진 얼굴로 겨우 한마디 더 물었다.

"어머니, 점심 대접은 어떻게 하지요? 어디 좋은 식당으로 가는 게 낫겠지요?"

"식당이라니! 우리 집은 생선가게다. 싱싱한 회하고 생선구이가 있으면 된 거 아니냐?"

"나고야에서 오는 손님이에요. 이세의 명물 음식이라도 대접하는 게 예의 아니에요?"

"히토시, 난 그분들을 손님 취급은 하지 않을 생각이다. 어쩌면 이 집 며느리로 들어올지도 모를 처녀야. 처음부터 떠받들어 키웠다가 나중에 어쩌려고 그러니?"

히토시의 얼굴은 그만 질린 듯했다.

"가게가 바쁜 걸 제 눈으로 봐 둬야 할 거다. 부잣집 귀염둥이가 가난한 집에 오려면 단단히 각오를 해야 할 거야."

"어머니도 참……"

"네가 하도 떼를 써서 그분을 만나기는 하겠지만 마음에 안 들면 분명하게 거절할 테니 그리 알아라."

"또 그러시네. 어머니는 셀프서비스점으로 바꾸겠다는 데 찬성했지 않아요? 그렇다면 끝까지 도와주셔야죠."

"그것과 미치코와는 별개의 얘기야. 엄마는 말이다, 며느리의 친정집 신세를 져 가면서까지 장사를 확장할 생각은 없다. 시설 자금은 은행에서 빌려도 돼."

"그렇게는 안돼요. 은행에서 그만큼 융자를 해 줄지도 의문이고 설사 빌려 준다 해도 어떻게 매달 이자를 갚겠어요?"

히토시는 오늘의 만남이 얼마나 중요한가를 잘 알기 때문에 어떻게든 어머니를 구슬려서 무사히 넘어가기만을 간절히 바라는 것이다.

"하스코 누나, 점심 부탁해요."

한마디 덧붙이고 히토시는 부리나케 뛰어나갔다.

못마땅한 눈초리로 히토시의 뒷모습을 바라보던 오싱은 한숨 섞어 말했다.

"지금부터 저 지경이니 앞일이 뻔하군. 여편네나 처갓집에 발목이 잡혀 꼼짝 못할 거야. 열 달 배 속에서 키운 자식도 커 놓으니 어미 생각대로 안되는구먼. 왜 고생 고생하며 키웠는지 모르겠다."

하스코가 말을 잘랐다.

"히토시짱은 나은 편이에요. 세상엔 부모 버리는 자식이 수두룩해요. 한때 집을 나갔지만 돌아와서 어머니도 돕고 가게를 키우려고 저렇게 필사적으로 뛰지 않아요? 그때 영영 안 돌아왔다고 생각해 보세요. 지금쯤 이전의 가게에서 우리 둘이 외롭게 지냈을 게 아니에요. 만사가 생각하기 나름이에요."

"허허. 하긴 그럴지도 모르지. 근심하고 걱정해 줘야 할 자식이 있을 때가 그래도 나은 건지 모르지."

그때 종업원이 뛰어들더니 대단한 일이나 되는 것처럼 손님의 도착을 알려 왔다.

오싱은 곧 가게로 들어섰다. 히토시가 장인 될 사람으로 보이는 남자에게 열심히 설명하고 있는 모습이 보였다. 미치코의 아버지인 그 남자는 마치 가게의 값이나 매기는 듯한 눈길로 유심히 이곳 저곳을 보고 있었다.

오싱이 냉정한 얼굴로 다가가서 인사를 했다.

"멀리까지 오시느라 수고 많았습니다. 제가 히토시의 어미입니다."

"이거 반갑습니다."

히토시가 당황해서 얼른 센조와 미치코를 오싱에게 소개했다.

"이분이 미치코의 아버님이시고 이쪽이 미치코상이에요."

"가와베라고 합니다. 딸아이가 히토시군에게 성가시게 굴고 있는 모양입니다."

"별말씀을…… 우리 히토시 쪽이 더할 겁니다."

미치코가 제법 공손하게 오싱에게 인사를 했다.

"미치코입니다. 처음 뵙겠습니다. 바쁘신데 죄송합니다."

"히토시에게 얘기 많이 들었어요."

이렇게 말하고는 다시 센조를 향해 인사를 했다.

"원래 제가 먼저 찾아뵈어야 하는 건데 인사가 늦었습니다."

"아닙니다. 오늘은 이를테면 비공식 상견례라 할까요. 젊은것들이 졸라서 온 겁니다. 격식을 갖춰 나중에 또 해야겠지요. 젊은이들에게 맡기고 어찌 되어 가나 하고 구경을 했더니 좀체 진전이 없더군요. 그래서 제가 체면 불구하고 나선 겁니다."

"아닙니다. 저희가 변변치 못해 걱정을 끼쳐 드렸군요.

자, 안으로 들어가시지요."

"괜찮습니다. 가게를 열어 놓으셨는데 주인께서 안으로 들어가시면 되겠습니까."

"그렇지만 여기에서 손님을 서 계시게 할 수는 없죠."

"아닙니다. 얘기는 어디서건 할 수 있지 않습니까? 참, 좋은 자리를 갖고 계시군요. 이런 특급 땅에서 이 정도의 가게를 하시다니 보물을 썩히시는 겁니다. 조금 전 히토시군과 얘기했지만, 이렇게 좋은 입지 조건이나 매장을 최대한으로 늘려 슈퍼마켓을 하셔야 합니다. 아까 잠시 살펴보니 가게 앞의 공터를 그대로 두셨더군요. 그걸 유효하게 쓰면 아마 지금보다 몇 배 더 큰 매장을 만들 수 있을 겁니다."

"글쎄요."

"생선, 야채뿐만 아니라, 조미료, 깡통, 건어물, 육류 그리고 일용 잡화와 의류까지 구색 맞춰 놓을 자리가 됩니다. 정말 부럽습니다. 댁에서 하실 의향이 없으시면 아무리 많은 돈을 드려도 좋으니 양도받고 싶을 지경입니다."

번들거리는 웃음을 지어 대는 센조가 그다지 내키지 않는 듯 오싱은 대꾸조차도 하지 않았다.

"저는 기성복 메이커를 하고 있습니다. 아동복과 부인복을 주종목으로 하고 있습죠. 그래서 대중적인 가게를 갖는 게 소원이지요. 이 자리가 아주 적격입니다. 정말 탐이 납니다."

히토시가 오싱의 눈치를 살피며 센조의 말을 끊었다.

"죄송한 얘기지만 저희 어머니가 끝내는 제 뜻을 받아들여 셀프서비스점으로 하는 걸 동의하셨습니다."

"그런가? 거, 나로서는 안된 일이구만. 그 대신 앞으로 내 물건을 취급해 주게."

그때 하스코가 차를 갖고 나왔다. 히토시는 하스코를 두 사람에게 자신의 누이라고 소개했다.

하스코가 들어가자 미치코가 소리를 죽여 히토시에게 따졌다.

"어머, 당신에게 손위 누이가 있었어요? 난 대학 다니는 동생만 있는 줄 알았는데. 그런 말을 여태 안 하는 사람이 어디 있어요? 몇 살이에요?"

"스물아홉인가…… 참, 친동기간은 아니야."

"결혼은?"

"아직……"

"그러면 결혼하길 바라긴 틀렸네."

하스코가 다시 나와서 히토시에게 말했다.

"히토시짱, 점심이 안에 준비돼 있어요. 안으로 모셔."

히토시는 미치코와 센조의 눈치를 살피느라 어쩔 줄 몰라 하며 그들을 안으로 안내하고 점심을 대접했다.

점심이 끝나자 과일을 권하며 오싱이 인사를 했다.

"이런 누추한 데로 모셔서 죄송합니다. 어디 밖으로 자리를 마련할까도 생각해 봤지만 저희 살림을 있는 그대로 보여 드리는 게 오히려 나을 것 같아서요."

"그렇습니다. 우리는 손님이 아닌걸요. 이 댁 가족이 될 사람이 아닙니까. '싱싱하고 싼 생선'이 캐치프레이즈란 소리를 히토시군에게 여러 번 들어왔습니다. 정말 근래에 없이 좋은 회를 맛보았습니다."

"맛있게 드셨다니 감사합니다. 음식 솜씨도 없고, 그저 싱싱한 생선 덕분에 큰 욕은 면한 것 같아 다행입니다."

"그건 그렇고 셀프서비스 세미나에 참석하셨다는 소릴 듣고 놀랐습니다. 제가 그만 공자 앞에서 문자를 쓴 꼴이 되고 말았습니다."

히토시가 나서서 보충 설명을 했다.

"우리한테는 아무 말씀도 없이 교토에 가셔서 슈퍼마켓을 견학까지 하셨답니다."

"호오, 그러면 다 아시겠지만 새로 지으실 때는 대지를 백 프로 활용하셔야겠습니다."

"글쎄 알고는 있습니다만……"

"히토시군에게서 혹 들으셨을지 모르지만 시설 자금이라면 제가 변통해 드리지요."

남에게 신세 지기를 싫어하는 어머니의 성격을 누구보다 잘 아는 히토시인지라 혹시라도 오싱의 비위를 거스르게 될 말이 나올까 봐 얼른 가로챘다.

"어머니, 물론 융자해 주시는 거예요. 변제는 장기분할로

하고 말이에요."

"그런 걱정은 안 해도 되네. 미치코가 이 댁에 시집을 오면 이 댁 자식이 되는 거니까 딸에게 투자하는 거나 마찬가지야."

"아닙니다. 그럴 수는 없습니다."

오싱은 분명한 어조로 잘라 말했다.

"허허, 투자를 한다고 해서 거저 드리는 건 아닙니다. 그 대신 제 상품을 팔 매장을 제공해 주시면 되는 거니까요. 이런 장소라면 반드시 팔립니다. 식료품 고객은 아무래도 여자가 많으니까요. 이 가게가 성공하면 딴 곳에서도 내고, 그 다음에 또 내면 우리 제품도 그만큼 팔리는 거지요. 히토시군, 어떤가? 그렇게 되면 다노쿠라의 체인점이 많아지는 만큼 나의 판로가 넓어지는 거니 그 정도 시설 자금은 내가 부담해야 하지 않겠나?"

감격한 히토시는 어쩔 줄 모르고 충복처럼 머리가 바닥에 닿을 만큼 깊이 숙여 절했다.

"열심히 뛰겠습니다."

"자, 그러면 설계를 서둘러야겠네. 견적도 뽑아야 하고, 모두 내가 맡아서 해 줌세."

히토시는 더욱 감격을 해 꾸벅거렸으나 오싱은 몹시 못마땅했다.

"뭣하면 히토시군, 자네는 공사하는 동안 미국에나 다녀오도록 하게. 아무래도 거기가 슈퍼마켓의 본고장이니까."

그러자 미치코가 팔짝 뛰며 덤볐다.

"나도 갈 테야, 아빠."

"무슨 소리냐. 히토시군은 놀러 가는 게 아니야. 그리고 결혼식도 안 올리고 어딜 함께 간다는 거냐?"

"그럼 빨리 식을 올리고 신혼여행으로 가면 되겠네요?"

"식은 새 가게를 짓고 나서 올려도 된다. 공사하는 동안엔 아무래도 신혼부부가 거처할 데가 마땅치 않을게 아니냐? 저어 사돈어른, 그렇게 약속하는 게 어떻겠습니까?"

"네……"

"아빠, 건물은 언제 다 돼요?"

"글쎄다. 설계사하고 얘길 해 봐야겠지만 내년 봄이나 되어야 개업할 수 있을 거다. 그때까지 신부 수업을 착실히 해 둬라."

센조는 여기서 잠시 말을 멈추고 흘끗 오싱의 눈치를 살피며 화제를 돌렸다.

"저어…… 사돈어른, 공사할 동안은 아무래도 불편하시겠지만 생선하고 채소는 계속 하실 수 있도록 머릴 짜 보겠습니다."

센조는 히토시의 어깨를 두드리며 말을 이었다.

"히토시군, 와 뵙기를 잘했네. 자당께서 얘기가 통하시는 분이 돼서 정말 좋네. 사돈어른, 앞으로도 딸아이 잘 부탁드립니다."

"저야말로……"

오싱은 일방적으로 장황하게 늘어놓는 센조와 그의 딸 미치코의 태도가 모두 마음에 걸렸지만 그저 꾹 참고만 있었다.

완벽한 시어머니

 회오리바람처럼 정신없이 수선을 떤 다음 센조는 미치코와 히토시를 데리고 나갔다.
 오싱은 불쾌한 기분을 떨쳐 내지 못한 채로 배웅하고 돌아와 부엌의 하스코에게로 갔다. 하스코는 먹고 난 음식상의 설거지를 하고 있는 중이었다.
 "빨리 치우고 가게에 나갈게요."
 "괜찮다. 배달은 다 끝났으니까. 너 혼자 고생 많았다."
 "아무 탈 없이 잘 끝나서 다행이에요. 미치코라는 처녀 얼핏 봐도 똑똑하던데요. 히토시짱은 보기보다 약한 데가 있으니 어쩌면 잘 어울리는 한 쌍이 될 거예요."
 "똑똑하기만 하면 뭘 하니? 도대체 어떻게 가정교육을 받은 아인지…… 식사가 끝나면 설거지를 돕는 척이라도 해야 하는 게 아니냐? 제가 어디 손님이냐?"

"어머니……"

"하스짱 혼자 쩔쩔매는데 어떻게 모른 척하고 앉아서 과일만 넙죽넙죽 먹고 앉았단 말이냐."

"아마 제가 심부름꾼인 줄 알았던 모양이지요."

"그만큼 눈치코치가 없어서 그런 거다."

"처음부터 그런 눈으로 보시면 어떡해요. 공연히 이유 없이 눈밖에 난 미치코상만 가엾잖아요? 아직 어리고 외동딸이라 응석받이로 자라서 그럴 거예요. 좋게 봐주셔야지요."

"딸은 그렇다 치고 그 아버지란 사람은 왜 또 그 모양이야? 시설비를 빌려 주면 주었지 자기 가게나 여는 것처럼 설계는 자기가 맡고, 자기의 기성복 코너를 내야 하고…… 도무지 안하무인에다 무례하고…… 내가 그런 남자로부터 가만히 당할 사람 같으냐. 어림도 없다."

하스코는 말문이 막혔다.

"그리고 그 히토시란 녀석 좀 봐. 돈 좀 대 준다니까 바싹 달라붙어 굽실거리는 모양이라니…… 네, 그렇게 하시죠, 네, 그러십시오, 하다간 나중에 가게를 송두리째 먹히고 말 거야. 이 세상에 여자아이가 그리도 없다니? 하필이면 그런 아이를 고를게 뭐람."

"할 수 없지요. 히토시짱이 좋다니."

완벽한 시어머니 369

"그래, 이젠 부모의 의견이 통하지 않는 시대라니까 할 수 없지. 그렇지만 아이는 그렇다치고 친정아버지까지 끼어들어 휘젓는다면 그 꼴을 어떻게 눈 뜨고 보겠니?"

오싱은 기가 막히는 듯 고개를 설레설레 흔들며 하소연을 했다.

"설혹 가게를 확장하고 새로운 장사 방법을 채택하는 일이 있더라도 그 남자한테는 단 한 푼도 신세지지 않겠다. 시설 자금쯤 나도 마련할 수 있어."

오싱의 얼굴에 결연한 빛이 떠올랐다. 이제까지 자신의 힘으로 살아온 오싱이다. 미치코의 아버지 센조의 태도가 오싱에게는 마치 흙발로 안방을 밟히는 것처럼 모욕으로 느껴졌다. 며느릿감도 사돈감도 마음에 들지 않는 것이다.

센조와 나갔던 히토시는 꽤 늦어서야 돌아와서 들뜬 목소리로 말했다.

"어머니, 미치코의 아버지 통이 크지요? 사업에 대한 센스도 있고 상술도 좋은가 봐요. 그만한 분이니까 재봉틀 한 대로 그렇게 큰 기성복 메이커가 됐지. 그 양반이 뒤에서 밀어주기만 하면 든든해요."

"넌 어찌 그렇게 물렁하냐? 그 사람은 말이야, 우리 가게에 돈을 대 놓고 자기 마음대로 할 작정이야. 그런 사람 돈을 썼다가는 깡통차기 딱 알맞다. 홀어미라고 사람을 허투루 본 게 아니고 뭐냐. 그렇게 속이 빤히 보이는 수작에 어미가 호락호락 놀아날 것 같으냐?"

"어머니, 그건 어머니의 편견이에요!"

"뭐가 편견이냐? 설계를 맡겨라, 매장을 내놔라, 하고 설치니 대체 이게 누구의 가게냐? 돈도 내기 전부터 그 모양이니 막상 돈을 써 봐라. 그땐 아마 우릴 내쫓을 거다."

"어머니, 그렇게 막말할 게 아니에요. 그 양반은 오래 전부터 슈퍼를 연구해 왔고 우리는 생판 처음이에요. 그러니까 이것저것 가르치려는 거예요. 그걸 그런 식으로 오해하다니요? 어머니가 너무 외곬으로만 생각하는 거예요."

"나도 말이다, 할 마음만 있으면 누구의 간섭 없이도 슈퍼마켓쯤은 차릴 수 있단 말이다."

"이번 가게는 일본 전국에서도 흔하지 않은 스타일이에요. 든든한 사람이 뒤에서 밀어줘야 해요. 어머니가 받은 세미나의 지식만으론 힘들어요."

"그럴 바엔 새 가게를 아예 시작하지도 않겠다."

"어머니, 또 시작이에요?"

"네가 결혼하는 것 가지고는 더 이상 말 않겠다. 요즘은 부모가 어쩌구저쩌구 하는 시대가 아니라니까 말이다. 하지만 가게는 틀려. 다노쿠라상점은 어디까지나 내 가게야. 누구한테도 이래라저래라 소리는 못 듣는다. 너도 그 점만은 명심해 둬라."

오싱의 옹고집에 울화가 치민 히토시는 문을 박차고 제 방으로 가 버렸다.

다음 날 오싱은 고우타의 집을 찾아갔다. 고우타의 처 교코는 오랜만에 찾아온 오싱을 반갑게 맞이하며 정원으로 안내했다. 그곳에서 분재를 손질하던 고우타의 가위질하는 손이 멎고 그 얼굴에 반가움이 번졌다.

"어서 오십시오, 오싱상."

"안녕하세요. 건강해 보이시는군요."

그들이 거실로 자리를 옮긴 다음 교코가 차를 내왔다. 차의 향내를 음미하던 오싱이 문뜩 엉뚱한 말을 꺼냈다.

"이런 삶도 있는 거군요."

"내가 가게에 붙어 있지 않아도 지배인이 잘해 주니까요."

"전 아직도 새벽 4시부터 부산을 떨고 하루 종일 앉을 틈도 없이 바쁘게 지냅니다. 이렇게 조용하고 아늑한 생활을 보니 부럽기 한이 없습니다. 왜 아등바등해야 하는지 모르겠군요."

교코가 한마디했다.

"저이는 젊어서 안정된 생활을 못하셨잖아요? 하지만 원래 조용한 걸 좋아하셨고 이젠 나이도 있으니 되도록 저분 뜻에 맞는 생활을 하실 수 있게 해 드리고 있어요."

교코는 얼굴 가득 온화한 미소로 남편을 돌아보았다.

"나는 언제 이런 생활을 누려 볼지요. 참, 이거 변변치 않습니다만, 오늘 포구에서 갖고 온 거니 싱싱하긴 할 겁니다.

새우하고 전복입니다."

"고맙습니다. 히사 아주머니가 계실 때는 자주 가져다 먹곤 했는데 그분 돌아가신 후에는 통 갈 기회가 없군요. 귀한 걸 갖고 오셨습니다. 여보, 오늘 저녁에는 오랜만에 오싱상하고 약주나 드세요."

"그럽시다."

"그럼 오싱상, 천천히 말씀하세요."

하고 교코는 조용히 일어나서 나갔다.

"고우타상, 행복하시군요."

"글쎄요. 조용한 게 행복한 거라면 그렇지요. 난 아무래도 장사꾼으로 태어나질 못한 모양이에요. 늘 꾀만 피우지요. 요즘은 겨우 장부나 보는 정도입니다."

"부럽군요. 나도 빨리 이런 신분이 되어 봐야겠는데."

"아니에요. 오싱상은 좀 고되고 골치 아프더라도 일에 쫓겨야 행복한 그런 체질이 아닙니까? 가게는 잘되고 있다고요? 가끔 소식 듣고 있습니다."

"이럭저럭 해 나가고 있습니다. 따지고 보면 고우타상의 보살핌 덕이지요. 가게 건축비도 빌려 주시고…… 그저 무슨 일만 있으면 신세를 져 왔어요."

"허허…… 그게 인연인 모양입니다. 조금이라도 도움이 될 수 있으니 얼마나 다행입니까?"

"사실은 오늘도 부탁드릴 일이 있어 불쑥 찾아왔습니다.

꼭 이럴 때만 찾아뵙는 것 같아 염치가 없습니다만 어디 답답한 속을 털어놓을 데가 또 있어야지요. 그래서 늘 뻔뻔스러운 걸 알면서도요."

"거의 은퇴하다시피 한 내가 뭐 대단한 도움이나 의견을 드릴 수 있겠습니까만 말씀하시죠."

"셀프서비스 시스템이란 것을 아세요?"

"예, 그 정도야 알지요. 금전등록기라는 편리한 기계가 생겨서 아주 신식이죠. 혹 오싱상이 하시려구요?"

"네, 아들아이가 미치다시피 그 일에 열중하고 있어서요. 그런데 자금이 상당히 들어간다는데 그만한 투자가치가 있는 것인지, 장래성도 궁금하고요. 그래서 결단을 못 내리고 망설이고 있는 거예요."

"내가 좀 더 젊었더라면 그 사업에 손을 댔을지도 모릅니다. 이런 시골에서는 구매력이 없으니 소용없겠지만요. 오싱상의 가게라면 입지 조건이라든지 여러 면에서 나무랄 데가 없지요."

"정말 그렇게 생각하세요?"

"나도 흥미가 있어서 여러 번 알아봤지요. 오싱상의 가게는 일단 객관적으로 성공할 조건을 갖췄습니다. 그런데 놀랍군요. 오싱상의 의욕은 여전하십니다. 예나 지금이나 일에 대한 억척스러움을 버리지 못했군요."

"하긴 겁이 나기도 해요. 이대로 현상 유지만 해도 생활은 꾸려지는데 새삼스럽게 모험을 하려니까요. 하지만 결정했습니다. 한번 해 보겠어요. 고우타상이 유망한 업종으로 보시면 틀림없을 테니까요. 이제까지 몇 번이나 실패를 하고 또 일어서고 해 왔어요. 안되면 또 새로 처음부터 시작하면 되니까요."

"오싱상은 조금도 변한 게 없군요."

"시설 자금을 마련하려고 오늘도 은행에 다녀오는 길입니다. 땅을 담보로 융자는 해 주겠다는데 마땅한 보증인이 없군요. 절대로 성가시게는 하지는 않을 테니 제 청을 들어주십시오. 간곡한 부탁입니다."

"내가 해서 될 일이면 기꺼이 하지요."

"고맙습니다. 매번 고우타상을 번거롭게 합니다."

"또다시 새로운 걸 시작하면 오싱상이 편할 날이 없겠군요."

"할 수 없는 일이지요. 내 마지막 오기니까요. 사실은 시설 자금을 융통해 주겠다는 사람이 있지만 제가 거절하고 있어요."

"그건 또 무슨 말씀입니까?

"그런데 그게 히토시의 장인이 될 사람이 되어서요. 며느리 친정에 신세를 진다면 히토시나 나나 평생 기를 펴지 못할 게 아닙니까?"

"참, 세상이라는 게 그렇군요. 오싱상이 며느리로서 피나는 고생을 한 게 엊그제 같은데 이번에는 시어머니로서 속을 태우는군요."

"결국 여자는 평생 이래저래 고생하기 마련인가 봐요."

"그래서 여자가 강한 모양입니다."

"싫어도 강해져야 하니까요."

"허! 우리가 벌써 이런 얘기를 나누게 됐군요."

"그러고 보니 사카다의 해변에서 우리가 처음 만난지도 벌써 40년이 된 것 같습니다. 인생은 유수와 같다는 말, 결코 지어낸 말이 아니군요."

오싱은 저녁까지 먹고 늦어서야 나미키가를 떠났다. 왠지 고우타의 얘기를 듣고 있으면 마음이 편하고 푸근했다.

집으로 돌아온 오싱은 히토시에게 시설 자금 얘기를 꺼냈다. 그리고 미치코 아버지의 돈은 한 푼도 안 쓰겠다는 것, 또 그렇게 된 것을 빨리 미치코의 아버지에게 알려 주라고 일렀다. 또 설계나 경영 일체의 문제를 자신이 할 것임을 잘라 말했다. 히토시가 투덜댔으나 오싱은 들은 척도 안 했다.

이후 오싱의 일과는 더욱 바빠졌다. 물건 구입을 마치면 은행으로 달려가거나 설계사를 만나는가 하면 금전등록기 회사의 영업부장을 만났다.

그러는 어느 날이었다. 거실에서 오싱과 히토시 그리고 설계사, 금전등록기 영업부장이 열심히 사업 계획, 가게의 개축 규모를 의논하고 있는데 미치코의 아버지 센조가 또 한 사람의 설계사를 데리고 나타났다.

히토시의 당황한 모습은 옆에서 보기가 민망할 정도였다.

"어머니! 어떡해요. 지금 이리 오게 하면 안돼요. 내가 다방에라도 데리고 갈게요."

"왜 그러니? 마침 잘됐다. 가와베상에게도 우리 계획을 보여 주고 의견을 물어보자꾸나."

"그런 게 아니에요."

"왜?"

"아직 우리끼리 하겠다는 걸 얘기 못했어요."

"뭐라고? 내가 그러게 진작에 얘기하라고 했잖느냐?"

"글쎄, 미적미적하다 보니 그렇게 됐어요. 오늘이라도 말하려고 했는데 이렇게 불쑥 올 줄 알았어요?"

"그럼 할 수 없구나. 여기서 확실히 얘기해 둬야겠다."

이러는 사이 센조는 설계사를 데리고 올라왔다. 데려온 설계사가 자기와 오래 거래해 왔으며 유능하다는 것, 현장을 보고 싶어해서 데려왔다는 것을 장황하게 설명했다.

듣고 있던 오싱이 새초롬한 기색으로 말을 꺼냈다.

"저, 이쪽은 설계를 맡은 히라다상이고 이쪽은 금전등록기의 다카바야시상입니다. 다카바야시상은 여러 군데 슈퍼마켓의 개업에 직접 간여해서 퍽 조예가 깊으십니다. 설계를 맡은 히라다상과 서로 상의해서 좋은 가게를 만드시느라 고생이죠."

"그건 이미 제게 일임하신 일이 아닙니까?"

센조는 의아한 표정으로 오싱과 히토시를 번갈아 바라보았다.

"호의는 감사하지만 폐를 끼치기가 안됐어서요."

"그런 신경은 안 쓰셔도 된다고 말씀드렸는데요. 아무튼 슈퍼는 보통 가게와는 다릅니다. 많이 공부한 사람이 아니면 안되지요."

"그 점 안심하셔도 됩니다. 다카바야시상은 슈퍼마켓의 생명이라 할 금전등록기의 전문가이시고 히라다상도 미국까지 가서 여러 군데 슈퍼마켓을 견학하고 오신 그 방면의 베테랑이니까요. 이런 두 분이 맡아 주시니 틀림없을 겁니다."

"다노쿠라상!"

센조가 불끈해서 뭔가 말하려는데 히토시가 잔뜩 움츠러든 표정으로 사이에 끼어들었다.

"죄송합니다. 진작에 알려 드려야 하는 건데 이 일 저 일로 그만 미처 말씀 못 드렸습니다."

"그런다고 될 일인가. 이 가게는 일본에서도 새로운 시스템을 도입하려는 거야. 내가 이만저만 신경을 쓰고 있는 게 아니야. 그런데 그걸 실력도 알 수 없는 사람들에게 함부로 맡겨서 어떻게 하겠나?"

오싱이 담담한 표정으로 말했다.

"걱정 마십시오. 저분들의 실력은 제가 잘 아니까요."

"그럼 저와는 어떻게 되는 겁니까."

"무슨 말씀이신지요?"

"물론 이 가게는 다노쿠라상의 것입니다. 좋으실 대로 하셔야겠지요. 그러나 실례지만 제가 시설비를 제공하기로 되어 있습니다. 그러니 내가 설계사나 시공업자를 선택하는 게 순서가 아닐까요. 나도 새로 시작하는 사업이라 기대도 의욕도 큽니다. 애써 설계사나 등록기 메이커를 구하셨는데 죄송하게 됐습니다만……"

"아니에요. 애쓰신 걸 알게 되어 더욱 죄송하게 된 건 오히려 제 쪽입니다. 그리고 좀 전 시설비 말씀을 하시던데 그것도 걱정 안 하셔도 됩니다. 제가 어찌어찌 마련했습니다. 마음 써 주시는 것만 감사히 받아들이겠습니다."

센조는 드러내 놓고 기분 나쁜 내색을 했다. 땅을 담보로 은행 융자를 쓰는 모양인데 모자랄 것이라는 둥 무례하고 거친 말씨로 대들었다. 그렇지만 오싱은 냉정하고 담담하게 넘기며 제가 할 말만 꼬박꼬박 해 나갔다.

"글쎄 염려하시는 건 고맙지만…… 그래서 자금 형편에 맞추어 개축을 하기로 했습니다."

"셀프서비스점은 밝고 깨끗하며 또 서민적이면서도 고객에게 고급 느낌의 만족감을 주는 분위기가 생명이에요. 그런데 이 구닥다리 집에다 뭘 어떻게 하겠다는 겁니까."

"이 건물의 기초는 튼튼하니까 실내장식만 새 집처럼 조화가 잘되게 꾸미면 됩니다. 올 연말에는 개업하기로 했으니 앞으로 많은 조언 바라겠습니다."

마치 큰 싸움이나 치른 사람처럼 센조는 푸르뎅뎅해서 나갔다.

히토시와 근처 다방으로 간 센조는 거침없이 화풀이를 해 댔다. 남의 의사를 무시하는 처사라 격분했고 조금 출자를 했다고 해서 다노쿠라상점의 주도권을 쥐고 흔들 생각은 아니라며 자기 변명을 늘어놓았다.

히토시는 '죄송합니다.'만 연발하며 변명하기에 급급했다. 센조는 히토시가 깜짝 놀랄 으름장을 놓고 돌아갔다.

"그 가게는 물론 자네 모친 것이니 좋을 대로 하셔야겠지. 그렇지만 히토시군, 자네가 좀 더 줏대가 있어야겠네. 뭐든지 어머니에게 꼼짝 못하고 따라간다면 미치코가 장차 고생할 게 뻔하구먼. 이대로라면 그 앨 자네에게 맡기는 일도 다시 생각해 봐야겠네."

그날 밤 나고야에 있는 센조의 집에서도 한바탕 소란이 일었다. 미치코의 어머니 나미에가 펄쩍펄쩍 뛰었다.

"아니, 사람을 그렇게 우습게 만드는 법이 어디 있어요? 일껏 설계사까지 데리고 갔는데, 이게 무슨 창피예요."

미치코도 샐쭉해서 거든다.

"그렇다면 히토시는 왜 가만 있었대요?"

"여보, 그럼 결국 안사돈은 우리들의 얘기는 일체 안 듣겠다는 거 아니에요? 그렇지요?"

"응, 아주 빈틈없는 할망구야. 만만히 볼 사람이 못돼."

"그런데 히토시군은 왜 그렇대요? 자기 엄마한테 아무 소리 못하고 지낸대요?"

센조가 딸의 눈치를 살펴 가며 말을 꺼냈다.

"얘, 미치코, 히토시군을 단념하는 게 나을지도 모르겠다."

"뭐라구요?"

"어머니한테 잔뜩 목덜미를 잡힌 남자한테 시집가 봐야 고생할 게 뻔하지 않느냐? 미리 알게 되어 잘된 일인지 모르겠다."

"아버지?"

"그래, 아버지 말씀이 맞는 것 같다. 히토시군은 어머니를 다루기는커녕 오히려 휘둘리니 장래가 뻔하다."

"걱정 말아요, 엄마. 내가 히토시를 꽉 잡으면 되죠. 아버지가 다노쿠라를 발판으로 우리 제품의 다이렉트 세일 판로를 열려고 하는 건데 시설비도 안 내고 거저 하게 되면 더 잘된 게 아니에요?"

"얘, 그렇게 호락호락한 할망구가 아니야. 이번 일로 알았다. 빈틈이라곤 전혀 없어. 너 같은 조무래기의 상대가 안돼. 넌 보나마나 눈물이나 질질 흘리며 호된 시집살이나 하게 될 거다."

"시어머니 때문에 우는 시대는 지났어요. 히토시만 내 편으로 만들어 놓으면 되는 거예요."

"네가 아직 그 할망구를 몰라서 하는 소리다."

"아버지, 난 그렇게 멍청이가 아니에요. 그리고 시어머니하고 동거할 생각은 전혀 없어요. 가게 근처에 집 한 채만 사주세요. 히토시랑 거기서 살 테니까."

"그래요, 여보. 지금은 핵가족 시대예요. 따로 살게 하세요. 그러면 나도 누구 눈치 볼 것 없이 자주 가 볼 수 있잖아요?"

"서두를 것 없다. 새 가게의 개업식을 보고 하도록 하자. 그쪽 하는 걸 봐서 아버지는 네 결혼을 결정하겠다. 소중한 딸을 왜 사서 고생시키는 일을 하게 하겠니?"

오싱과 센조의 사이에서 진땀을 흘린 히토시는 어머니의 서릿발 내리는 듯한 냉정한 처신에 화가 치밀기도 했다. 그러나 어머니 혼자 힘으로 거액의 융자를 끌어내는가 하면 나고야에서도 알아주는 사업가와 당당히 맞서 오히려 한수 위로 빈틈없이 일을 해 나가는 데 내심 감탄하기도 했다.

저녁을 먹고 나서 히토시는 갑작스런 센조의 출현으로 자세히 보지 못한 사업계획서를 면밀히 검토하기 시작했다.

한곁에서는 하스코가 오싱의 어깨를 주무르고 있었다. 계획서에 표시된 총액을 보며 히토시가 말했다.

"정말 이 돈이 다 은행에서 나오는 거예요?"

"융자액의 한도 내로 계획을 세운 거다. 그러니까 돈에 맞춰 일을 하는 거야."

"가게의 딴 설비는 어떻게 되는 거지요? 쇼케이스나 냉장고, 또 금전등록기 같은 것 말이에요."

"응, 계획에 다 포함돼 있다. 등록기 메이커하고 설계사의 작업이 빠질 게 있겠니? 새로 짓는 데 이층이 있지? 그게 네가 결혼해서 살 집이란다."

"놀랐는데…… 어머니는 정말 보통이 아니라니까. 그렇더라도 은행에서 용하게 어머니 청을 들어주었네."

"이 땅 덕택이다. 감정가가 많이 올랐더라. 또 우리 집의 신용도 튼튼했고…… 게다가 실력 있는 분이 보증인으로 나서 주셔서 성사가 된 거다."

"또 나미키라는 사람이에요?"

"그분한테 폐가 안되도록 열심히 뛰어야 한다."

"어머니와 나미키상은 어떻게 아는 사이에요?"

"친구다."

이렇게 잘라 말하는 오싱의 입언저리에 장난기 섞인 묘한 미소가 번졌다.

"그러니까 어떤 사이냐구요?"

"너하고는 관계없는 일이잖느냐?"

"언제나 같은 대답이야."

히토시는 고개를 갸웃거리며 옆에 있는 하스코를 바라보았다.

"엄마가 여기까지 버텨 온 데는 나미키상의 도움이 있었기 때문이다. 너희들도 끝까지 그걸 잊지 말아야 한다."
"뭘 하는 분이에요?"
히토시의 끈질긴 질문에 오싱은 동문서답을 했다.
"하스짱, 이제 됐어. 아, 시원하다. 이제 그만 잘까······"
하고 자기 방으로 가 버리는 어머니의 뒷모습을 바라보며 히토시는 여러 가지 생각에 사로잡혔다.

옹골차고 집념이 대단한 어머니의 근성을 누구보다 잘 아는 히토시는 사업적인 판단에 관한 한, 누가 뭐래도 어머니를 따를 사람이 없다고 인정했다. 그러기에 처가의 자금 지원이 없더라도 다노쿠라슈퍼를 키워 나가는 일은 웬만큼 자신이 있었다.

그러나 문제는 미치코와의 결혼 생활이다. 첫 대면부터 점수를 크게 깎여 버린 미치코가 그 완벽한 어머니 밑에서 어떻게 처신해 나갈 것인지 지레겁부터 났다.

〈제6부〉로 이어집니다.